진
실
게
임

진실

최 나 미
상편소설

당.신.이
믿.고.싶.은
진.실.은
무.엇.인.가.요?

게임

사□계절

차
례

I.

필요충분조건

～～～～～～～～～～

　엄마는 처음부터 솔구마을로 이사하는 것을 반대했다. 나는 엄마가 싫어한다는 그 이유 때문에 그 동네가 좋았다. 다른 이유는 없다.

　"난 당신이 좋아할 줄 알았는데? 어릴 때 살았던 곳이잖아."

　사실 아빠 말처럼 엄마의 반응은 우리를 어리둥절하게 만들었다. 이사할 곳을 찾아다닐 때만 해도 엄마는 그 동네에 대해서 특별한 감정을 내비치지 않았기 때문이다.

　"그래서 싫어! 어릴 때 살았던 곳이 뭐라고? 하고많은 곳을 놔두고 왜 하필 거기난 말이야!"

　"어차피 재서를 위해서 가는 거잖아. 거기라면 나도 출퇴근하기 괜찮고. 며칠 전에 가서 집도 알아봤어. 크진 않지만 마당도 있고. 여보, 길어야 일 년이잖아? 그러니까 이번에는 내가 결정한 대로 가자, 응?"

재서와 나는 저녁 식사 이후에는 텔레비전을 못 보게 되어 있었다. 하지만 엄마 아빠가 식탁에서 일어나지 않았으므로 아직 식사 중인 셈이다. 이 시끄러운 상황에서도 재서는 주말 드라마에 빠져 있다. 나도 그러고 싶지만 엄마 아빠 다투는 소리가 순간순간 몰입을 방해했다. 특히 엄마 목소리가.

"집을 보고 왔단 말이야? 혼자서? 당신, 이사에 관해서는 섣불리 결정하지 않기로 했잖아. 아, 몰라. 난 분명히 말했다. 거기론 안 가!"

아빠는 땀을 뻘뻘 흘리며 설득했지만 냉랭한 엄마 얼굴엔 한 치의 변화도 없었다. 내가 끼어든 건 그때였다.

"그럼 가족회의 해."

"뭐라고?"

엄마는 내가 옆에 있다는 사실도 그제야 알아차린 것 같았다.

"아빠는 그 동네가 좋은 거고 엄마는 싫은 거잖아. 우리한테도 의사를 물어봐 달라고."

까딱하다가는 브라운관 안으로 들어가는 게 아닐까 싶던 재서가 눈이 휘둥그레져서 나를 바라보았다. 엄마한테 도전장을 내민 사람이, 다른 사람도 아닌 바로 나라는 사실이 믿기지 않는 표정이었다.

"너희가 나설 자리가 아냐. 방으로 들어가."

엄마는 깜박 잊었다는 듯 리모컨을 찾아 텔레비전을 껐다. 적당하게 섞여서 들리던 텔레비전 소음이 사라지자 엄마 목소리는 냉동실에서 막 꺼낸 얼음처럼 더욱 차고 단단해졌다.

"우리가 살 집인데 나랑 재서도 얘기할 권리가 있는 거 아냐?"

"얘가 지금 부슨 소리 하는 거야! 너, 되도 않게 자꾸 끼어들래? 그리고 손톱!"

거스러미를 물어뜯는 것, 엄마가 질색하는 행동 중 하나다. 손톱이라는 말 한마디의 위력에 움찔했지만 가만있을 수만은 없었다.

"난 되도 않게 끼어든 거고, 아빠는 혼자 결정한 거니까 그 얘긴 애초부터 들을 필요도 없고, 가족회의는 안 할 거고……. 결국 엄마 마음대로 하겠다는 거네."

내친 김에 나오는 대로 말하고 말았지만, 엄마 눈초리에 주눅 든 내 목소리는 갈수록 기어들어 가, 마지막에는 거의 웅얼거림 수준이었다.

"너 뭐 작정이라도 했어? 도대체 나한테 왜 그래?"

엄마 말투에는 배신이라도 당한 것 같은 억울함이 배어 있었다. 왜 그러냐고? 웃음이 새어 나올 것 같아서 지그시 아랫입술을 깨물었다.

"우리 재영이한테도 뒤늦게 사춘기가 오는가 보지. 왜, 그럴 때면 애들이 예민해지고 그런다잖아?"

나도 모르는 새에 다시 올라간 손을 아빠가 슬며시 잡으며 말했다.

긴장하고 있던 엄마 얼굴에 약간의 안도감이 도는 것 같았다. 요즘 들어 모호한 내 태도를 그런 식으로 또 덮고 싶은 거겠지. 나와 엄마 사이에 불편한 기운이 감지될 때마다 아빠가 사춘기를 들먹인 게 벌써 몇 번째인데. 중학교 2학년의 사춘기라……, 어쨌든 참 편리한 단어다.

"그래서 이사는 가는 거야, 마는 거야?"

드라마도 못 보고 할 일이 없어지자 재서가 짜증을 내며 물었다.

아빠와 나 사이에서 복잡했던 엄마 표정이 금세 재서만을 위한 표정으로 변했다.

"가야지, 가려고 이 난리를 치는 건데……."

엄마가 재서와 눈을 맞추며 초조하게 대답했다. 한층 여유로워진 재서가 천천히 입을 열었다.

"엄마, 다른 대안이 있는 것도 아닌데 그냥 거기로 가면 안 돼? 아빠가 마당 있는 집도 봐 놨다잖아. 거기로 가면 아빠가 출퇴근하기도 쉽고, 또 읍내에서 여기 병원 근처까지 오는 버스도 있다며? 재영이는 무조건 좋다고 하고, 나도 가 본 곳 중에서는 그 동네가 제일 낫던데…… 이 많은 조건을 만족시키는 곳은 거기밖에 없잖아. 이번 이사, 나 때문에 가는 거 맞지? 그럼, 우리 그냥 가자. 응?"

자식, 드라마 보면서도 들을 얘기는 다 듣고 있었네. 모르긴 몰라도 나는 재서의 등장으로 이 지루한 게임이 끝났다는 걸 직감했다. 엄마의 눈빛은 망설임으로 흔들렸고 재서는 득의만만한 표정으로 아빠와 나를 돌아보았다.

"그래, 재서가 조목조목 정리한 얘길 들어 보니 그 동네랑 우리랑 예사로운 인연이 아닌 것 같네. 여보! 이렇게 딱 맞아떨어지는 조건을 두고 필요충분조건이라고 하는 거 아니겠어?"

재서의 지원에 힘을 얻은 아빠가 신이 나서 말했다. 재서의 눈맞춤 한 번으로 좀 전까지 복잡했던 상황이 말끔하게 해결된 것이다. 자식, 어떻게 저런 것까지 타고났을까?

아주 드물지만 내가 재서를 보며 감탄할 때가 이런 경우다. 적절한 순간에 상대방의 눈을 지그시 응시하는 것. 재서를 가장 돋보이게 하는 눈동자는 유난히 크고 까매서 그런 용도로 쓰는 데 아주 유용하다.

"존경스러우면 그렇다고 해. 똥 씹은 얼굴 하지 말고."

재서가 보란 듯이 한껏 거드름을 피우며 자리에서 일어났다.

게다가 저토록 종교적인 눈동자를 갖고 있으면서도 그 입에서 나오는 말들은 하나같이 걸레가 필요하다는 점은 재서 말처럼 존경스럽기까지 하다.

재서한테 까맣고 깊은 눈동자가 있다면 내게는 부러우면

부럽다, 싫으면 싫다는 감정이 고스란히 실리는 눈동자가 있다. 매번 재서한테 당하면서도 관리가 되지 않아 고민스러운 내 눈은 불행하게도 별다른 특징이 없다. 적절한 때 주인 망신시키는 용도 말고는.

내가 재서 뒷모습을 노려보는 동안 또 다른 시선이 재서와 나 사이를 비집고 들어왔다. 마치 깨지기 쉬운 고려청자를 감상하듯 몹시 조심스러운 눈길이었다. 엄마의 시선은 늘 고정되어 있다. 그 말은, 엄마의 시선 끝에는 언제나 일정한 누군가 있으며, 동시에 거기서 비켜난 사람도 존재한다는 뜻이다. 그런 점에서 그 시선은 냉정하고 무자비하기까지 하다.

언제부턴가 나는 엄마 눈길에 더는 연연하지 않게 되었다. 그 눈길을 붙잡고 싶었던 적도 있었지만 그 어디에도 내가 놓일 가능성이 없다는 것을 깨달았기 때문이다. 그게 꼭 나쁘지만은 않다는 것도 뒤늦게 알았다. 덕분에 나는 내 속에서 태어난 생각들을 엄마뿐 아니라 누구의 눈도 의식하지 않고 지킬 수 있었으니까. 정직한 내 눈빛만 관리할 수 있다면.

"아, 아무리 생각해도 그 동네는 안 되겠어. 미안한데, 당장 내일이라도 나가서 더 좋은 곳을 알아볼게. 그게 좋겠어."

엄마가 갑자기 재서를 좇던 시선을 거둬들이며 누구도 예상치 못한 대답을 던졌다.

"엄마!"

재서가 믿을 수 없다는 표정으로 식탁 의자에 도로 앉으며 소리쳤다.

"이제껏 입 아프게 얘기했잖아. 재서뿐 아니라 우리 식구들을 위해 지금 거기보다 더 좋은 곳은 없다고! 싫다고만 할 게 아니라 이해하려고 좀 해 봐!"

아빠가 드물게 노여운 기색으로 목소리를 높였다. 그러나 엄마는 어떤 얘기도 듣지 않겠다는 듯 고개만 절레절레 흔들며 그릇 몇 개를 들고 개수대로 갔다.

나는 재서 말도 통하지 않는다는 사실에는 좀 놀랐지만 솔직히 코미디 한 편을 보는 것 같아 피식 웃음이 나왔다.

며칠 전 선생님이 논리학을 설명하다가 필요충분조건을 예로 든 적이 있다.

"남자는 다 사람이다, 이 문장이 참일까?"

아이들은 그렇다고 대답했다.

"그럼 거꾸로, 사람이면 다 남자다, 이 문장은 참일까?"

아이들은 키득거리면서 아니라고 했다.

"맞아. 앞 문장은 참이지만 이 문장은 참이 될 수 없어. 보통 이럴 때 '사람'은 '남자'의 필요조건이고, '남자'는 충분조건이라고 말하지. 눈치 빠른 사람들은 '남자'와 '사람'의 관계를 파악했을 거야. 다른 예를 들어 '나는 김호준이다'라는 문장은 바로 하거나 거꾸로 해도 참이지? 서로 속하는 관계가 아니라 동등하기 때문에 '나'와 '김호준'은 필요조건도 되고 충분조건도 될 수 있지. 이렇게 둘 다 만족시키는 조건을 필요충분조건이라고 하는 거야."

선생님 말을 완전히 이해하진 못했지만 필요충분조건이란 일단 동등한 관계라는 게 무엇보다 중요하다는 건 알 수 있었다. 그러니 아빠가 얘기한 필요충분조건은 틀렸다. 식구들이 다 원한다고 해도 엄마가 싫다면, 그 동네로 이사 가는 건 참이 아니다. 우습지만 그게 우리 집 현실이다.

"누가 보면, 그 동네에서 뭔가 끔찍한 일이라도 당한 줄 알겠다."

"민재서! 아무 말이나 함부로 지껄인다!"

재서가 구시렁거리자 아빠가 정색을 하며 쏘아붙였다.

"아니, 엄마가 진짜 그랬다는 게 아니라, 저토록 싫어할 때는 무슨 특별한 이유가 있어야 할 거 같아서 하는 말이지……. 예를 들어 빚쟁이가 아직 거기 산다든지, 아니면 엄마가 초등학생 때 누군가를 못살게 굴었는데 그 사람이 지금도 거기 산다든지. 야, 민재영, 너 같으면 뭐가 제일 싫겠냐?"

재서가 아직 치우지 않은 그릇에 남은 멸치를 손가락으로 집어 먹으며 키득거렸다. 문득 달그락거리던 그릇 씻는 소리가 들리지 않는다는 사실을 깨달았다.

"그래도! 엄마를 두고 그게 할 소리야?"

아빠가 물을 꺼내려다 말고 냉장고 문을 소리 나게 닫았다.

"엄마 고향인데도 무조건 싫다고만 하니까……. 분명한 이유라도 알면 좋겠다는 거지. 민재영, 내 말이 틀렸냐?"

재서가 아빠 눈치를 보며 투덜거렸다.

나도 이사를 가고 싶긴 하지만 헛물켜지 않아 다행스러웠다. 아빠나 재서의 실망하는 모습을 보니 더욱 그랬다. 엄마와 관계된 일에서는 그게 중요하다. 상식적이거나 타당한 것도 엄마 마음에 들지 않으면 언제든지 뒤집힐 수 있다.

"알았어. 하루만 더 생각해 보고 도저히 대안이 없으면 거기로 갈 테니까 제발 그만 좀 떠들어! 이제 됐지?"

엄마가 수돗물을 잠그고는 짜증을 내며 방으로 들어갔다.

갑작스런 상황에 놀라 서로 바라보기만 하는데, 재서가 얼빠진 제 얼굴을 손가락으로 가리키며 내게 물었다.

"내가 해낸 거야?"

2.

그럼에도
불구하고

세상에는 두 종류의 사람이 있다. 가만있어도 온 우주의 행성이 자신을 중심으로 돌아가는 사람과 그 사람이 얼마나 빛나는 존재인지 증명해 주기 위해 태어난 또 다른 사람. 우리 집에서 나는 후자에 속한다. 겨우 52분 먼저 태어나 건건이 오빠 대접을 받으려는 쌍둥이 재서 때문에 난 그 사실을 일찍 깨달았다.

"차라리 따로따로 태어날 것이지, 전교생 중에서 전혀 관계없을 것 같이 생긴 둘이 쌍둥이라니……. 게다가 하나는 어느 자리에서나 자체 발광하는데, 다른 하나는 백만 볼트 건전지를 끼워도 태가 안 나니 비극이지. 만약 너 혼자라면 무개성도 개성이라고 우기기라도 해볼 텐데 말이야. 너도 참 안됐다."

나와 가장 친한 신혜가 냉정하게 보태지 않아도 그 비슷한 일을 자주 겪곤 한다.

　재서와 내가 쌍둥이라는 것을 아는 즉시 사람들은 대부분 재서를 주목하고 뒤늦게 나를 흘끔거린다. 때로는 정품인 재서를 따라 나온 불량품을 보듯 미심쩍은 눈초리로 내게 진짜 쌍둥이냐고 묻기도 했고, 때로는 사람들의 관심과 사랑을 독차지하는 오빠에 치여 성격이 비뚤어진 동생 취급을 하며 동정의 눈길을 보내기도 했다. 어쨌건 그 어떤 눈길도 나한테는 달갑지 않다.

　문제는, 내 처지를 딱하게 몰아가는 표정이나 시선에 심하게 반발하면서도 마음처럼 저항할 수 없다는 것이다. 내 생각과 의지가 생겨나기 전부터 이미 나는 쌍둥이 중 하나였으니까. 결국 내 존재감은 재서와 쌍둥이로 태어난 그 순간부터 평면이었던 거다. 젠장!

　나와 재서를 낳고 엄마는 한동안 몸이 좋지 않았다. 물론 내가 기억할 수 없는 옛날 이야기다. 우리가 겨우 돌을 넘겼을 즈음, 엄마 상태가 더 안 좋아지자 식구들은 가족회의에서 재서와 나 둘 중 하나를 할머니한테 보내기로 했다. 말이 좋아 가족회의지, 나를 할머니 집으로 보내기 위한 형식적인 절차였을 것이다.

　그런데 정작 할머니한테 보내기로 한 날, 무슨 까닭이었는지 나는 아침부터 열에 들떠 울어 댔고 아빠는 그런 나를 차마 보낼 수가 없어서 내 짐을 풀고 대신 재서 짐을 쌌다. 아빠 말로는, 나를 보내면 천덕꾸러기 대접을 받을 것 같아서 그랬다는 것이다.

그 얘기를 이해할 즈음부터 나는 줄곧 생각해 왔다. 아빠는 그때 그러지 말았어야 했다고. 내가 아무리 울며불며 난리를 쳤어도 가족회의에서 결정한 대로 할머니한테 나를 보냈어야 했다고 말이다.

재서가 집으로 돌아온 일곱 살 때까지 내 기억 속의 엄마는 항상 짜증 내다 지쳐 울거나 어디가 아파서 약을 먹는 모습뿐이었다. 나는 영문도 모르고 엄마 아빠 심지어 재서한테까지 미안해하며 지냈다.

엄마 아빠와 나는 한 달에 한 번 재서를 만나러 갔는데, 유일하게 엄마의 웃는 모습을 볼 수 있는 날이 바로 그날이었다. 가기 전날이면, 그동안 꼼짝 않던 엄마가 외출해서 재서 옷이랑 장난감 선물을 잔뜩 사 갖고 왔다. 내 건 왜 없냐고, 일곱 살의 순진한 나는 매번 상처를 받으면서도 물으나 마나 한 질문을 되풀이했다.

"지난번에 사 줬잖아."

엄마가 사 준 건 치마나 스타킹처럼 재서한테 필요 없는 옷이었고, 장난감은 한 번도 안 사 줬다고 하면 엄마는 한 치의 망설임도 없이 대답했다.

"내일 가면 생기는데, 뭘."

재서는 새 장난감이 생기면 지난번에 받은 장난감 중에서 진력이 난 것들을 나한테 넘겼다. 물론 내가 탐낸다는 걸 알아차리면 그것마저도 호락호락 주지 않았다. 나사가 빠졌거나 부속이 없어진 장난감이거나, 책이라면 몇 장이 찢어져야 겨우 인심 쓰듯 내게 건네는 것이었다.

심지어 어쩌다 재서가 관심 갖지 않을 만한 인형을 선물 받았을 때도 녀석은 할머니 집에 온 이상 자기한테 맡겨야 한다고 우겼다. 결국 집에 갈 때까지도 재서는 돌려주지 않았고, 그 인형은 다음 달에 누더기가 되어서야 내 손에 돌아왔다.

할머니 집은 그야말로 재서 왕국이었는데, 거기서는 엄마나 아빠도 재서한테 함부로 할 수 없었다. 아빠가 버릇없는 행동을 나무라기라도 하면, 녀석의 크고 까만 눈동자는 어느새 물기로 반짝였다. 그러면 때를 놓치지 않고 할머니가 바로 출동했다.

정말로 희한한 건, 그 상황에서도 나만 빼고 모두가 재서를 진심으로 이해한다는 거였다. 엄마와 떨어져 지내는 아이의 있을 수 있는 행동이라면서 내가 참는 게 당연하다고 여겼다. 과연 재서 말고 내가 할머니와 지냈어도 그랬을까? 딱 그 지점에서 나는 생각의 스위치를 꺼 버리고 만다.

재서가 없을 땐 없어서 힘들었지만 녀석이 집으로 돌아온 뒤에도 내 처지는 달라지지 않았다. 세상 모든 것은 여전히 재서를 위해 존재했고 그 뒤에는 그렇게 믿게끔 만드는 엄마가 있었다.

난 어느 순간부터 재서보다 엄마가 더 야속했는데, 이 모든 상황을 다 알면서도 엄마는 내 편을 들기는커녕 중립조차 지키지 않았다. 까놓고 보면 내가 재서한테 미안해야 할 이유는 없다. 그런데도 그 피해는 언제나 내 몫이었다.

때로는 엄마가 재서를 더 좋아하는 게 아니라 나를 미워하는 것일지도 모른다는 의심이 들었지만, 그 의심이 사실이 될까 봐 두려워서 확인할 엄두도 내지 못했다.

내 속에 있는 말들을 가둬 두기 시작한 건 그즈음이었다. 내 입을 통해 세상으로 나오는 말과 몸속에서 돌아다니는 말이 따로 있었는데, 가끔 그 말들이 바깥으로 뿜어져 나오려고 할 때가 있다. 그러면 나는 아직 이르다고 자신을 달래야 했다. 더 갈고닦아서 적절한 순간에 제대로 써야 한다고.

쌍둥이에 대한 사람들의 생각은 지나치게 단순하다. 분명히 둘이라는 것을 알면서도 건건이 엮어서 비슷한 존재, 아니 거의 같은 존재라는 걸 확인하고 싶어 한다. 그 단순한 호기심이나 사사건건 비교 당하는 게 싫어서 재서와 한 반이 될 때마다 학교에 안 가겠다고 울며불며 난리를 쳤다. 엄마는 당연히 내 말을 들은 척도 안 했다. 재서와 쌍둥이인 이상 집에서든 학교에서든 내가 떼를 써서 얻어 낼 수 있는 건 아무것도 없었다.

중학생이 되자 재서와 나는 남자 반 여자 반으로 자연스럽게 떨어졌다. 중학교 1학년은 내 기억에, 그래서 가장 평화로운 시간이었다.

그러나 그 평화는 그리 오래 이어지지 않았다. 2학년이 되고 얼마 지나지 않아 극성스러운 그 반 애들이 찾아와 재서가 쓰러졌다는 소식을 전해 주었다. 난 대수롭지 않게 여겼다. 꾀병 아니면 못된 제 성질을 이기지 못한 것뿐일 거라고.

그러나 며칠 사이에 그런 일이 두어 번 더 일어나자 그 반 담임선생님이 직접 엄마한테 전화를 걸어 병원에 가 볼 것을 조심스레 권했다.

그날 병원에 다녀온 엄마는 침울한 얼굴로 의사 선생님의 말을 전했다. 재서한테 공황장애 증세가 의심된다고.

"공황장애? 당신이 잘못 들은 거 아냐? 재서 멀쩡했잖아?"

"학교에서 쓰러질 때는 가슴이 아프고 숨을 못 쉬겠다고 했다는데, 검사해 보니 아무 이상이 없어. 의사 선생님이 그러더라고. 검사를 더 해봐야 알겠지만 공황발작이 그렇대."

"근데 그게 왜 우리 재서한테 생겼냐고?"

아빠가 참을성을 잃고 목소리를 높였다.

"나도 몰라. 의사 선생님이 이것저것 물어보고는 심리적인 요인을 꼽던데……. 워낙 예민한 성격에서 오는 스트레스일 수도 있고, 어릴 때 식구들과 떨어져 지낸 경험이 이런 식으로 나타날 수도 있다는 거야. 아무리 힘들어도 그때 그렇게 재서를 보내는 게 아니었어."

엄마가 누르고 참았던 울음을 터뜨리는데 난 어이가 없었다. 하다 하다 이제는 그 이름도 모호한 병까지 나 때문에 걸렸다고 할 판이었다.

그 뒤로 재서는 2주에 한 번 꼴로 병원에 다녔지만 내가 보기에 꾀병 말고는 붙일 병명이 없을 정도로 녀석은 멀쩡했다. 호흡곤란도 겪지 않았고 사람 많은 운동장에서 가슴을 부여잡고 쓰러진 적도 없다. 다만 나랑 싸우다 불리하면 가끔씩 무기로 이용할 뿐.

그런데도 엄마는 병원과 약물치료만으로는 부족하다며 조바심을 냈다. 급기야 정서적 안정을 위해 재서에게 시골이 나을 거라고 판단했고, 이왕 갈 거면 빨리 가는 게 낫겠다고 이사를 서둘렀다. 내 머릿속에는, 재서가 앓으면 어떤 병도 귀족병이 된다는 공식이 다시 한번 확연하게 자리 잡았다.

재서가 꾀병을 부린다고 믿으면서도 나는 이사 때문에 솔직히 설렜다. 그동안 몇 번 이사를 했지만 이 동네를 떠나 본 적은 없었다. 익숙한 거리, 익숙한 집, 익숙한 사람에 신물이 날 지경이었다. 아침에 눈을 떴을 때 여기가 어딘지 생각해야 하는, 그런 낯선 곳에서 살고 싶었다.

내가 좋아하는 말 중에 '그럼에도 불구하고'라는 말이 있다. 비록 결론은 났어도 그것과 상관없이 다른 일이 벌어질 것 같아서 나는 그 말이 마음에 든다. 우리 집에서의 내 처지도 '그럼에도 불구하고'를 붙이면 뭔가 다른 희망이 보이는 것 같아

22

서 주문처럼 주절거려 보곤 한다. 그럼에도 불구하고, 그럼에
도 불구하고……

엄마가 솔구마을로 이사 가는 것을 반대했을 때 나는 우리
가 그곳으로 이사 가는 일은 결코 없을 거라고 확신했다. 이
유 없이 무조건 싫다는 엄마를 설득할 방법도 없거니와 예민
한 엄마를 자극하지 않는 것이 우리 집의 상식이니까.

그런데 가끔은 상식이 통하지 않을 때가 있다. '그럼에도 불
구하고' 우리는 솔구마을로 진짜 이사를 가게 된 것이다.

재서는 자기 논리가 엄마한테 통한 거라고 뻐기고 다니지
만 그거야말로 재서의 착각이다. 엄마한테 논리가 통할 거라
는 발상 자체가 불가능하다고 제 입으로 떠들고 다니던 녀석
이 아닌가? 그보다는 '그럼에도 불구하고' 주문 덕을 봤다는
게 어쩌면 더 타당할지도 모른다.

생각을 그렇게 모으다 보니 갑자기 기운이 솟구치는 것 같
다. 그 주문은 지금껏 나를 버티게 해 준 나만의 것이기 때문
이다. 그 주문이 효력을 내기 시작했다는 것은 앞으로 내 생
활에 뭔가 큰 변화가 생길지도 모른다는 암시같이 느껴지기
도 했다.

아, 물론 아직은 절대로 입 밖에 내선 안 될 비밀이다. 쉿!

3.

통제 가능한
수위

이사 온 동네의 아침은 거의 매일 자욱한 안개를 보는 것으로 시작된다. 안개는 큰길 건너 논밭 사이에 있는 저수지에서부터 피어올랐다. 안개는 살아 있는 것처럼 스멀스멀 기어 나와 창틈이건 문틈이건, 가리지 않고 비집고 들어왔다.

이사 온 바로 다음 날 아침, 나는 창문 밖으로 아무것도 보이지 않아 깜짝 놀랐다. 희뿌옇게 동네를 덮어 버린 안개가 집 안까지 들이치려고 기회만 엿보고 있었다. 나는 그 광경에 홀려 집을 나섰다.

앞이 안 보이는 사람처럼 손을 내밀어 더듬으며 걸음을 내딛다 보니, 안개가 엷어진 건지 내 눈이 밝아진 건지 가까운 것부터 하나씩 눈에 들어왔다. 흐릿했던 나무, 집, 골목, 길 건너편 논과 밭, 교회 첨탑 들이 안개가 걷히면서 선명하고 깊은 색을 드러냈다.

그러나 정작 내 눈은 드러나기 시작한 세상보다 물러가는 안개를 좇고 있었다. 다 놓아준 것 같지만 내가 알아서는 안 되는 세상 일부를 끝까지 감춘 채 서서히 물러나는 안개. 꽁꽁 싸안고 가는 그 비밀스러운 것이 뭔지 궁금했다.

들일 나가는 동네 할머니를 보고서야 집으로 돌아가야겠다는 생각이 들었다. 어느새 하늘은 말끔하게 개어 있었고 바람까지 살랑 불어 당황스러웠다. 내가 서 있는 곳이 어딘지 몰라 애를 먹긴 했지만 이 동네 신고식을 제대로 치른 기분이었다.

사람들이 편하게 아랫마을 윗마을로 부르는 솔구1리와 솔구2리는 마을 한가운데를 가로지르는 큰길이 생기기 전까지 한동네였다고 했다. 큰길을 사이에 두고 아랫마을은 논밭이랑 농가들로 한산한 풍경인데 비해 우리가 사는 윗마을은 아파트와 연립주택이 조밀하게 들어서서, 오랫동안 한동네에서만 전전하던 내 눈에는 그 분명한 차이가 무척 신선해 보였다. 뭐랄까, 도시와 시골을 한꺼번에 누리는 기분이랄까?

이사 온 첫날, 각자 다른 기대를 갖고 있던 우리는 새 집을 보고 한동안 말문이 막혔다. 아빠가 말한 마당 있는 집이란, 연립주택 건물들 사이에 낀, 그야말로 이도 저도 아닌 보잘것없는 주택이었다. 내가 상상한 집은, 나지막한 울타리 너머로 들판과 개울이 보이고 큰 개 한 마리쯤 키울 수 있는 널찍한 마당이 있는 집이었다. 그러나 내 눈에 보이는 거라고는, 건물들을 올리고 남은 자투리땅에 허술하게 지은 집과 경계가 들쭉날쭉해서 마당이라 하기에도 민망한 좁은 땅뿐이었다.

"하늘에서 보면 연립주택 사이에 퐁당 빠진 집 같겠네."

재서가 우리 집을 포위하듯 둘러싼 건물들을 올려다보며 말했다.

"이런 집을 골라 놓고 나더러 이사에 관한 한 아무것도 신경 쓰지 말라고 한 거야?"

내 기억에, 이사에 관해 신경 쓰지 않겠다고 먼저 말한 사람은 엄마였다. 그 말에 아빠가 알았다며 큰소리치긴 했지만.

"그래도 일반 단층집보다 높게 지어서 그리 그늘도 지지 않고, 또 남향이라 햇볕이 잘 든다고 했어. 겨울에는 저 집들이 바람도 막아 주고……."

사실 그런 말을 누가 먼저 했든, 지금 아빠한테는 이 상황을 모면하는 게 가장 시급한 일일 것이다. 그러나 엄마의 사나운 눈초리에 아빠는 변명조차 끝맺을 수가 없었다.

마당을 보고 받은 충격이 가시지 않아서인지 집 안은 상대적으로 멀쩡하게 느껴졌다. 나는 방 세 개 중에 유일하게 들판을 향해 창문이 난 건너편 쪽방을 마음에 두고 있었지만, 속내를 들키면 기회도 없을 것 같아 눈치만 보고 있었다.

"안방이랑 재서 방에는 커튼부터 달아야지, 안 그러면 3층에서 다 들여다보이겠어. 남향이면 뭐해? 스물네 시간 커튼 치고 살아야 할 판인데……. 당신, 아저씨들이랑 재서 짐부터 먼저 방으로 옮겨 줘."

만세! 엄마는 안방과 나란히 있는 방을 재서한테 주기로 마음먹은 모양이었다. 별수 없이 들판 쪽으로 창이 난 방은 내 것이 된다……고 좋아하려는데 재서가 불쑥 나섰다.

"난 맞은편 방이 더 좋은데? 일단 논밭도 보이고 막히지 않아서 덜 답답해."

엄마는 재서 말을 듣자마자 그 방을 살피러 들어갔다. 나는 사사건건 내 일에 재 뿌리는 자식을 흘겨보며 속으로 이를 갈았다.

"이 방은 너무 어둡고 습해서 안 돼!"

전등 불빛, 벽지와 장판 상태까지 꼼꼼하게 살핀 뒤 엄마가 결정을 내렸다.

"그래도 창밖 풍경은……."

"창밖 풍경? 지금은 5월이니까 그나마 괜찮지, 가을 되면 얼마나 스산한지 알아? 보고만 있어도 기운이 떨어질 거야. 이번만큼은 엄마 말 들어. 너 때문에 할 수 없이 온 이사야, 네 건강 때문에!"

엄마는 넌더리가 난다는 듯 겹창까지 닫아걸었다.

세상에, 이토록 엄마가 고마운 적이 있었던가? 재서가 슬그머니 웃고 있는 나를 밀치고 방을 나갔다. 그래도 괜찮았다. 이 정도면 아주 만족스러운 수확이니까.

이삿짐을 대충 치우고 저녁으로 중국 음식을 시킨 건 거의 한밤중이 다 되어서였다.

"좀 멀기는 해도 출퇴근할 수 있으니 얼마나 좋아? 자칫하면 이산가족으로 살 뻔했는데, 안 그래?"

아빠는 집에 대한 실수를 만회하려는 듯 애교스럽게 군만두를 집어 엄마 그릇에 올려놓았다. 저녁 내내 말 한마디 없던 엄마 얼굴에 얼핏 미소가 흘렀다. 말 그대로 '얼핏'이었다.

아빠의 애교에도 별 반응이 없는 엄마를 볼 때마다 난 아빠가 왜 엄마랑 결혼했을까 궁금했다. 냉정하지, 건조하지, 유머 감각 없지, 그러니 친구도 없지…….

"어디가 좋았지?"

"그냥 한눈에 반했던 거지, 뭐."

그냥 중얼거린 건데, 용케 알아들은 아빠가 과장스런 몸짓으로 엄마 어깨를 안으며 대답했다.

하긴, 엄마를 보고 한눈에 반할 정도의 시력이니 이런 집을 골랐겠지.

"당신은 생각 안 나지? 내가 당신 처음 봤을 때 당신이 학교 벤치에 앉아서 코가 빨개지도록 울고 있었던 거. 무슨 일이냐고 물으니까 말없이 날 쳐다보는 당신 표정이 얼마나 안쓰럽던지……. 순간 결심했잖아, 이 여자를 평생 지켜 줄 사람은 나밖에 없다고."

그때부터 아빠는 독신주의자라는 엄마를 3년 꼬박 쫓아다녀서 결혼 승낙을 받아 냈고, 그 후 17년째 좋지 않은 시력의

대가를 톡톡히 치르며 살고 있다. 그 덕분에 나와 재서가 세상 빛을 보게 된 거지만.

"싱거운 얘기 그만하고……. 너희들 잘 들어. 우린 곧 다시 전에 살던 곳으로 돌아갈 거야. 여기에 있는 건 끽해야 1년이라고. 그러니까 내 말은, 여기 있는 동안은 일 만들지 말고 조용히 있다 가자는 거야. 알았지?"

잠시도 말랑말랑한 기분을 견디지 못하는 엄마는 이사 첫날의 모처럼 화기애애한 분위기에 찬물을 끼얹고 말았다.

"무슨 일을 만들지 말라는 거야?"

내가 언짢았던 건 물어보지 않아도 누굴 두고 하는 말인지 뻔하다는 사실 때문이었다.

"무슨 일이든! 특히 너!"

엄마는 강조하듯 손가락으로 나를 콕 집으며 말했다.

'내가 하고 싶다는 건 엄마가 알아서 다 못 하게 하잖아. 합창부 사건, 기억 안 나?'

"왜 사람을 빤히 쳐다보면서 대답은 않는 건데? 할 말 있으면 해 봐!"

엄마는 다 알면서 은근히 내 화를 돋우고 있었다. 넘어가면 안 된다, 민재영.

"허, 대답이 없으면 알았다는 거지, 다른 할 말이 뭐가 있겠어? 대충 마무리했으면 그만 들어가서 쉬자고. 나도 일찍 출근해야 하고 너희도 내일부터 학교에 가야 하잖아?"

누구 편도 들 수 없는 아빠가 수위 조절을 위해 나섰다. 자리에서 일어나더니 식탁 위 그릇들을 차곡차곡 쌓아 익숙한 솜씨로 신문지에 싸서 현관 앞에 내놓았다.

"토요일인데 아빠 회사 가?"

내심 엄마와 내 전쟁을 기대하고 있던 재서가 김새는 얼굴로 끼어들었다.

"아니, 토요일이 문제가 아니라 재영이 표정이 그렇잖아? 할 말이 많다고."

엄마가 나한테서 눈을 떼지 않은 채 속사포처럼 쏘아 댔다. 기회를 줄 때 알아서 항복하라는 것처럼.

"당신도, 참……."

"알았어. 학교에서 얌전히, 조용히, 일 만들지 않으면 되는 거지?"

나는 아빠 말을 막고서, 엄마 머릿속에 새겨지도록 단어 하나하나 음절 하나하나 힘주어 말했다.

느닷없는 반격에 당황한 엄마가 말없이 나를 쏘아보았다. 뜬금없지만, 엄마 시선이 내게 머물기도 한다는 사실이 유쾌했다. 엄마를 이기지는 못했으나 지지 않았다는 묘한 쾌감이 느껴졌다.

"자, 자, 이삿짐 나르느라 다들 고단할 테니까 오늘은 그만 쉬지. 여기 뒷정리는 내가 맡을 테니까 다들 각자 방으로 해산!"

아빠가 얼른 들어가라는 눈짓을 내게 보냈다.

방에 들어와 혼자 있으려니 속에서 부대끼는 생각들로 점점 더 화가 났다. 일 만들지 말라고? 말 안 하고 있으니까 정말 내가 다 잊었다고 생각하는 건가?

작년에 나는 CA 활동으로 합창부에 들었다. 노래를 특별히 좋아해서라기보다는 이리 밀리고 저리 치이다 보니 남은 것이 십자수반이랑 합창부여서 선택의 여지가 없었다. 나한테 관심이 없는 엄마는 당연히 내가 합창부라는 사실조차 알지 못했다.

뜻밖에도 합창부는 내가 작년 한 해를 평화롭고 행복하게 보낼 수 있었던 또 하나의 이유였다.

노래를 빼어나게 잘 부르는 것도 아닌데 합창부 선생님은 내게 특별한 관심을 보였다. 성악이나 악기를 해 본 적이 없다는 말에 깜짝 놀라면서 그런데도 음감, 박자감이 월등하게 뛰어나다며 칭찬을 아끼지 않았다. 난 처음으로 내가 잘 하는 게 있다는 데 놀랐고 남들 주목에 익숙지 않아 얼떨떨했다. 합창부에서만은 재서의 불량품 취급도 받지 않았고 평면이던 존재감도 입체적으로 발휘되는 기분이었다. 한마디로 내가 '쓸모 있는' 아이가 될 수도 있다는 걸 깨달았다. 그러나 집중적으로 공부를 해 보라는 선생님 얘기를 들으면 곧 우울해졌다. 절대음감을 지닌 음악적 재능이 뭔지는 몰라도 엄마가 어떻게 나올지 너무 잘 아는 내게 그건 무리한, 아니 거의 불가능한 요구였다.

겨울방학이 시작되자 합창부 선생님은 엄마한테 전화를 걸어 기어이 하고 싶은 얘기를 하고 말았다. 우리 집 사정을 알리 없는 선생님이 제자를 위해 보여 줄 수 있는 유난스런 사랑의 표현이었다.

예상한 대로 엄마의 반응은 냉담했다. 그럴 생각 없다며 한마디로 거절한 것이다. 그러나 그것으로 끝이 아니었다.

2학년이 되자 엄마는 어느 틈에 담임선생님과도 얘기를 끝냈다며 합창부에 들지 말라고 했다. 권유가 아닌 명령이었다. 나는 엄마한테 처음으로 진심을 다해 합창부만은 그냥 해 보고 싶다고 사정했지만 엄마는 요지부동이었다. 안 되는 이유라도 말해 줬더라면, 그래서 그 이유가 합당했다면, 포기하는 쪽으로 마음을 잡았을 것이다. 그러나 그때도 엄마는, "그냥 안 돼! 이유 없어!"로 마무리 지어 버렸다. 심지어 합창부 선생님이 직접 전화를 했는데 받지도 않았다. 아빠와 재서도 이상하게 생각할 만큼 강경한 태도였다. 나는 합창부에 들지 못한 아쉬움보다, 안 될 일에 애원하며 매달렸다는 수치심 때문에 며칠 동안 잠을 잘 수가 없었다.

어쨌든 그것으로 끝이었다. 그 후로 나는 복도에서 합창부 선생님을 만나면 얼굴도 들지 못하고 피해 다녀야 했다.

창밖은 아침 안개처럼 캄캄한 어둠이 막아서서 아무것도 보이지 않았다. 어느 집에서 개가 짖어 대자 신호라도 되는 것처럼 여기저기서 동네 개들이 컹컹댔다.

아빠가 방문을 두드리고는 감기 드니까 창문 닫고 자는 것 잊지 말라고 했다. 하고 싶은 말이 있을 텐데 아빠는 쉽게 문을 열지 않았다. 어쩌면 아빠는 짐작하고 있는지도 모르겠다. 점점 통제가 안 되는 내 속의 말들이, 방문을 여는 순간 뒤죽박죽 쑤셔 넣은 옷장 속 옷들처럼 한꺼번에 쏟아져 나올지도 모른다는 사실을. 확실히 정리해 줄 수 없으면 함부로 열어선 안 된다는 것을 말이다.

"그리고 손톱도 물어뜯지 말고."

책 짐 하나 풀지도 못했는데 벌써 기운이 다 빠져 버렸다. 그렇지만 아빠한테는 최선을 다해 대답했다.

"안 그럴게. 아빠도 안녕히 주무세요!"

4·

지나치거나 혹은
넘치는 4차원

새 학교에 대해서는 그다지 할 말이 없다. 교복을 안 입어도 된다는 것 말고는 특별하게 좋은 점도, 딱 꼬집어 싫은 점도 없다. 5월이 끝나 갈 무렵이라 이렇다 할 1학기 행사는 다 치른 뒤였다. 엄마가 바라는 대로 조용하고 따분하고 지루한 날들이 이어질 조짐이 보여 불안했다.

내가 미처 예상치 못한 게 있다면, 각 학년에 학급이 하나씩밖에 없다는 사실이었다. 재서와 나는 어쩔 수 없이 한반이었다.

이 학교 졸업생이라는 담임선생님은 학교에 대한 자부심이 남다른 사람이었다. 일 년도 못 채우고 떠날 우리에게 담임선생님은 꽤나 거창하게 첫마디를 건넸다.

"얼마나 다녔느냐가 아니라 어떻게 지냈느냐가 평생을 좌

우하는 법이야. 이다음에 너희가 어른이 되었을 때 솔구중학교에서 보낸 시간이 평생 가장 중요한 기억으로 남을 거라고 믿어. 그렇게 될 거야. 그런 의미에서, 우리 잘 지내 보자."

눈짓만 주고받던 재서와 나는 선생님이 해맑게 웃으며 내민 손을 차마 거절하지 못했다.

쌍둥이에 대한 반 아이들의 호기심 어린 눈빛은 전에 다니던 학교와 다르지 않았다. 당분간 그 눈빛들을 견디려면 난 또 꽤나 성질 더럽다는 소릴 들어야 할 것이다.

첫날부터 6교시 수업이었다. 짧은 종례가 끝나자마자 나는 서둘러 교실을 나왔다. 엄마가 끝나면 바로 오라고 했지만, 혼자 동네를 어슬렁거려 볼 생각이었다. 그러려면 우선 재서 눈에서 벗어나는 게 중요했다.

1층 교무실 앞을 지나쳐 중앙 현관으로 가려는데 누군가 급하게 내 어깨를 잡아챘다.

"잠깐만! 너, 누구니? 아! 미안. 다른 사람으로 착각했어. 미안하다. 소윤일 리 없지."

선생님인지 학부형인지 정체가 모호한 아주머니 한 분이 당황한 기색으로 내게 사과하고 지나갔다. 나를 다른 사람으로 착각해서 미안하다는 건지, 자기가 아는 사람과 헷갈려서 미안하다는 건지, 순식간에 일어난 일이라 긴가민가했지만, 소윤이면 엄마 이름인데……. 잘못 들은 건가?

나는 뒤돌아 아줌마 모습을 찾았지만 이미 내 눈앞에서 사라진 뒤였다.

"너희 오빠 찾니? 아직 교실에 있던데……."

또, 또, 또 오빠란다. 홱 돌아보니 눈이 왕방울만큼 큰 아이가 빙그레 웃고 있었다. 이런 때는 어떻게 대꾸해야 하나 잠시 주저하고 있는데 그 애는 내가 못 들었다고 생각했는지 같은 말을 되풀이했다.

"너희 오빠, 아직 교실에 있다고."

"우선! 재서는 오빠가 아니야! 그리고 걔가 어디에 있는지는 나도 잘 안다고! 따로 갈 데가 있어서 먼저 나온 거야."

이런 말까지 할 필요는 없었는데, 그 애의 오지랖이 내 사나운 심사를 건드렸다. 젠장, 재서와 나를 엮는 문제에 관한 한 난 언제나 환자란 말이야.

나는 나대로 편치 않아서, 무안해할 그 애와 빨리 멀어지고 싶었다. 그런데…….

"아, 걔 이름이 재서였구나. 근데 너는 따로 어디 갈 건데?"

그 애는 전혀 무안하지 않은 얼굴로 쾌활하게 물었다. 자기 이름은 윤지라면서.

"여기저기."

나는 되도록 짧게 대답하고는 실내화를 운동화로 갈아 신었다. 윤지라는 애도 나와 같이 갈 것처럼 서둘러 신발을 갈아 신었다.

"왜? 나한테 할 말 있으면 여기서 해 봐!"

나는 운동장 한가운데 멈춰 서서 윤지를 돌아보며 말했다. 큰 눈을 헬끔거리며 쫓아오던 윤지가 나 때문에 발이 엉켜 잠시 허둥댔다.

"너, 신발 특이하다. 어디서 샀니?"

엥? 쌍둥이 얘기나 시시콜콜 물을 줄 알았는데 밑도 끝도 없이 신발이라니?

"신발 가게 가면 다 있는 거잖아?"

나는 개나 소나 다 신고 다니는 흔한 내 운동화를 내려다보며 대답했다.

"운동화 말고 실내화. 우리 거랑 좀 다르더라고. 서울에서 샀어?"

나는 대답 대신 고개만 끄덕였다. 별…….

"근데 너, 혹시 장사에 관심 있니?"

"무슨 말이야? 물건 사고파는 장사?"

나는 무슨 뜻으로 묻는지 알 수가 없어서 당황했다.

"음, 크게 말해서는 그렇다고 할 수 있는데, 세부적으로 말하면…….."

"아, 나한테 뭘 팔고 싶은 모양인데, 나 돈 없어."

아무리 생각해도 이것 말고는 다른 생각이 떠오르지 않았다.

"나, 너한테 뭘 팔려고 이러는 거 아냐."

윤지가 손을 내저으며 말했다.

"그럼 나한테 뭐 팔 거 있느냐고 묻는 거야? 그런 것도 없어!"

"너, 보기보다 성격 급하구나? 그것도 아닌데……."

윤지가 킥킥거리니 갑자기 약이 올랐다.

"팔 것도 아니고 살 것도 아니라면 더 할 말 없겠네. 나 바빠서 먼저 간다."

윤지가 매몰찬 내 목소리에 움찔하며 입을 다물었다. 그러나 입만 다물었을 뿐 일정한 거리를 두고 쫓아오는 건 포기하지 않았다.

"나한테 궁금한 게 더 있니?"

나는 최대한 참을성을 갖고 물었다. 상식적인 아이라면 이런 단계까지 오기 전에 벌써 나가떨어졌을 터였다. 그런 면으로 보자면 눈치 없는 건 최고의 무기인 셈이다.

"사실 장사는 중요한 게 아니고 진짜 할 얘기는 따로 있어. 너한테서…… 냄새가 나."

윤지가 큰 눈을 가늘게 뜨며 말했다.

"냄새?"

나는 당황해서 양쪽 손을 코에 대고 쿵쿵댔다.

"그런 냄새가 아니라…… 곧 너와 연관된 무슨 사건이 일어날 것 같아. 사건의 냄새가 난다고."

윤지는 좀 전과 다르게 진지한 얼굴로 말했다. 나는 무슨 말인지 몰라 멍하니 윤지 얼굴을 바라보았다.

"이상하게 들리겠지만 내 코는 좀 특별해서 가끔 종류가 아주 다른 냄새를 맡을 때가 있어. 그냥 냄새 말고 어떤 일이 일어날 조짐이라고나 할까?"

나는 어이가 없었지만 이렇게 황당한 때에는 무슨 말을 해야 좋을지 알 수가 없었다.

"안 믿기지? 근데 진짜야. 벌써 몇 번이나 증명되었으니까."

"그리 특별해 보이지는 않지만, 네가 그렇다면 좋아. 근데 나한테서 난다는 냄새, 그 사건은 뭔데?"

나는 그저 평범하게 생긴 윤지 코를 보면서 물었다.

"그게 문제인데……. 내 코의 단점이라면 단지 사건의 냄새만 맡는다는 거야. 그래서 어떤 때는 사건이 종결되고 난 뒤에야 이 냄새가 그 사건이라는 걸 알게 되곤 하지."

윤지가 자랑스레 제 코를 만지작거렸다. 정작 내 눈은 윤지의 코보다 연두색, 꽃분홍색, 파란색 매니큐어를 바른 윤지의 짧고 뭉툭한 손톱에 머물렀다. 이 학교는 손톱 검사도 하지 않나 보지?

"너, 내 말 안 믿는구나."

윤지가 돌아서서 걷는 내 뒤를 바싹 따라붙으며 말했다.

"응, 안 믿어."

"믿어야 한다니까. 나 전학 온 애한테 첫날부터 거짓말 같은 거 안 해. 그리고 너한테서 나는 냄새……, 별로 느낌이 안 좋아."

이런 애는 정말 질색이다. 끝도 없이 눈치 없고 끝도 없이 질긴 아이…….

"그래서! 그래서 나더러 어쩌라는 건데? 너도 냄새는 나는데 뭔지 모르겠다며? 경찰에 미리 신고라도 할까?"

"그럴 것까지는 없고, 뭔가 구체적인 게 보일 때까지 넌 기다리기만 하면 돼. 그래서 말인데……."

애는 하고 싶은 말을 한꺼번에 하지 못하고 질질 끄는 습관이 있는 모양이다. 나는 물끄러미 윤지를 바라보며 나머지 말을 기다렸다.

"그 일, 나한테 맡겨 줄래? 넌 아직 잘 모르겠지만, 이런 일은 내 전문이거든. 그 일, 내가 해결해 줄게."

나는 기가 막혀 말도 안 나왔다. 중요한 건 어떻게든 이 아이를 떼어 내야 한다는 거다.

"알았어. 그 일, 너한테 맡길게. 됐지? 어쨌든 지금은 아무 조짐도 안 보이는 거니까 내가 할 말 없는 것도 맞고. 그렇지?"

윤지가 고개를 끄덕이며 좋아했다. 나만큼이나 표정 관리 안 되는 애가 또 있었네.

학교 앞 크고 작은 가게를 지나 어느덧 집이 보이는 곳까지 왔는데도 윤지는 여전히 내 뒤를 따라오고 있었다.

"근데 넌 집이 어딘데 자꾸 따라와?"

내가 짜증을 부리며 묻자 윤지가 손가락으로 우리 집을 포위하고 있는 연립주택 건물 중 하나를 가리켰다. 허걱!

"난 집으로 안 갈 거니까 여기서 헤어지면 되겠다. 그 전에 저수지 가는 길 좀 가르쳐 줘. 논밭 사이를 가로질러 가는 길로······."

"거긴 왜? 혼자서 가려고?"

윤지가 화들짝 놀라며 내게 물었다.

"그럼 너도 같이 갈래?"

내가 건들거리면서 묻자 윤지는 약간 겁에 질린 얼굴로 말했다.

"모르나 본데, 이 동네에서 가장 조심해야 할 곳이 바로 저수지야. 비 오거나 안개 짙은 날, 특히 오늘처럼 잔뜩 흐린 날에는 얼씬도 말아야 해. 물속에서 들어오라고 꼬드기는 소리를 들은 사람도 있다고. 저수지에 갔다가 빠져 죽은 사람이 몇이나 되는지 알아?"

잘 버텨 왔던 내 참을성도 기어이 바닥을 드러내고 말았다.

"네가 직접 들어 본 적 있어? 그 꼬드기는 소리?"

"아니. 하지만 거의 2년에 한 번 꼴로 빠져 죽는 일이 있는 걸 보면, 괜한 소리는 아냐. 재작년 여름에도 사고가 있었잖아. 사실 그때도 불길한 냄새를 맡았어. 그게 그 냄새라는 것도 나중에 알았지만."

서울에서 부산까지 고속전철로 세 시간이면 가고, 인터넷만 연결되면 앉아서 세상 소식을 실시간으로 확인할 수 있으며, 손바닥만 한 휴대전화로 상대방 얼굴을 보며 얘기하는 시대에 난데없이 저수지 귀신이라니……. 타임머신을 타고 200년 전쯤으로 거슬러 올라가 전설의 고향 시대에 툭 떨어진 느낌이었다. 차라리 재서랑 얌전히 집에나 갈걸.

"뭐, 너한테는 대수롭지 않게 들리겠지만, 이사 오기 전에 내가 이 동네에 꽂힌 결정적인 이유 중 하나가 저 저수지였거든."

"그럼, 길은 왜 묻는데? 가 봤을 거 아냐!"

윤지가 약간 억울한 듯 대들었다.

"그날 바빠서 멀리서 대충 본 게 아쉬워서 그런다. 여기서 쭉 살았던 사람이야 동네에 저수지 하나 있는 게 별거 아니겠지만."

"정말 별거 아닌데……. 그보다 이 동네 사람들, 여기서 오래 산 사람은 생각보다 별로 없어. 십 년을 못 넘기고 죄다 이사 가는 것도 이 동네 특징이라고들 하지."

"그럼 지금 여기 사는 사람들이 다 나처럼 이사 왔다는 거야?"

윤지가 어깨를 으쓱해 보이고는 대답했다.

"나도 잘 모르는데, 옛날부터 살았던 사람은 열 집도 안 된다고 들었어. 어른들 말로는 이 동네 땅이 사람을 끌어당기질 못한대. 흙도 농사짓기에 별로 안 좋고, 집을 지어도 집값이 오르지 않고……. 그러니까 몇 년 살아 보지도 않고 다들 전학 간다고 난리잖아. 너 오기 전에도 몇 명 전학 갔어. 앞으로도 그러겠지만."

윤지는 나이 한참 먹은 노인처럼 고개까지 끄덕이며 말했다.

"그런데 너는? 다 전학 간다며?"

"가야지, 나도. 가려고 하는데 엄마가 아직……. 만약 지금 못 가더라도 고등학교는 꼭 나가서 다닐 거야. 그런데 너희는 왜 하필 이 동네로 왔냐?"

"왜라니? 내 눈에는 좋기만 한데……."

나는 젠체하며 주위를 돌아보았다. 서 있는 곳이 논밭 한중간에 있었으면 폼이 좀 났을 텐데, 불행하게도 윗마을에서도 가장 번화한 길 한가운데서 얘기를 하다 보니 눈에 걸리는 거라곤 온통 건물들뿐이었다. 쯧!

"저수지에는 안 갈 거지?"

윤지가 불안한 듯 내 눈치를 살폈다.

"내가 가든 말든 신경 쓰지 마. 알아서 할 테니까."

"그게 아니라……."

윤지는 할 말이 있는 듯 미적거렸다.

"아직도 내가 주의해야 할 게 남은 거야?"

"아니, 만약에 네가 오늘 말고 모레 가도 괜찮다면 내가 같이 가 준다고. 이번 주 수요일은 학부모 간담회 때문에 오전 수업만 한다고 했잖아."

나는 윤지 말에 살짝 흔들렸다. 사실 저수지에 가는 건 꼭 오늘이 아니어도 문제 될 건 없다. 신혜한테 들볶이지 않으려면 오늘은 인터넷이 연결되는 대로 미니홈피에 이사 보고 글이라도 남기는 게 훨씬 급하다. 솔직히 뺑이라 해도 저수지 귀신 얘기를 듣고 나니 기분이 썩 좋지만은 않았다.

"그런데 왜 지금은 안 되는데? 혹시 어른들한테 일러서 나까지 못 가게 하려는 건 아니지?"

미심쩍어 하는 내 말투에 윤지가 강하게 손을 내저었다.

"아, 아냐. 사실 오늘은 따로 갈 데가 있는데 너랑 얘기하려고 여기까지 쫓아왔거든. 그래서 나 지금 다시 학교로 가야해. 이것만 주고."

윤지는 가방에서 꼬깃꼬깃한 종이를 한 장 꺼내더니 뭐라고 적고는 빨간색 하트 스티커를 꺼내 그 위에 붙였다. 그러고는 그걸 내게 건넸다. 나는 멀뚱멀뚱 보고 있다 엉겁결에 받아들고 물었다.

"이게 뭔데?"

"계약서야. 집에 가서 꼼꼼하게 읽어 봐. 문제 있으면 얘기하고."

앞으로 일어나는 모든 사건을 윤지한테 맡기겠다는, 참으로 허술하기 짝이 없는 내용의 계약서였다.

"이 스티커는……."

허술한 계약서 위에 붙은 생뚱맞아 보이는 스티커를 가리키며 내가 물었다.

"아, 그건 내가 네 사건을 맡은 기념으로 주는 쿠폰이야. 나중에 요긴하게 쓰일 거니까 함부로 버리지 마. 그리고 저수지 가는 건 모레다!"

윤지가 처음으로 활짝 웃으며 학교 쪽으로 뛰어갔다. 나는 멍하니 윤지 뒷모습을 바라보며 속으로 중얼거렸다.

'맙소사, 전학 온 첫날 하필 저런 4차원을 만나다니…….'

"야, 민재영, 너!"

잠깐 윤지 뒷모습에 정신을 팔고 있는데 멀리서 재서가 손짓을 하며 다가오고 있었다. 나는 못 본 척 돌아서서 빠르게 걸었다.

어쩐지 재서가 느긋하게 쫓아온다 했더니 이유가 있었다. 대문 열쇠를 재서가 갖고 있었던 것이다. 초인종을 누르면 엄마가 열어 주긴 하겠지만 대문 앞에서부터 재서 찾는 소리를 듣기는 싫었다.

"바보!"

재서가 기세등등하게 다가와 기다리고 있는 나를 밀치고 열쇠로 대문을 열었다.

"엄마!"

재서가 엄마를 부르며 집으로 들어가고 나서야 나는 마당으로 들어섰다.

우둘투둘 성의 없이 마감한 시멘트 바닥은 여기저기 깨져서 금이 갔고, 건물이 햇볕을 가려 그늘진 바닥 틈마다 퍼런 이끼가 피어 있었다. 바람이 불자 어느 집에서 버렸는지 페트

병 하나가 발 앞으로 또르르 굴러 왔다.

명색이 마당인데, 나무 한 그루 없다니……. 나는 머릿속에서 습하고 우중충한 마당을 몰아내려고 애를 썼다.

대문 왼쪽에 빨간색으로 페인트칠을 한 개집이 있다면 얼마나 좋을까? 그리고 내 발소리를 듣고 거기서 반갑게 달려 나오는 개 한 마리도. 작고 사나운 개는 딱 질색이니까 순진무구한 어린애 같은 골든레트리버 종이면 좋겠는데. 재서한테 발길질을 몇 번 당한 뒤로 재서만 보면 슬금슬금 피하는 순둥이로. 이름은 보리? 그래, 보리 좋다.

'보리, 누나 왔어. 그만, 그만. 가방이라도 내려놓고……. 어, 밥그릇이 비었네? 벌써 다 먹은 거야, 아니면 엄마가 또 잊어버렸어? 반가워서 달려든 줄 알았더니 배가 고파서 그런 거였어? 알았어, 들어가서 밥 갖고 올게. 밥 먹고 누나랑 동네 한 바퀴 돌자!'

반쯤 풀린 눈을 하고 안기는 보리를 손으로 밀어내자 보리가 꼬리를 흔들며 바닥에 뒹굴다가 다시 달려든다. 보리 털에 붙은 검불이 내 옷에도 옮겨 붙는다. 엄마가 또 질색을 하겠군.

"뭐 하냐? 안 들어오고!"

재서가 현관 밖으로 얼굴만 빼쭉 내밀었다.

'보리야, 그렇게 겁내지 않아도 돼. 재서가 괴롭히지 못하게 누나가 지켜 줄 테니까. 얼른 가방 놓고 와서 밥 줄게.'

그동안 얼마나 당했는지 보리는 내 말도 듣지 않고 겁에 질린 눈으로 날쌔게 몸을 숨긴다.

"남이야 뭘 하든!"

나는 아무것도 묻지 않은 옷을 툭툭 털며 현관에 이르는 계단을 올랐다.

"다녀왔습니다!"

"찜통 안에 고구마 있어. 접시에 담기만 하면 되니까 재서랑 먹어."

엄마는 거실 컴퓨터 앞에 앉아서 돌아보지도 않고 말했다. 저 자리에 앉으려고 서둘러 온 건데…….

재서는 고구마 먹는 내내 학교에서 있었던 일을 시시콜콜 떠들어 댔다. 내가 보기에는 엄마가 딱히 귀 기울여 듣는 것 같지도 않은데, 열 내며 설명하느라 재서 눈에는 아무것도 보이지 않는 모양이었다.

내가 고구마 먹은 그릇을 치우고 거실로 나올 때까지도 엄마는 컴퓨터 앞에서 일어나지 않았다.

거실 소파에 누워 문을 열어 놓은 내 방 안을 들여다보니 방 창문을 통해 큰길 건너 논밭은 물론이고 우뚝 솟은 교회 첨탑, 그리고 가물거리지만 마을 끝에 있는 저수지 둑까지 보였다.

"옛날에 여기 윗마을 쪽에는 거의 집이 없었다며? 그럼 엄마도 아랫마을에 살았겠네? 어디쯤이야? 아직 있어? 저수지 근처야? 아니면 교회 근처?"

나는 발을 들어 허공에서 내 방 창이 가려지는 지점을 찾으며 물었다.

"그건 왜?"

모니터에서 눈을 떼지 않은 채 엄마가 시큰둥하게 되물었다.

"엄마가 어떤 집에서 살았는지 궁금해서……."

"쓸데없이 그런 게 왜 궁금해? 옛날에 살았던 집이 뭔 대수라고!"

엄마는 더 얘기하기 싫다는 듯 한마디로 잘라 말했다.

아빠는 엄마가 어렸을 적에 외할아버지가 돌아가셨고 고등학교를 졸업할 때 외할머니마저 돌아가셨기 때문에 고향에 대한 기억을 떠올리고 싶어 하지 않는 거라고 했다. 하지만 그건 엄마의 기억일 뿐이다. 나는 외할머니가 살아 계신다면 외갓집이 있을지도 모르는 큰길 건너편 아랫마을을 아쉬워하며 바라보았다.

"저수지까지는 여기서 얼마나 걸릴까? 어렸을 때 자주 가 봤어?"

"……."

"저 교회도 굉장히 오래된 것 같은데 엄마 어렸을 때도 있었지?"

"……."

"크리스마스 때도 엄만 안 가 봤어?"

내 발은 저수지에서 교회 첨탑으로, 다시 논밭으로 옮겨 갔고 그때마다 저수지와 교회, 논밭이 차례로 발 뒤에 숨었다.

"엄마가 살던 집……."

"내가 이 동네에서 산 건 아주 옛날이거든! 지금은 다 달라져서 기억나는 것도 없으니까 제발 그 입 좀 다물어!"

엄마는 벌컥 화를 내더니 컴퓨터를 끄고 부엌으로 들어갔다. 차근차근 설명해 줄 거라고 기대하지도 않았기 때문에 나는 그다지 무안하지도 않았다. 하지만 저렇게 화낼 것까지야…….

어쨌든 엄마가 화내고 나가는 바람에 컴퓨터는 내 차지가 되었다.

예전에 살던 집에서는 재서 방에 컴퓨터가 있어서 특별한 일이 아니면 인터넷을 거의 하지 않았다. 신혜가 우리 둘만 아는 비밀 클럽이라도 만들자고 성화를 부렸지만 어쩔 수가 없었다. 재서는 우리 반 카페에도 내 아이디로 자주 들어갔고 가끔 내 메일함도 몰래 열어 보곤 했다. 그런 상황에서 클럽을 만들어 봤자 재서한테 좋은 일 하는 것 말고는 아무 의미가 없었다.

그러나 이사 오기 전에 신혜가 정말 멋진 생각을 해냈다. 어차피 갖은 수를 다 써 봤자 재서 눈을 피하기 어려울 테니 차라리 엄마나 아빠 이름으로 미니홈피를 만들라는 것이다. 나는 그런 생각을 해낸 신혜를 아인슈타인 이후 최고의 천재라고 치켜세웠다.

이왕이면 아빠 이름을 빌려 쓰고 싶었는데 주민등록번호를 쳐 보니 아쉽게도 아빠 이름으로 된 미니홈피는 벌써 등록이 되어 있었다. 다행히 엄마 것은 없어서 엄마 이름으로 등록했다.

강소윤, 그날부터 나는 이 이름을 빌려 미니홈피를 운영하고 있다. 그러고 보면 나도 엄마한테 빚진 게 전혀 없는 건 아니다. 물론 그것도 엄마나 재서한테 들킬 때까지만 유효하겠지만, 후후.

5.

있을 수
없는 사진

윤지는 이틀 전 나와 했던 약속을 기억하고 있었다.

수업 마치는 종이 울리자마자 생글거리며 다가오는 윤지를 보면서도 나는 그 약속을 떠올리지 못했다. 솔직하게 말하면 저수지에 대한 관심은 이미 사그라진 뒤였다. 이도 저도 다 시들한 이 기분을 어떻게 설명할까 고민하고 있는데 윤지를 부르는 아이가 있었다.

"금세 청소 끝낼 테니까 조금만 기다려. 진혜랑 유빈이는 둘 다 집에 일이 있대. 바자회 준비 마치면 자료 정리도 같이 할 수 있지? 오늘 할 일 엄청 많으니까 나한테 시간 없다는 말 하지 마!"

내용상 부탁이 맞는데 말하는 태도는 거의 명령에 가까웠 다. 사뭇 강경한 말투가 우리 엄마를 연상시켰다.

"오늘? 나, 재영이랑 어디 가야 하는데……. 상미야, 이따 좀 늦게 교회로 가면……."

"양윤지, 넌 항상 이런 식이더라. 이게 나 혼자 해야 할 일이니? 처음 바자회 얘기 나왔을 때 난 못 하겠다고 했는데도 하자고 바람 잡은 건 너잖아! 정작 일해야 할 때는 딴소리할 거면서 왜 하자고 했는데? 경고하는데, 이런 식으로 할 거면 이번 일에서 손 떼! 그리고 다음부터는 말하기 전에 책임질 수 있는지부터 생각하라고!"

"갔다 와서는 진짜 늦게까지 도와줄 수 있는데……."

윤지는 죽을 죄라도 지은 것처럼 어깨를 늘어뜨렸다.

상미란 애는 뭘 믿고 저렇게 당당한 거지? 나중에 도와주겠다는데 저 모진 태도는 뭐냐고! 윤지는 왜 또 저렇게 절절매는 거야? 약점이라도 잡힌 건가?

좀 전까지 심드렁했던 기분이 싹 가셨다.

"양윤지, 시간 없어. 계속 꾸물거리고 있을 거야?"

상미가 어이없다는 표정으로 보든 말든, 나는 윤지 손목을 잡아끌고 교실을 나왔다.

교문을 빠져나와 크고 작은 골목을 지나쳐 큰길에 이르자 학교에서 귀가 멍멍하도록 떠들어 대던 아이들 수가 눈에 띄게 줄었다. 서둘러 길을 건너려고 하는데 윤지가 내 손을 잡아끌었다. 갑자기 길 끝에서 대형 트럭 몇 대가 나타나 무서운 속력으로 우리 앞을 지나쳤다. 그 뒤로 매캐한 흙먼지가 피어올랐다.

"오늘 내가 네 목숨 구해 준 거다. 고맙지?"

윤지가 손부채로 먼지를 털어 내며 내게 말했다.

나는 대답 대신 아까 교실에서 본 광경에 대해 물었다.

"걘 뭐야? 잔뜩 인상 쓰고 너한테 이래라저래라 하던 애 말이야. 걔한테 왜 그렇게 절절매는 건데?"

"아, 상미? 걔 그리 못된 애는 아냐. 걔네 아빠가 이장님이시잖아. 외동딸이라 엄청 귀하게 커서 그런 거지."

윤지는 물어보지도 않은 얘기를 주절주절 혼자 늘어놓았다. 나는 상미가 어떤 앤지 잘 모르기 때문에 궁금한 것도 없었지만 외동딸로 귀하게 자랐다는 말에는 심한 저항감이 밀려왔다.

"야! 이장 딸이라는 거랑, 외동딸로 귀하게 컸다는 거랑 못된 애가 아니라는 것을 어떻게 한 줄에 다 엮을 수 있냐? 이장딸이면 못되게 굴어도 돼? 외동딸로 귀하게 컸으면 그래도 되냐고!"

잘 알지도 못하는 애를 놓고 이렇게 흥분하는 것 자체가 말이 안 되었지만 어쨌든, 그냥, 아무 이유 없이 나는 부아가 치밀었다. 내가 엄마한테 홀대 받는 게 마치 그 애가 넘치게 받는 대접 때문이기라도 한 것처럼.

"아니, 그래서 그렇다는 게 아니라 알고 보면 상미도 빈틈이 많은 애라고."

윤지가 큰 눈을 핼끔거리며 변명 같은 변호를 또 늘어놓았다.

새벽에 내린 비로 논둑은 진창이 되어 있었다. 좀 멀쩡한 길로 가면 안 되냐고 했더니 윤지는 저수지로 가는 지름길은 이 길뿐이라며 나더러 선택하라고 했다. 나가서 돌아가든지, 지름길로 후딱 다녀오든지…….

지나가던 아주머니 몇 분이 알아보자 윤지가 공손하게 인사했다.

6월의 논은 온 동네를 진초록빛으로 화사하게 물들였다. 모판에서 옮겨 심긴 벼들이 물 댄 논에 가지런히 줄 맞춰 서 있었다. 막 학교에 입학한 아이들이 운동장에 줄을 선 것처럼 논에는 생기와 긴장감이 동시에 흘렀다.

"거기다 이장님이 우리 교회 장로님이시라 상미가 교회에서 하는 일이 무지하게 많아. 중고등부 피아노 반주도 해야지, 가끔 유치부 보조 선생님도 해야지, 교회에서 일어나는 자질구레한 일을 도맡아 한다니까. 일도 많은데 이번에 바자회까지 하기로 했거든. 함께 하기로 했던 애들 둘이 곧 전학 갈 거라서 일은 많고 손은 없고……. 그래서 평소보다 더 예민해져서 그런 거야."

윤지는 눈치 없이 자꾸 설명을 보탰다. 이렇게 길어질 줄 알았으면 묻지 말걸……. 나는 지루해서 연거푸 하품만 해 댔다.

"그런 걸 왜 해야 하는데? 장로 딸이면 그런 것까지 다 해야 해?"

"아니, 꼭 그런 건 아닌데, 상미네가 우리 교회에서 아마 가장 오래된 교인일걸. 걔네 할아버지가 교회 생겼을 때부터 다녔다니까."

윤지가 고개를 갸웃거리며 대답했다.

"그러니까 걔는 딱히 이유는 없는데, 전적으로 자기가 좋아서 그러는 거잖아! 장로 딸이란 것과도 상관없는 거고. 아냐?"

"그러게. 네 말 듣고 나니까 그런 것도 같네."

윤지가 자신 없는 목소리로 말했다.

"근데 너는 왜 그 일에 바람을 잡아서 싫은 소리까지 덤으로 듣는 건데?"

"이렇게 될 줄 알았나, 뭐. 다 교회를 살리려고 그런 거지."

"교회를 살려? 교회가 죽기라도 한다는 말이야?"

"얘는……. 그게 아니라…… 곧 교회 땅을 팔지도 모르거든. 그럼 저 건물도 없어지게 되니까."

윤지가 교회 건물을 가리키며 말했다.

"왜? 그나마 마을에서 가장 볼품 있는 게 교회 건물이던데……."

"볼품이 문제가 아니야. 저 건물은 우리 마을의 상징 같은 거라고. 지금은 아랫마을에 속해 있지만, 솔구마을이 번성했

을 때에는 마을 사람들 거의 다가 교인일 정도였대. 주변에
교회들이 꽤 있었는데도 읍내에서 일부러 우리 교회를 찾아
올 정도로 규모가 컸다는 거야."

"그런데 왜?"

그 이유가 뭔지 짐작하면서도 나는 되물었다.

"일단 교인이 너무 줄어서 그렇지 뭐. 살던 사람들은 거의
다 떠나고 그나마 이사 오는 사람들도 예전처럼 교회를 찾지
않으니까. 얼마나 어려워졌는지, 우선 땅부터 팔아야 한다나
봐. 그럼 당연히 저 건물부터 부수겠지."

"설마…… 너희들이 바자회에서 물건을 팔아 교회 건물을
지키겠다는 건 아니지?"

"왜 아니야? 그걸로 교회도 돕고 교인도 늘려서 어떻게든
교회를 살리자는 거지."

윤지는 당연한 걸 묻는다는 투로 대답했다.

"설마 나한테 장사에 관심 있냐고 물었던 건…… 이 바자회
때문은 아니지?"

"너, 생긴 것답지 않게 눈치는 좀 있구나? 도와줄 거지?"

윤지가 환하게 웃으며 내 손을 잡았다.

"일단 손부터 놔!"

윤지가 당황해하며 내 손을 놓자 나는 손가락을 하나씩 접
어 가며 말했다.

"난 안 해. 왜냐하면…… 첫째, 나는 교회에 안 다니고 앞으

로도 쭉 안 다닐 거니까 그 일은 나랑 아무 상관없어. 둘째, 설령 내가 교회에 다닌다 해도 그 일을 도와줄 만큼 우리가 친한 사이도 아니잖아? 마지막으로, 이게 아주 중요한데, 나는 귀찮은 건 딱 질색이라서 안 해. 특히 성격 안 좋은 장로 겸 이장 외동딸이랑 같이 해야 하는 일은 더더욱!"

말하고 나니까 다시 화가 치밀었다. 나는 상미 말투처럼 뾰족한 교회의 첨탑을 흘겨보았다.

내 방 창문을 통해 볼 때는 몰랐는데, 가까이에서 보니 교회 건물은 크기도 컸지만 한눈에도 역사와 전통이 뚝뚝 묻어나는 위엄이 있었다. 반투명 아치형 유리창과 교회 옆에 세워진 종탑의 고전적인 느낌까지 더해져서 교회보다는 예배당이라는 말이 더 어울릴 듯했다. 붉은 외벽 한 면을 뒤덮은 담쟁이덩굴은 건물을 고풍스럽게 만들었고, 벽돌 틈새에 핀 이끼조차 우리 집 마당에 핀 이끼처럼 습하지 않고 당당해 보였다. 그러나 그 모든 것을 다 인정하고도 교회는 논밭뿐인 마을 분위기와 전혀 어울리지 않았다.

"가까이 와서 보니까 마음이 달라지지? 한번 들어가 볼래? 너는 일 안 해도 되는데……. 참, 건물을 돌아가면 뒷마당에 놀이터도 있어."

"됐어. 저수지에 가려고 이 진창을 헤쳐 왔는데, 겨우 교회 놀이터에서 놀라고?"

"놀이터가 싫으면 교육실에서 책 읽어도 돼. 저수지는 진짜 볼 거 없는데……."

윤지가 썩 내키지 않는다는 듯이 내 눈치를 살폈다. 나는 모르는 척 윤지를 앞질러 걸었다.

일자로 쭉 뻗어 나가던 논둑이 경사가 가팔라지면서 좁아지며 꼬불꼬불해졌다. 진창길을 가다가 드문드문 포장된 샛길이 보이면 나도 모르게 그쪽으로 발길을 옮겼는데, 그때마다 윤지가 길도 모르면서 용감하다며 핀잔을 주었다. 그나마 어딘가부터 샛길도 사라졌다. 저수지가 가까워지고 있음이 느껴졌다.

사람이 오가지 않는 논둑에서는 진흙에 엉긴 잡초들이 자꾸 발을 잡아끌었다. 기분 탓인지 고랑이 깊어진 것도 같고 논밭이 작아진 것도 같았다. 지금껏 마을을 화사하게 물들이던 파릇파릇한 논 대신 땅만 갈아엎은 빈 논이 자주 눈에 띄었다. 마을 중심부를 지나올 때는 분명히 6월이었던 풍경이 급격하게 11월로 넘어간 느낌이었다. 덩달아 윤지도 점차 말이 없어졌다. 내가 받을 사랑까지 독차지한 이장 딸 얘기라도 할 것이지.

저수지에 거의 다다랐다는 건 바람 때문에 알았다. 바람에 물기가 묻어 있었다.

"저 둑 아래가 저수지야."

윤지가 오르막길 끝에 있는 둑을 가리키며 말했다. 황량한 둑 위에 '수영 금지'라는 팻말 하나가 비스듬하게 세워져 있었다.

나지막한 산으로 둘러싸인 저수지를 보자마자, 괜히 왔다고 후회했다. 물 색깔은 거무튀튀했고 둑 근처 물 위에는 쓰레기가 둥둥 떠다녔다. 건너편 산 그림자가 물 위에서 불안하게 흔들렸다. 거무죽죽하고 앙상한 가지만 남은 갓길의 나무들은 물이 불어나거나 줄어들 때마다 시달린 흔적이 역력했다. 밋밋함과 지저분함, 어디에도 쓸모없는 죽은 물 같은 느낌. 그런 모든 것이 다 고여 있는 저수지 위로 한가로이 잠자리가 날아다녔다.

여기서 안개가 피어올랐다고? 설명하기 힘든 분노가 치밀어 올랐다.

"내 말이 맞지?"

윤지가 재미있다는 듯이 내 얼굴을 살피며 물었다.

무릎까지 오는 풀을 헤치며 나는 잠자코 저수지 둑을 따라 걸었다.

"어디 가려고?"

나도 내가 어디를 가려는지 알았으면 좋겠다.

"어디 가냐니까?"

윤지가 꼬치꼬치 캐물으며 따라왔다.

"아, 나도 몰라! 넌 왜 저수지 꼴이 이렇다는 말 안 했어? 그랬으면 바로 알아들었……."

갑자기 풀숲 사이에서 푸드덕하는 소리와 함께 새 한 마리가 저수지 위로 날아올랐다.

"엄마야!"

새 소리보다 더 기괴한 윤지의 비명에 놀라 나는 그 자리에 주저앉고 말았다. 때맞춰 둑 아래에서 개 짖는 소리까지 요란하게 들려왔다. 바람 소리와 우리 둘의 말소리밖에 들리지 않던 저수지가 잠시 소란스러워졌다. 갑자기 나타난 우리를 침입자라고 여겼는지, 우리 둘을 향해 짖어 대는 소리는 좀처럼 그치지 않았다.

"어디 있지? 분명 이 근처에서 짖는 소리가 들렸는데."

나는 가방을 윤지한테 던지고 둑 아래로 뛰어내리며 물었다.

풀숲에 가려 정작 개는 보이지 않았지만 짖는 소리만 들어도 덩치가 짐작이 되었다.

"뭐가 나올지 알고 그래? 가지 마!"

윤지가 겁에 질린 목소리로 나를 말렸다.

"설마 멍멍 짖는 호랑이가 나오겠냐?"

나는 발소리를 죽이며 풀숲 가까이 다가갔다.

예상대로 덩치 큰 개 한 마리가 논둑 끝 풀숲에서 나를 경계하면서 으르렁거렸다. 나는 우선 달래고 봐야 할 것 같아 주머니를 뒤졌지만 손에 잡히는 것이 없었다.

"윤지야, 내 가방 안에 빵 있어. 빨리 가져와. 빨리!"

나는 개한테서 눈을 떼지 않은 채 소리쳤다. 윤지는 그때까지도 그 자리에 꼼짝 않고 서 있었다. 내가 몇 번 더 채근하자

마지못해 샌드위치를 꺼내 내가 있는 쪽으로 던졌다.

"착하지? 이리 와서 이거 먹어."

샌드위치를 잘 보일 만한 바닥에 내려놓았는데도 개는 경계를 풀지 않고 으르렁거리기만 했다. 내가 두어 걸음 뒤로 물러서고 나서야 개는 샌드위치가 놓인 곳으로 다가와 냄새를 맡아 보더니 허겁지겁 먹기 시작했다. 내가 슬금슬금 다가갔는데도 한 번 올려다볼 뿐 전혀 개의치 않았다.

"넌 누구네 갠데 여기까지 온 거니? 너희 주인 되게 야박한가 보다. 어쩜 이렇게 배고프게 놔둘 수 있니?"

내가 살살 머리를 쓰다듬자 개는 잠깐 움찔하는 것 같더니 금세 얌전해졌다.

"얘, 진짜 순하다. 윤지야, 이 개 누구네 개인지 아니?"

"내가 그걸 어떻게 알아?"

윤지가 퉁명스레 대답했다.

"거기서 보면 아냐? 내려와서 찬찬히 봐야지. 와서 만져 봐. 정말 순하고 착해."

"난 개 진짜 싫어한단 말이야. 빨리 돌려보내."

"그럼 새는? 아까 보니까 푸드덕거리는 새 보고도 엄청 놀라더구먼."

나는 털을 쓸어 주며 말했다.

"내가 세상에서 가장 무서워하는 게 새고, 세상에서 가장 싫어하는 게 개란 말이야. 아, 빨리 보내!"

윤지 말이 우스워서 킬킬댔지만, 나는 개를 돌려보내고 싶지 않았다. 우선, 골든레트리버는 아니어도 큰 덩치가 내 마음에 쏙 들었다. 순한 성격도. 주인 없으면 데려가서 키워 보고 싶다는 생각이 들었을 때 하필 개목걸이가 눈에 띄었다. 주인이 끌고 다닐 때 쓰는 개줄이 아니라 나무에 이름을 새겨 넣은 진짜 개 목걸이였다.

"어디 보자, 계……. 끝 자가 지워져서 안 보이네. 계수? 계림? 설마 이름이 계모나 계집은 아니겠지? 윤지야, 너 진짜 동네에서 얘 본 적 없어? 목걸이 한 개 말이야!"

윤지가 내 성화에 못 이겨 몇 발짝 다가왔다.

"이 동네엔 사람보다 개가 더 많은데, 어떻게 다 아냐? 혹시 저수지 할머니네 개인가?"

"저수지 할머니는 또 누구야?"

내심 주인 없는 개이길 바랐는데, 범위가 점차 좁아지니 곧 누군가 주인이라며 불쑥 튀어나올 것 같아 불안했다.

"건너편 언덕 너머에 사는 할머닌데, 약간 이상해."

윤지가 손가락으로 가리키는 언덕 위에는 무성한 나뭇잎들이 시야를 가려 사람 사는 집이 있는지 알 수가 없었다. 약간 이상한 할머니라고?

"가 보자!"

"거긴 또 왜?"

윤지가 기겁하며 물었다.

"이상한 할머니라며? 그 할머니가 밥도 안 주고 괴롭히는지도 모르잖아. 키울 수 있는지 없는지 내 눈으로 직접 봐야겠어."

나는 바닥에 남은 샌드위치를 주워 들고 개를 유인했다.

"난 안 가. 너나 갔다 와."

윤지가 드물게 강한 어조로 말했다.

"길을 모르는데 나 혼자 어떻게 갔다 와? 그러지 말고 잠깐만 갔다 오자, 응?"

"싫어. 그 할머니 몇 번 본 적 있는데 되게 이상하단 말이야! 무서워서 싫어!"

"그럼 개만 데려다 주고 오면 같이 교회 가 줄게. 너 아까 성격 안 좋은 애 도와줘야 한다며?"

윤지가 그 큰 눈을 가늘게 뜨며 미심쩍은 듯 물었다.

"진짜지, 너? 갔다가 개만 돌려주고 돌아오는 거야. 그리고 교회에……."

"알았으니까 앞장서기나 해!"

목적지가 빤히 보이는데도 사람이 오가지 않는 곳이라 길 찾기가 쉽지 않았다. 길눈 밝은 윤지도 몇 번이나 머리를 갸웃거리며 돌아 나왔다. 뱀이 나올지도 모른다는 윤지 말에 내 신경은 온통 발밑으로 쏠렸다. 막무가내로 우긴 것이 슬그머니 후회가 되었다. 경사가 그리 심하지 않은 언덕인데도 길 찾으랴, 개 끌고 가랴, 발밑 조심하랴, 금세 온몸이 땀으로 찐

득거렸다.

언덕 중턱을 지나자 적당한 거리를 유지하며 쫓아오던 개가 갑자기 우리를 앞지르기 시작했다.

"내 말이 맞지? 그 할머니네 개가 틀림없어."

나는 개를 쫓아 오르막길을 달리느라 기진맥진해서 윤지 말에 대꾸할 힘도 없었다.

꼭대기에 이르자 다시 완만한 언덕이 나타났고 그 비탈 중턱에 보이는 허름한 집을 향해 개가 달려갔다.

"더 가지 마!"

윤지가 내 팔을 잡고 말렸다. 나도 더 갈 생각은 없었다.

집 앞에 길게 늘어진 빨랫줄과 널린 빨래들, 뚜껑 열린 항아리 몇 개, 반질반질한 툇마루, 그 위에 놓인 광주리……. 사람 사는 흔적은 곳곳에서 확인할 수 있었다. 문득 좁은 툇마루로 눈을 돌렸는데, 웬 할머니가 동상처럼 꼼짝 않고 허공을 바라보고 있었다. 나도 모르게 몸이 움츠러들었다.

"저 할머니구나. 근데 뭐 하는 거야?"

윤지가 내 팔을 잡은 손에 힘을 주며 조용히 하라는 신호를 보냈다.

처음에는 꼼짝 않고 앉아만 있는 줄 알았는데 자세히 보니 할머니는 무릎에 놓인 책장을 넘기며 간간이 혼자 중얼거리기도 했다. 그 모습은 동상처럼 앉아 있는 줄 알았을 때보다 더 기괴해 보였다.

"누구한테 얘기하는 거야?"

"모르지. 볼 때마다 저러고 있으니까. 사람이랑 말하는 걸 본 적이 없어. 내가 이상하다고 했잖아."

윤지가 속삭이며 말했다.

좀 전에 의리 없이 우리를 앞질러 간 개가 덩치에 안 맞게 할머니 앞에서 꼬리를 흔들며 갖은 재롱을 다 떨었다. 할머니 양말을 물고 잡아끌기도 하고 무릎에 두 발을 척 올려놓기도 했다. 잠깐이었지만 보리라는 이름을 붙여 주고 싶었던 내 희망은 산산조각이 나고 말았다.

저 정도로 애교를 떨면 한 번쯤 안아 줄 만도 한데 할머니는 발로 밀어내기만 할 뿐 좀처럼 반응을 보이지 않았다. 그 모습을 지켜보던 우리가 지쳐 갈 즈음, 할머니 앞에서 빙빙 돌던 개가 할머니 무릎에 놓인 책을 물어 떨어뜨렸다. 미동도 않던 할머니가 벌떡 일어나 알아들을 수 없는 소리를 웅얼대더니 댓돌 위의 신발을 집어 개를 향해 던졌다.

"그러지 마세요!"

나도 모르게 고함을 지르며 앞으로 달려 나갔다. 할머니는 느닷없이 등장한 나 때문에 꽤 놀랐는지 경계하는 눈빛으로 나를 살폈다.

"그러니까…… 음, 너무 심하게 하지 마시라고요. 배가 고픈 것 같아서 저희가 뭘 먹였거든요, 그 개한테……."

무안해진 나는 할머니 주위에서 까불거리는 개를 가리키며 말도 안 되는 소리를 주절거렸다. 저 의리 없는 것을 구하자고 덮어놓고 달려 나오는 게 아니었는데…….

할머니가 말없이 쏘아보고만 있으니까 당황스러워 쓸데없는 말이 두서없이 쏟아져 나왔다.

"저, 저는 며칠 전에 요 아래로 이사 왔는데요……."

할머니가 눈으로 묻고 있었다. 그래서?

이 난감한 상황에 쩔쩔매다 돌아보니 윤지가 슬금슬금 뒷걸음치며 할머니를 가리켰다. 그새 할머니가 주섬주섬 신발을 고쳐 신더니 마당으로 내려온 것이다. 더럭 겁이 났다.

"아, 안녕히 계세요!"

나는 고함치듯 인사하고 윤지를 따라 내뺐다.

저수지 둑이 보이는 곳까지 어떻게 달려왔는지 모르겠다. 수영 금지 팻말을 붙잡고 숨을 고르는데 뻣뻣해진 목덜미에 땀이 흥건했다.

"저, 저는 며칠 전에 요 아래로 이사 왔는데요……. 누가 물어 봤어?"

윤지가 내 말투를 흉내 내며 배를 잡고 웃어 댔다.

"그럼 어떻게 해! 암말 않고 쏘아보기만 하는데……."

"그러게 말릴 때 가지 말았어야지. 그 와중에도 인사성은 밝으셔. 도망치면서도 안녕히 계시라니……."

윤지한테 약점 하나 단단히 잡히고 말았다.

"근데 그 할머니는 왜 혼자 살아? 그렇게 외딴곳에서 무슨 일이라도 당하면 어쩌려고?"

나이 들수록 모여 살아야 한다던 우리 할머니 말을 떠올리며 물었다.

"그러니까 정상이 아니라는 거지. 젊었을 때 간호사였다는 소문도 있던데, 그 소문을 듣고 나니 더 무시무시하게 보이는 거 있지? 아니, 하고많은 데 놔두고 왜 하필 사람 빠져 죽은 저수지 근처냐고! 아, 안녕하세요?"

저수지 내리막길에서 자전거를 끌고 올라오는 우편배달부 아저씨를 만나자 윤지가 인사를 했다. 아저씨는 오르막길이 힘든지 고갯짓만 하며 우리 곁을 스쳐 지나갔다.

"그래도 자식은 있나 보다, 우체부 아저씨가 드나드는 걸 보니……."

"그런가?"

윤지가 아저씨 뒷모습을 보며 고개를 갸웃거렸다.

교회 앞에 이르자 윤지는 나한테 막무가내로 같이 들어가야 한다고 우겼다.

"내가 왜? 교회 안에 들어가겠다고 한 적은 없잖아! 마당에 있을 거야."

윤지가 왜 같이 들어가자고 하는지 뻔히 알면서도 나는 고집을 부렸다.

"너랑 같이 가면 상미도 좋아할 거야. 그러니까, 응?"

둘이서 한참 실랑이를 벌이고 있는데 누가 교회 문을 열고 나왔다. 교회 선생님 같은 아주머니가 터질 듯이 꽉 찬 쓰레기봉투를 양손에 들고 나오다가 우리와 눈이 마주쳤다.

"어, 윤지구나. 지금 온 거야? 잘됐다. 자료 정리 때문에 상미 혼자 낑낑대고 있거든. 상미야, 윤지가 친구랑 같이 왔어! 어서 들어가자."

나는 아니라고 말할 틈도 없이 수다스러운 아줌마한테 등 떠밀려 교회 안으로 들어갔다. 윤지가 나를 쿡 찌르며 히죽 웃었다.

"오지 말라니까 기어이 왔네."

상미가 윤지와 나를 흘끗 보고 말했다. 상미가 일하는 교육실이라는 곳 한가운데에 칸막이가 가로놓여 있었고 긴 책상 위에는 빈 앨범과 사진들이 수북하게 쌓여 있었다. 칸막이 너머에서 시끌벅적한 소리가 들려왔다. 저쪽에서도 몇 사람이 일을 하고 있는 모양이었다.

"이 사진들을 분류하는 건가 보죠?"

윤지가 의자를 바짝 당겨 앉으며 싹싹하게 물었다.

"여기에 있는 건 교회 초창기 사진들이야. 30년 전부터 20년 전까지. 그 이후 건 청년부 몇 명이 정리하고 있어."

우리를 데리고 들어온 선생님이 칸막이 쪽을 가리키며 말했다.

"진짜 옛날 사진들이네. 어디서부터 어떻게 하면 되는 거야?"

윤지가 사진 한 뭉치를 들고 물었다.

"야, 거긴 다 분류해 놓은 거잖아. 보면 몰라? 그 밑에 몇 년 도인지 다 적혀 있잖아. 너, 헝클어지면 알아서 해!"

그래도 윤지가 와 준 게 상미는 꽤나 고마운 모양이다. 말투는 여전히 곱지 않아도 훨씬 누그러진 목소리였다. 그나저나 난 뭘 해야 하는 거지?

"아, 친구는 이게 무슨 일인가 하겠다. 올해가 우리 교회 30주년이거든. 그래서 '교회 30년사'라는 책을 만들려고 하는데, 그간 찍은 사진들이 정리가 안 돼 뒤죽박죽인 거야. 그래서 이 기회에 사진부터 연도별로 정리하려고. 사진이 너무 많아서 상미 혼자 힘들겠다고 했는데, 이렇게 같이 와 주니 얼마나 고마운지 모르겠네. 근데 친구는 이름이 뭐지?"

"민재영이에요."

여태껏 나한테 눈길 한번 주지 않던 상미가 느닷없이 끼어들어 대답했다.

"아, 그래 재영아, 어차피 교회 사정을 모르면 사진 분류는 힘드니까 편하게 있다가 앨범에 꽂을 때나 도와줘."

뭐, 당장 할 일 없다는 건 좋네.

칸막이 너머에서 왁자하게 웃는 소리가 들려왔다. 뭐가 저렇게 즐거울까? 윤지와 상미도 사진 몇 장을 들고 키득거렸다. 조금 앉아 있다가 슬쩍 일어나서 집에 가도 모를 것 같았다.

"근데 오늘, 바자회 물건은 많이 걷혔어?"

윤지가 그제야 생각이 났는지 상미에게 물었다.

"아, 맞다. 그 얘기 한다는 게……. 우리, 바자회 못 하게 됐다."

윤지가 바자회 얘기를 꺼내자 상미 말투가 다시 뾰족해졌다.

"왜! 그동안 준비한 건 어떻게 하라고! 왜 못 하는데?"

윤지가 울상을 짓자 선생님이 미안한 표정을 지으며 말했다.

"오늘 바자회 얘기를 꺼냈더니, 교회는 예배를 보는 곳이지 장사하는 곳이 아니라고 목사님이 안 된다고 하시네."

아니, 그럼 애들은 허락도 안 받고 바자회를 하겠다고 설쳤단 말이야?

"어쩌지? 나, 아는 사람한테는 모조리 그날 교회에 오라고 했는데……. 우리, 그냥 몰래 하면 안 돼요?"

"그러게, 장사는 안 된다고 딱 못 박으시니……."

선생님이 난처한 듯 말을 끝맺지 못했다.

"잘된 거야. 팔 물건도 별로 없었잖아. 거기다 바람만 잡지, 정작 일하는 사람도 없고……."

상미가 사진에서 눈을 떼지 않은 채 싸늘하게 말했다.

"교회에서 안 된다면 다른 곳에서 하면 되잖아. 아니면 바자회를 장사가 아닌 다른 형태로 바꿔서 해 보든가."

상관없는 일에 나서는 건 이 민재영 인생관에 어긋나는 일이지만 어떻게든 해 보려는 윤지가 딱해서, 아니 상미가 얄미워서 가만있을 수가 없었다.

"아무튼 바람 잡는 사람들만 넘쳐 난다니까."

내 말에 상미가 사진을 뒤적이며 빈정댔다.

"어떻게? 말해 봐."

윤지가 상미 말을 무시하고 나를 채근했다.

"전에 다니던 학교에서는 한 달에 한 번 벼룩시장을 열었거든. 찾아가지 않는 물건 때문에 골치를 앓던 어느 반에서 새임자를 찾아 주고 또 자기한테 필요 없는 물건을 각자 갖고 와서 바꿔 쓰자는 취지로 시작했는데, 점차 반응이 좋아서 학교 차원에서 한 적이 있어. 어른들은 돈 벌려고 장사를 한다면 무조건 싫어하잖아? 차라리 윤지 네가 말한 것처럼 교인 수를 늘리는 목적으로 벼룩시장을 연다고 하면, 어른들 반응도 달라질걸."

"그럼 돈은 조금도 못 버는 거야?"

윤지가 내 말이 잘 이해가 안 되는 듯 되물었다.

"으이그, 답답아! 재영이 말은, 교인 수 늘리는 걸 앞세워야된다는 거잖아! 거기서 생기는 수익금은 기부하기로 하고. 선생님, 벼룩시장 의견 어때요?"

상미는 좀 전과 다르게 구미가 당기는 표정으로 선생님에게 물었다. 말귀가 아주 막힌 애는 아닌 모양이다.

"그래, 그렇게 하면 되겠다. 그렇죠? 좋은 생각 아니에요?"

뒤늦게 윤지가 호들갑을 떨며 좋아했다.

"내일 내가 가서 다시 한번 얘기해 볼게. 예전에 벼룩시장

열었던 적도 있어서 바자회보다는 좀 수월할 것 같기도 한데……. 어쨌든 친구 말처럼 어떤 목적이 앞서느냐가 중요한 거니까."

선생님 말에 윤지는 다 된 것처럼 손뼉을 치며 좋아했다.

"양윤지, 아직 결정 난 것도 아니거든. 아까부터 들고 있던 사진 어쩔 건데? 웬만하면 다시 일 좀 하지?"

상미 편잔에 윤지가 사진을 건네며 말했다.

"아, 맞다! 이 사람, 재영이랑 너무 똑같아서……. 이것 좀 봐. 재영이 같지 않니?"

윤지가 상미에게 사진을 보여 주며 말했다.

"비슷한 것 같기도 하고 아닌 것 같기도 하고, 난 잘 모르겠는데? 이게 몇 년 전 사진이야? 헉! 20년도 훨씬 넘었잖아?"

상미가 사진에 있는 사람과 나를 번갈아 보고는 고개를 갸웃거렸다.

"아냐, 진짜 닮았어. 선생님! 이 사람 누군지 아세요?"

윤지가 선생님한테 사진을 건네며 물었다.

"글쎄, 내가 이 교회에 다닌 지가 5년밖에 안 돼서……. 어디 보자, 성가 경연대회 우승? 이때는 중고등부 성가대가 따로 있었네. 다른 사진 좀 줘 봐."

윤지가 비슷한 사진을 몇 장 더 찾아 선생님한테 건넸다.

"진짜 비슷해. 재영아, 너도 깜짝 놀랄걸. 네가 직접 봐."

윤지 말에 선생님이 보고 있던 사진을 나한테 넘겨 주었다.

"피아노 반주하는 아이, 잘 봐. 그렇지?"

피아노 반주자는 옆모습만 작게 나와서 어디가 닮았다는 건지 알 수가 없었다. 성가대 아이들 앞에 서서 지휘자와 반주자가 같이 찍은 사진 몇 장도 마찬가지였다. 그런데 지휘자와 반주자, 그리고 선생님으로 보이는 어른까지 셋이서 환하게 웃고 있는 사진을 보자 졸다가 한 대 맞은 것처럼 정신이 들었다.

1987년 10월 23일, 경기남부지역 성가 경연대회를 마치고,
지휘 황보영 반주 강소윤 지도교사 박지선

"선생님, 우리도 이번에 성가대 만들면 성가 경연대회에 나가요."

"상미 너 너무 앞서 가는 거 아냐? 아직 성가대 선생님도 못 구했잖아."

"어차피 구할 거잖아요? 어떤 선생님이 오시려나? 남자 선생님이면 좋겠는데……."

"성가대에 남자 선생님이 온다고? 그럼 나도 성가대 들래."

"야, 야, 야! 윤지 너처럼 젯밥에만 관심 있는 애는 성가대에 들 자격 없거든!"

"얘는……, 교회 장로님 딸 입에서 젯밥이 웬 말이니? 선생님, 아는 사람은 다 아는데요, 저, 은근히 노래 잘해요."

"너, 또 시작이냐? 윤지, 네가 못하는 게 뭐 있어? 바자회 때도 큰소리만 치고는…….."

"아, 몰라, 몰라! 어쨌든 벼룩시장 하기로 했으니까 됐잖아! 난 무슨 일이 있어도 성가대 할 거야."

세 사람이 떠드는 동안 나는 멍하니 사진 뒷장에 적힌 엄마 이름을 홀린 듯 바라보았다.

이 사람이 엄마? 난 엄마가 피아노를 칠 줄 안다는 것도 전혀 몰랐는데? 피아노는커녕 콧노래를 흥얼거리는 것조차 본 적이 없는데? 아니, 그럼 엄마가 이 교회를 다녔다는 거야? 성가대 반주라니, 도대체 무슨 얘기지?

정리를 하고 싶은데, 하면 할수록 머릿속은 점점 뒤죽박죽이 되는 것 같았다.

"사진 뚫어지겠다. 네가 봐도 닮았지?"

윤지가 사진을 뚫어져라 보고 있는 내게 물었다.

"아니라니까. 어디 다시 보자."

나는 별말 없이 상미가 달라는 대로 사진을 건넸다.

"아냐, 비슷한 데도 있지만 분명히 달라."

상미가 힘주어 말하고는 사진을 원래 있던 자리에 놓았다.

'빨리 안 와? 왜 전화 안 받아? 엄마가 벼르고 있어, 너.'

휴대폰 진동 소리에 열어 보니 재서의 문자메시지가 와 있었다.

"나, 집에서 빨리 오래. 말 안 하고 와서 엄마가 화났나 봐.

내일 학교에서 보자. 안녕히 계세요."

나는 허둥지둥 교회를 빠져나왔다. 그 순간에 문자메시지를
보내 준 재서한테 고마워하면서.

그 반주자는 틀림없는 엄마였다. 그런데 엄마는 왜 지금껏
음악과 담쌓은 사람처럼 살았지? 반주를 할 정도면 꽤 오래
피아노를 쳤단 말인데…….

나는 오른손을 뒷주머니에 꽂은 채 조심스럽게 큰길을 건
넜다. 대문 앞에 이르러 아무도 없는 것을 확인하고서야 나는
사람들 몰래 뒷주머니에 숨겨 온 것을 꺼내서 찬찬히 다시 볼
수 있었다.

아무리 봐도 피아노 앞에 앉은 엄마 모습은 낯설었다.

6.

엄마와 닮은 나,
나와 닮은 엄마

우리 집에는 음악이 없다. 라디오 틀어 놓고 숙제하는 그 흔한 일도 우리 집에서는 있을 수 없는 일이고, 다른 집에는 시디장을 따로 놓아야 할 정도로 많다는 시디도, 오디오를 살 때 끼워 준 것 달랑 한 장뿐이다. 그나마 그것도 들어 본 적이 없다. 당연히 피아노 같은 악기도 없다. 나도 노래를 싫어하는 건 아니지만 집에서는 거의 부르지 않는다. 아빠가 가끔 술에 취했을 때 흥얼거리는 노래가 우리 집에서 유일하게 들을 수 있는 음악이다.

곰곰이 생각해 보니 우리 집에 음악이 발붙이지 못하게 된 데에는 엄마 영향이 크다. 워낙 예민하다 보니 엄마는 시끄러운 소리를 견디지 못한다. 텔레비전에서 나오는 노래는 물론이고 길거리나 슈퍼마켓에서 흘러나오는 음악 소리가 조금만

커도 끔찍하게 싫어한다. 휴대폰 벨 소리를 한창 유행하던 노래로 바꾸었을 때도 엄마 표정만 보고 바로 원래 소리로 되돌려 놓고 말았다. 음악과 관계된 그 어떤 것도 우리 집에서는 살아남기 힘들다. 옛날부터 그랬다.

피아노를 치는 엄마 사진을 본 뒤부터 나는 무의식중에 엄마를 살피는 습성이 생겼다. 그러면서 늘 속으로만 엄마에게 물었다. 이 사진에 나온 사람이 정말 엄마냐고. 엄마는 언제부터 피아노를 쳤고 지금은 왜 치지 않냐고. 엄마는 반주를 할 정도로 피아노를 잘 치면서 엄마 딸인 나한테 왜 가르쳐 줄 생각도 하지 않았냐고……. 그러나 이런 질문은 상식적인 집에서나 가능한 일이다. 우리 엄마? 어휴!

"너 왜 그래?"

내 눈길을 의식했는지 엄마가 물었다.

"어, 어? 내가 뭐?"

"요즘 들어 부쩍 흘끔거리잖아. 너 뭐, 잘못한 거 있어?"

"내가 뭘……."

"없으면 됐어!"

사진이 지닌 또 다른 의미는 엄마의 어렸을 적 얼굴이다. 사실 그전까지 나는 엄마 아빠 누구도 닮지 않은 아이였다. 오히려 재서를 보고 엄마와 닮은 것 같다고 말하는 사람은 종종 있었지만 나를 보고는 곤혹스러워할 때가 더 많았다. 그런데 엄마 어렸을 때 얼굴은 내가 봐도 섬뜩할 정도로 나와 똑

같았다.

엄마와 닮았다……. 여태껏 없었던 엄마와 나만이 연결된 끈을 찾아냈는데도, 기분은 그냥 당혹스럽다고밖에 표현할 방법이 없다. 엄마는 이 사실을 알고 있을까?

어쨌거나 이런 식으로 엄마의 동태만 살핀다고 해서 될 일이 아니었다. 엄마한테 궁한 소리 하지 않고 확인할 방법은 없을까 궁리하다가 생각해 낸 것이 앨범이었다. 엄마 어렸을 때 사진을 보면 뭔가 실마리가 잡히지 않을까?

"엄마, 옛날 앨범 어딨어?"

"그건 왜?"

엄마가 귀찮다는 듯 되물었다.

"가족 신문 숙제가 있어서……. 기사에 엄마 아빠 옛날 사진을 넣으려고……."

등장할 순간을 노리고 있었던 것처럼 때맞춰 재서가 길게 하품을 하며 방에서 나왔다. 자식, 좀 일찍 일어나서 아빠 따라 목욕이나 갈 것이지……. 하지만 몽땅 거짓말은 아니니까 재서가 의심해도 할 말은 있다.

"다른 걸로 하지. 일요일 꼭두새벽부터……."

엄마는 투덜대며 이사 올 때 가져온 짐 중에서 아직 풀지 않은 상자 하나를 꺼내 주었다. 그 안에는 엄마 아빠 앨범이 따로 들어 있었다.

"대학 때 찍은 사진뿐인데? 이건 본 거고, 더 어렸을 때 사

78

진은 어디 있어?"

엄마 앨범 몇 권을 샅샅이 뒤졌는데도 실마리가 될 만한 어릴 적 사진은 보이지 않았다.

"옛날 사진이면 되는 거 아냐? 더 옛날 건 없는데."

"왜 없어?"

"이사를 자주 다니다 보니 언제부턴지 앨범 상자가 통째로 없어졌어. 그냥 거기 있는 걸로 해."

엄마는 마치 골칫거리였던 앨범이 없어져서 속이 시원하다는 표정을 짓고는 빨래 걷으러 마당으로 나갔다.

도대체 쉽게 풀리는 일이 없다. 옷상자도 아니고, 책 상자도 아니고 왜 하필 앨범 상자가 없어졌냐고! 그것도 어릴 때 사진이 있는 앨범으로만 골라서.

그러나 지금은 그걸 따지고 있을 때가 아니다. 어쨌든 칼을 뽑았으니 칼집에 도로 꽂기 전에 뭐라도 해 봐야 한다.

"너, 뭐 하냐?"

나는 재서 말에 대꾸도 하지 않고 우리 집의 유일한 시디한 장을 꺼내서 틀었다.

"햐, 너 이 동네 와서 취미가 고상해졌다. 그게 무슨 곡인지 알기는 아냐?"

재서가 다시 빈정댔지만 나는 못 들은 척하며 시디 겉장에 적힌 곡 소개를 눈으로 읽었다. 쇼팽의 즉흥환상곡. 손가락 열 개를 움직여 이런 걸 쳐 내다니, 진짜 사람이 친 거 맞아?

"이 동네는 도대체 사생활이란 게 없어. 어, 이 소린 또 뭐야? 재영! 정신 사나우니까 그것 좀 꺼!"

엄마가 거실 바닥에 빨래를 던져 놓고는 커튼을 쳤다.

"또 그 할머니?"

재서가 커튼 틈으로 밖을 내다보며 엄마한테 물었다.

"사람들이 예의가 없어. 특히 저 3층 할머니는 우리 집 염탐하는 일 말고는 할 일이 없나? 아니, 내가 어제 넌 빨래를 오늘 걷는 것까지 저 노인네 눈치를 봐야 하느냔 말이야! 너, 음악 안 꺼?"

소리를 들릴락 말락 줄여 놓았는데도 엄마 귀에는 들리는 모양이었다. 나는 얼른 오디오 전원을 껐다.

"아직도 내다보고 있는데?"

재서 말에 엄마가 고개를 절레절레 흔들었다.

"이게 다 이 괴상한 집 구조 때문이야. 이런 데서 일 년을 어떻게 버티느냐고!"

엄마가 진저리 치는 모습을 보자 나는 고소한 생각이 들었다.

엄마는 이웃과 어울리는 것을 극도로 싫어한다. 예전에 살던 곳에서는 워낙 오래 지내다 보니 어쩔 수 없이 트고 지내는 사람들이 몇 명 있었지만 새로 이사 온 사람이나 잘 알지 못하는 사람이 친근하게 다가오면 엄마는 바로 경계하며 거리를 두었다.

그런데 솔구연립 3층 할머니는 내가 봐도 천하무적이다. 엄마가 드러내 놓고 싫은 내색을 해도 전혀 개의치 않고 마당 청소, 음식물 쓰레기까지 간섭을 하더니 얼마 전에는 젊은 사람이 왜 그렇게 시들시들 기운 없이 다니느냐며 뭘 구해서 먹으라느니, 좋은 한의원을 소개해 준다느니, 그러지 않으면 식구들 고생시킨다느니 하며 엄마 속을 긁은 것이다. 아빠는 그 얘기를 듣고 시골 인심이 그런 거라면서 좋게 생각하라고 달랬지만 엄마한테 그 말이 통할 리 없었다.

"시골 인심이건 뭐건 관심 없어. 나는 3층 할머니가 제발 자기 일과 남의 일 좀 구분해 주고, 나한테 큰 소리로 서울댁이라고 안 불렀으면 좋겠어!"

나는 그 할머니가 윤지네 할머니라는 것을 알았지만 엄마한테 말하지 않았다. 여태껏 엄마가 이웃 때문에 속 끓이는 것을 본 적이 없는 나한테 엄마와 할머니 간의 전쟁은 심심찮은 볼거리였다. 나는 당분간만이라도 윤지네 할머니가 지치지 않았으면 좋겠다.

"그런데! 숙제는 재영이만 하는 거야? 너는?"

엄마가 그제야 생각난 듯 빨래를 개키다 말고 재서에게 물었다.

"꼭 해야 하는 건 아니고 하고 싶은 사람만 해 오라고 했거든."

"꼭 해야 하는 게 아니야? 근데 재영이는……."

엄마가 뒤늦게 미심쩍은 눈으로 나를 보았다.

"야, 말 똑바로 해! 엄마, 쟤는 수행평가에 안 들어간다니까 안 하겠다는 거라고."

나는 속으로 뜨끔했으나 태연한 척하며 재서 말을 고쳐 주었다.

"수행평가에 안 들어간다는데 넌 그걸 왜 해?"

"수행평가에는 안 넣겠다고 했지, 숙제가 아니란 말은 하지 않았어!"

나는 엄마가 내 표정을 살피는 걸 알면서도 무심한 척 말했다. 적어도 눈만 마주치지 않으면 엄마와 직접 얘기하지 않아도 된다. 엄마도 내 의도를 알아차렸는지 마치 내가 없는 것처럼 재서한테 다시 물었다.

"재영이 요즘 학교에서 조용하니?"

"응?"

아직 엄마와 내 전쟁을 간파하지 못한 재서가 무슨 말인지 몰라 되물었다.

"혹시 학교에서 합창부나 뭐 그런 거 한다고 설치지 않느냐고."

"아니. 학교에 합창부가 있었나? 야, 너 합창부 들었어?"

나는 말없이 재서를 쏘아보았다. 아마 재서가 투명인간이라면 내 눈빛은 그 너머에 있는 엄마한테 닿을 터였다.

"아니면 됐어."

엄마가 나에 대해 갖는 관심은 딱 거기까지다. 심지어 직접 알아볼 마음도 없어서 재서를 통해 확인하는 선에서 그치는 것. 속이 또 한 번 울렁거렸다.

"근데 엄마는 재영이가 합창부 드는 걸 왜 그렇게 싫어해?"

재서가 빨래를 엄마와 나누어 개키면서 물었다.

"오지랖 넓은 선생님한테 전화 받고 놀라서 그런다. 악보 보고 노래 좀 하는 게 뭐 대단한 재능이라고 유난 떠는 것도 맘에 안 들고."

재서가 나를 흘끔거리더니 히죽 웃었다. 계속 흔들기로 작정한 표정이었다.

"엄마! 재영이, 피아노나 바이올린 같은 거 한번 시켜 볼 생각 없어? 절대음감이라잖아? 쟤가 뭘 잘한다는 소리 들은 것도 처음인데……. 그 선생님 말처럼 음악적 재능이 있을지도 모르잖아?"

저 자식이…….

"됐어. 음악은 악보 볼 줄 알고 피아노 바이올린 소리만 구별할 줄 알면 되는 거야. 그리고 나머지는 다 암기하면 돼. 쇼팽, 베토벤, 브람스, 모차르트, 슈베르트……."

엄마와 재서가 나를 두고 하는 기분 나쁜 소리를 참아 내면서 문득 딴생각을 했다. 작년에 합창부 선생님이 말한 음악적 재능도 혹시 엄마와 연관이 있는 게 아닐까? 나는 얼굴만 엄마를 닮은 게 아니라 음악적인 소질까지 엄마를 닮은 건 아닐까?

나는 빨래 개키는 엄마의 손가락을 보며 무심결에 하고 싶은 말을 내뱉었다.

"엄마는…… 어렸을 때 피아노 쳐 보고 싶은 생각 없었어?"

"없었어."

혹시나 운명적인 대답을 듣게 되는 건 아닐까 싶었는데, 엄마는 정말 털끝만큼의 동요도 없이 대꾸했다. 그러고는 그제야 내게 눈길을 주며 소리쳤다.

"그 손톱 좀!"

얼마나 물어뜯었는지 나도 모르는 새 손끝에 피가 맺혔다.

결국 엄마와 몇 마디 주고받으면서 사진에 대한 내 호기심은 금세 사그라졌다. 엄마한테는 그런 재주가 있고 나는 진득하게 몰두하는 데 소질이 없다. 소득은 없고 상처만 남았는데, 그 옛날에 엄마가 피아노를 쳤건 발레를 했건 그게 나하고 무슨 상관이란 말인가!

띠리링!

문자메시지 알림 소리가 거슬리는지 엄마가 빨래를 개키다 말고 얼굴을 찌푸렸다. 집 앞으로 나오라는 윤지의 메시지였다.

"아침부터 웬일?"

"나, 지금 교회 가는 길이야. 오늘 올 거지?"

집 앞에서 윤지가 생글거리며 물었다. 요즘 벼룩시장 건으로 틈만 나면 나를 고문하고 있다.

"안 간다고 했잖아."

"왜 안 오고 싶은데?"

"이유 없어. 그냥 가기 싫어."

윤지는 잠깐 할 말을 잃고 내 얼굴을 보더니 천천히 입을 열었다.

"거기 와서 너더러 물건 팔라는 거 아냐. 못 할 뻔한 바자회를 벼룩시장으로 구해 준 사람이 너라서 초청하는 거라고. 며칠 사진 정리 도와준 것도 고맙고 해서."

윤지의 피곤한 기색을 보니 안됐기는 하지만, 나는 지금 누구를 봐줄 기분이 아니다.

"다 알겠는데, 내가 그랬지? 쪼끔 가고 싶은 마음이 있다가도 자꾸 보채면 진짜 가기 싫어진다고. 변덕 부리는 거 보기 싫으면 벼룩시장의 '벼' 자도 꺼내지 말란 말이야."

"아, 알았어. 이제부터 암말 안할 테니까 쪼끔 가고 싶은 마음, 절대 없애지 마. 나, 간다. 이따 봐!"

윤지는 간다는 약속이라도 받아 낸 것처럼 날듯이 뛰어서 골목 밖으로 사라졌다.

짜증이 담쟁이덩굴처럼 온몸을 칭칭 휘감고 오르는 것만 같았다.

나는 치밀어 오르는 짜증부터 털어 내려고 욕실로 들어갔다. 머리꼭지를 후벼 파는 것처럼 센 물줄기를 맞고 있는데도 분이 풀리지 않았다.

다들 왜 그러는 건데? 엄마랑 재서는 아침부터 나도 모르는 내 재능 갖고 유난 떠느니 마느니 하면서 화를 돋우더니 윤지는 싫다는데도 벼룩시장에 오라고 볶아 대고……. 날 좀 내버려 두면 안 돼?

"야, 나도 샤워해야 한단 말이야! 빨리 안 나와?"

밖에서 재서가 문을 두드리며 소리쳤다. 나는 되도록 시간을 끌며 느릿느릿 옷을 갈아입었다. 문득 세면대에 놓인 재서 야구공이 눈에 띄었다. 평소 제 안경보다 더 챙기는 물건이었다.

"야! 너 진짜 안 나와?"

나는 공을 옷 사이에 감추고는 아무 내색도 하지 않고 욕실 문을 열었다.

"너 혼자 쓰는 욕실이냐?"

재서가 나를 밀치며 서둘러 욕실로 들어갔다.

"재영이 너, 샤워 다 했으면 앨범 제자리에 넣어 놔! 사방어지럽게 늘어놓고 샤워가 하고 싶어?"

엄마가 부엌에서 소리쳤다.

나는 앨범을 안고 상자가 놓인 안방으로 들어갔다.

'누가 안 치운다고 그랬나? 소득 없이 기운만 쓰려니까 억울해서 그러지.'

나는 속으로 꿍얼대며 상자 속을 정리하다가 앨범에 눌려

한쪽 귀퉁이가 찌그러진 종이 상자를 발견했다. 혹시 엄마 일기장이라도 있으려나 내심 기대하고 열었는데, 종이가 누렇게 바랜 작은 소설책, 무슨 글씨가 적힌 나무로 된 십자가 목걸이, 나무 반지, 펜던트, 그 밖에 잡다한 물건들이 들어 있었다.

"너, 대답 안 해? 앨범 넣어 놓으라고!"

엄마가 다시 한번 목소리를 높였다.

"넣었어!"

나는 잡히는 대로 책이랑 목걸이를 빼 놓고 상자를 있던 곳에 올려놓았다.

"엄마, 내 야구공 못 봤어?"

머리를 말리는데 욕실에서 재서가 소리를 질렀다. 나는 뜨끔해서 야구공을 부랴부랴 가방에 넣었다.

"무슨 공?"

"지난번에 야구장에 가서 사인 받은 공 말이야. 화장실에 둔 것 같은데……. 야, 민재영! 네가 치웠어?"

야구장에서 자기가 사인 받았나? 뻔뻔하기는. 할머니 덕분에 얻은 공이면서.

"내가 왜! 생사람 잡지 마!"

나는 채 마르지도 않은 머리를 대충 빗고 집을 나왔다. 햇볕이 따가운데도 바람이 불면 젖은 목덜미에 한기가 느껴졌다. 나는 조용한 동네를 어정거리다 결국 갈 곳이 없어서 윤지를 찾아 교회로 갔다.

"재영아! 여기!"

윤지가 손을 흔들며 나를 반겼다. 아직 예배가 끝나기 전이어서 그런지 사람들은 많지 않았다. 제법 분위기는 살렸으나 결정적으로 팔려고 내놓은 물건들이 형편없었다.

"뭐야, 요게 다야?"

내가 학용품 몇 개 올려놓은 책상 위를 훑으며 물었다.

"윤지 하는 일이 그렇지, 뭐. 그만큼이라도 늘어놓은 게 어디야?"

준비위원이라는 목걸이 이름표를 건 상미가 사나운 표정으로 말했다. 환하게 웃던 윤지 표정이 금세 굳어졌다.

"너무 빈약하지? 마음 같아서는 내 신발이라도 벗어서 올려놓고 싶다."

문득 기가 막힌 생각이 떠올랐다.

"가짓수만 늘리면 뭐라도 괜찮은 거지? 이것도 될까?"

나는 가방 안에서 야구공과 십자가 목걸이랑 책을 꺼내 윤지 앞에 있는 책상 위에 올려놓았다.

"그럼, 그럼. 벼룩시장인데 뭐든 되지. 근데 여기 뭐라고 적힌 거야?"

윤지가 야구공에 적힌 글씨를 보고 물었다.

"글쎄, 무슨 야구 선수 이름이라는데 난 잘 몰라. 재작년 생일인가? 야구장에 갔는데, 거기서 우리 할머니가 직접 사인받은 사람한테 졸라서 비싼 돈 주고 얻은 거야."

"그럼 야구 좋아하는 사람이면 바로 사겠다, 그치? 근데 이
건……. 아주 오래된 거 같은데 이런 것도 팔릴까?"

윤지가 책이랑 목걸이를 가리키며 물었다.

"안 팔리면 도로 갖고 가면 돼. 구색 맞추려고 내놓은 건데,
뭐. 금액은 네가 알아서 붙여."

엄마한테 그리 중요한 물건 같진 않았지만 슬쩍 갖고 왔다
는 게 찜찜했다. 그것도 하필 교회에서 하는 행사에……. 뭐,
팔릴 물건이 아니니까 끝날 때쯤 챙겨서 도로 갖다 놓으면 되
겠지.

막 예배가 끝나고 사람들이 교회에서 몰려나왔다. 그 시간
에 맞춰 교인이 아닌 사람들도 하나둘씩 교회 마당으로 모여
들었다. 꽤 까다롭게 굴었던 목사님도 사람들이 북적이니 싫
지 않은 눈치였다. 행사 진행하는 아이들과 선생님한테 수고
한다는 말도 아끼지 않았을 뿐더러 구경 온 사람들에게 올해
가 솔구교회 30주년이라며 잘 부탁한다는 말을 하고 다녔다.
뭘 부탁한다는 거지? 내용을 알 수 없는 빈말은 정말이지, 딱
질색이다.

"재영아, 여기 물 좀 떠다 줘!"

"재영! 이 물건 저쪽 책상으로 옮겨 줘."

"재영아……."

주위로 사람들이 몰려들자 윤지가 슬금슬금 나를 부려 먹
기 시작했다. 내가 흘겨보면 윤지는 배시시 웃으며 "너무 바

빠서……"라는 말만 되풀이했다.

정오가 넘어가자 따가운 햇살 때문에 살갗이 따끔거렸다. 사람들이 점점 늘어나고 기온이 오르니 짜증만 났다. 그늘을 찾아 두리번거리는데 교회 마당으로 들어오는 담임선생님 모습이 보였다. 나는 눈에 띄지 않으려고 교회 건물 뒤로 잽싸게 도망쳤다.

교회 뒷마당 놀이터는 엄마 따라온 아이들과 나처럼 사람들에 지친 할머니들이 차지하고 있었다. 그나마 사람 없는 나무 그늘 하나를 간신히 차지해서 더위를 식히고 있는데 머리 꼭지가 간질거렸다. 첨탑 끝 십자가가 나를 불편하게 내려다보고 있었다.

'아, 엄마랑 재서 건, 잘못했어요. 앞으로는 제 것만 갖고 오면 되잖아요!'

"교회가 없어진담서. 근데 무슨 행사를 한다고 저 난리래?"

내가 차지한 나무 옆 가까운 그늘에서 부채질을 하던 할머니가 교회 앞뜰을 손가락질하며 물었다.

"벌써 30년이 되었다네요, 여기가. 그 생일잔치를 하는 갑소, 긍께. 교회도 없어지는 게 아니라 쪼만한 데로 이사 간다지, 아마? 이사는 이사고 생일은 또 생일이니께."

그 옆에 앉은 할머니가 교회 건물 위에서 팔락거리는 현수막을 보며 말했다.

"아니, 잘돼서 가는 것도 아니람서 뭐이가 저리 요란스럽

90

대? 예전에 성시를 이룰 때에도 뭘 했는가? 20년, 10년 됐을 때 말이여. 난 도통 기억이 없는디?"

"성님 기억력도 이제 먹통이 다 되었나 보네. 아, 생각 안 나요? 옛날에 이 교회 다니던 애 하나가 저수지에 빠져 죽었던 거. 그 일 있고 여기 교회랑 마을이랑 홀라당 뒤집어졌는디 하긴 뭘 했겠냐고. 아마 그러고는 첨 하는 생일잔치 아닌가 싶소."

"그걸 어떻게 잊어? 그 일 있고 마을이 이 꼴로 절단 난 거 아녀. 흉흉한 소문에 사람들이 엄청 떠났잖어. 잊을 만하면 저수지에서 사고가 나고, 뭐가 나온다는 소문도 돌고……. 근데, 그때 걔는 왜 그런 거였지?"

"글쎄요, 하도 오래된 일이라 나도 가물가물한데……. 어쨌거나 그 일 있고부터는 께름칙해서 한동안 교회 쪽으론 발이 잘 안 떨어지더만요. 어지간히 극성을 떨었어야지……."

윤지 얘기가 거짓말은 아니었구나……. 그러나 그 심각한 얘기를 들으면서도 나무에 기대고 있으니 졸음이 쏟아졌다. 때마침 다리로 기어오르는 벌레에 놀라 후다닥 자리에서 일어났다. 할머니들이 무슨 일이냐는 듯 눈으로 내게 물었다. 무안해서 슬그머니 돌아 나왔지만 볼이 화끈거리고 배도 고팠다.

"윤지야, 나 간다."

나는 멀찍이 떨어진 자리에서 윤지를 보며 소리쳤다.

"너, 아직 있었어? 담임선생님이 오셔서 한참 찾았는데 안 보이기에 벌써 간 줄 알았지. 있잖아, 네가 가져온 거, 팔았다."

"뭐? 뭐를!"

졸다가 뺨 맞은 것처럼 바로 정신이 들었다.

"그 책하고 목걸이 말이야. 어떤 아줌마가 와서 그걸 보더니 바로 사 갔잖아. 거스름돈도 안 받고 말이야. 어때, 내 실력!"

"그 아줌마 어딨어? 아직 여기에 있니? 너, 아는 아줌마야?"

내가 다급하게 묻자 윤지가 당황해서 손을 내저었다.

"그것만 사 갖고 그냥 가던데? 이 동네 사람은 아닌 것 같았어. 참, 그거 누가 기증했느냐고 꼬치꼬치 물었는데 선생님이 불러서 잠깐 갔다 오니까 가 버렸더라고. 내가 뭐 잘못했어? 이건 그냥 있는데……."

윤지가 야구공을 내밀며 말했다.

"아냐. 안 팔릴 줄 알았는데 팔렸다고 하니까 놀라서 그런 거야. 네가 잘못한 거 없어."

내 말에 안심이 되었는지 윤지 얼굴이 그제야 풀렸다.

그나저나 엄마가 알아채면 어떤 일이 벌어질까? 먼지가 뽀얗게 앉은 걸로 봐서 엄마가 챙기는 물건은 아닌 것 같은데…….

나는 윤지한테 인사를 하고 집으로 향했다.

초인종을 여러 번 눌렀는데도 문 열어 주는 사람이 없었다. 가방을 열고 열쇠를 찾다가 휴대폰에 문자메시지가 여러 통 와 있다는 걸 알았다. 모처럼 아빠와 읍내에 나가서 장 보고 저녁까지 먹고 들어오자고 했다가 그 뒤로 답이 없어서 그냥 나 빼고 다녀올 테니까 혼자 저녁 챙겨 먹으라는 내용이었다.

"다들 어디 가는 것 같던데, 같이 안 갔어?"

윤지 할머니가 3층에서 창문을 열고 내게 말을 걸었다.

"네."

나는 꾸벅 인사를 하고 얼른 현관 안으로 들어갔다.

라면 물을 올려놓고 컴퓨터를 켰다. 읍내에 나가서 얼마나 맛있는 걸 먹을지 모르겠지만 모처럼 혼자 누리는 자유도 나쁘지 않았다.

신혜 미니홈피에 들러 안부를 묻고 내 미니홈피를 열었다. 자주 좀 들어오라는 신혜의 글 몇 개를 확인하고 광고글 몇 개를 정리했을 때 덩달아 삭제할 뻔한 기묘한 안부 글이 내 눈길을 끌었다.

저, 솔구여중 나온 강소윤 맞나요?

똑같은 글을 두 번 더 남긴 걸로 봐서는 엄마의 미니홈피라는 걸 알고 들어온 것 같았다. 어쩌지? 엄마랑 친했던 사람인가? 그러니까 여러 번 묻는 거겠지.

그 시절 한 반에 서너 명은 꼭 있었을 것 같은 이은영이란 이름을 눌러 그 사람 미니홈피에도 들어가 보았지만 이상한 시 몇 편 말고 다른 글은 없었다.

맞아, 나 소윤이야. 이런 데서 친구를 다 만나네. 세월이 너무 많이 흘렀나 봐. 솔직히 말하면, 난 솔구여중에서의 기억이 거의 없단다. 친구들 이름도 가물가물 떠오르지가 않네. 모처럼 찾아 줬는데 미안해, 기억 못 해서.

만약 아침에 엄마와 재서가 나를 자극하지 않았더라면, 그래서 어찌어찌한 사정으로 벼룩시장에 가지 않았더라면, 그래서 이 시간에 홀로 앉아 미니홈피를 뒤적이지 않았더라면, 그 밋밋한 안부 글은 어쩌면 죽을 때까지 나와 한 톨의 연관성도 없이 사라지고 말았으리라.

그러나 그 글은 운명적으로 내 눈에 띄었고, 나는 긴가민가하면서 엄마인 척 그 사람 미니홈피에 들어가 글을 남겼다. 그 장난으로 무슨 일이 벌어질 거라곤 꿈에도 생각하지 못하면서……

7.

불길한
노란색 원피스

"뭐? 나더러 뭘 하자고?"

"성, 가, 대! 어려운 말도 아닌데 몇 번씩 묻고 그러냐?"

윤지가 내 어깨를 치며 대답했다. 이럴 땐 나도 정말 헷갈린다. 얘는 원래 이렇게 뻔뻔한 건지, 아니면 진짜 순진한 건지.

"너, 머리가 어떻게 된 거 아냐?"

"내 머리가 왜? 파마도 안 했는데……."

윤지가 제 머리를 매만지며 대답했다.

"야!"

"왜!"

"네 눈엔, 내가 네 말이라면 뭐든 다 하는 사람처럼 보이냐? 교회에 끌고 가서 일을 시키질 않나, 벼룩시장에서 부려 먹질 않나, 이제는 뭐? 도대체 무슨 생각으로 성가대를 같이 하자는 건데?"

"설명했잖아. 중고등부 성가대를 새로 만들었는데 전학 가는 애들이 생기는 바람에 사람이 부족하다고. 그래서 나보고 지금이라도 하고 싶으면 들어오라는데 혼자 하려니까 어쩐지…….."

"어쩐지?"

"부끄럽잖아. 그러니까 너랑 같이 들어가면 좋겠다 싶어서 네 신청서까지 같이 넣었다고. 형식적이지만 오디션은 봐야 한다니까 토요일에 같이 가자고!"

화를 주체하지 못하는 내 얼굴을 보면서도 이렇게 길고 솔직하게, 게다가 뒷감당을 겁내지 않고 말할 수 있는 애는 윤지밖에 없으리라. 다른 것도 아니고 성가대라니, 말이 돼야지…….

나는 아무 말도 않고 돌아섰다.

"같이 하자, 응?"

"넌 왜 모든 일에 나를 물귀신처럼 끌고 다니는 건데? 교회 안 다닐 거라고 했잖아!"

처음부터 이렇게 정색하고 말할걸. 그제야 윤지가 큰 눈을 핼끔거리며 고개를 끄덕였다. 아무튼 윤지를 이해시키려면 에너지가 두 배는 더 든다. 그러느라 아침부터 기운이 쏙 빠졌다.

"그래도 하면 좋은데…….."

"야!"

윤지가 거북이처럼 목을 움츠리며 손을 내저었다.

지금껏 윤지 같은 애는 본 적이 없다. 도대체 얘는 포기란 걸 모른다. 아니, 일단 목적이 생기면 안 되는 이유를 머릿속에서 싹 다 지워 버리는 애가 바로 양윤지다. 하긴 그때마다 번번이 넘어간 걸 생각하면 불길하긴 했다.

"지난번 음악 시간에 너, 노래할 때 말이야."

"안 해, 안 한다구!"

나는 두 귀를 막고 소리쳤다. 무슨 말을 해도 이번만큼은 넘어가지 않으리라.

"아니, 성가대 얘기가 아니라……. 내가 너, 노래 잘한다고 했더니 재서가 그런 말은 너한테 쥐약이라던데, 걘 왜 자기 동생 얘기를 그런 식으로 하는 건데?"

"야! 누가 누구 동생인데!"

"아, 그래. 동생은 아니고……, 쌍둥이 친……, 아이 씨, 그럼 뭐라고 하냐? 아무튼 그런 말이 왜 쥐약이냐고 물었더니, 뭐라더라? 잘하는 거라곤 눈 씻고 봐도 없는 너한테 쥐털 만큼 있는 재능이 그나마 음악인데, 예전에 네가 그거 믿고 까불다가 큰코다친 적이 있다며? 그래서 궁금한 게 있는데……."

짝꿍이 잠깐 비운 내 옆자리 의자에 윤지가 털썩 주저앉으며 말을 이었다.

"재서 말이야, 어렸을 때 쥐 때문에 엄청 놀란 적 있지?"

하여튼 얘는 질문만으로도 사람을 기함하게 만든다니까. 윤지 앞에서는 예상, 예측, 기대란 단어가 쓸모없이 느껴질 때가 한두 번이 아니다.

"말끝마다 쥐털, 쥐약이라는 단어가 쉬지 않고 튀어나오는 걸로 봐서 틀림없어."

윤지는 대단한 걸 추리해 낸 것처럼 고개까지 끄덕이며 말했다. 나는 어이가 없어서 웃음을 터뜨렸다. 웃을 상황이 아닌데…….

재서가 여자애들과 시시덕거리다 나와 눈이 마주치자 주먹을 들어 올려 보이며 을러댔다. 쳐다보지도 말란 뜻이다. 자식아, 네가 내 눈에 안 띄면 되잖아!

"재서 말이, 네가 학교에서 일 벌이지 않게 하는 것도 자기 책임이라던데, 그건 또 무슨 말이야?"

저. 자식이 돌았나? 예전에는 쌍둥이란 사실을 사람들이 다 알고 있어도 녀석이나 나나 학교에서는 먼저 입에 올리지 않는 게 우리 사이의 암묵적인 합의였다. 하긴 수백 명이 바글거리던 서울 학교와 달리 2학년 전체를 통틀어 봐야 스무 명도 안 되는 곳에서 가만히 있으려니 입이 가려울 정도로 심심하겠지. 그래도 그렇지…….

"저 자식이 그랬단 말이지? 학교에서 일 벌이지 않게 하는 게 제 책임이라고!"

윤지가 열 받은 내 얼굴을 흘끔거리며 고개를 끄덕였다.

"그 말은, 학교에서만 일 벌이지 않으면 된다는 거잖아, 그렇지?"

딱히 윤지 대답을 들으려고 되물은 건 아니었다. 윤지도 대답 대신 내 표정만 살폈다.

"그게 언제라고?"

"뭐가?"

뜬금없는 내 물음에 윤지가 영 감을 잡지 못한 얼굴로 되물었다. 나는 윤지를 내 쪽으로 잡아끌며 말했다.

"성가대 시험 같이 보자며!"

민재영, 이렇게 흐지부지 넘어갈 거면 소리를 지르지 말든가, 선언을 하지 말았어야지……. 언제나 그렇듯 나와 관계된 일들은 크든 작든 내 뜻과는 전혀 상관없이 돌아간다. 때로는 그게 정상적이고 상식적인 것처럼 느껴지기까지 한다. 어쩌면 재서와 쌍둥이로 태어났다는 그 자체로 이 꼬임은 예견된 것인지도 모른다.

토요일, 오디션이 있는 날이 되어서야 나는 윤지가 왜 그토록 성가대에 연연해했는지 그 이유를 알 수 있었다. 달랑 시험만 보고 올 아이가 어깨가 잔뜩 부풀려진 노란색 리본 원피스를 입고 나타났을 때도 긴가민가했다. 제 눈만큼이나 큰 꽃핀? 그것도 깊게 생각해 보지 않으면 지나칠 수 있었다. 문제는 애가 나사 하나 빠진 것처럼 그저 헤실헤실 웃는 것이었다. 바보 같다고 해도 웃고, 같이 다니기 창피하다고 해도 웃었다.

우리 둘이 교회 안으로 들어가자 열 명 남짓한 성가대 아이들이 소리를 질러 댔다. 당연히 윤지의 민망한 옷차림 때문이었다.

"시간 잘 지켜서 왔네. 성가대 들어오고 싶다고? 둘 다?"

나직하고 부드러운 남자 목소리가 피아노 뒤에서 들려왔다. 그리고 등장한 성가대 선생님이 바로 노란색 원피스와 꽃핀의 이유였다. 사람마다 취향이 다른 거라고 애써 이해하려고 해도 윤지의 치장이 넘친다는 생각을 지울 수가 없었다. 게다가 헤실헤실 웃는 것까지. 괜히 내가 다 억울한 기분이었다.

그날 우리가 본 건 오디션이라고 할 수도 없는 것이, 일단 우리 둘이라도 뽑지 않으면 안 될 정도로 인원이 대책 없이 모자랐다. 당장 오늘부터 연습할 수 있느냐고 물은 걸 보면 틀림없다.

"네."

"아니요."

윤지와 내 입에서 동시에 다른 대답이 튀어나왔다. 윤지는 하고 가자는 뜻으로 절절한 눈짓을 보내 왔지만, 나는 다음 주에 방학이니까 그때부터 열심히 하겠다고 대답했다. 선생님은 그렇게 하라고 선선하게 대답했다.

"재영아!"

윤지가 볼멘 목소리로 교회 문을 나서는 나를 불렀다.

"오늘은, 오디션 보는 것까지만이었어. 연습은 없었다고!"

나는 윤지가 무슨 말을 하려는지 잘 알고 있었다. 이럴 땐 선제공격이 필수다.

"그렇게 팍팍하게 굴 거 없잖아. 별로 할 일도 없는데, 그냥 연습하고 가면 안 돼?"

윤지가 내게 팔짱을 끼며 사근사근한 목소리로 말했다. 이것도 예상한 일이다.

"내가 할 일이 있는지 없는지 네가 어떻게 알아? 그리고 할 일 없어도 오늘은 연습하기 싫어."

내 말투는 평소와 조금도 다르지 않았다. 이렇게 못되게 말해도 윤지는 들어줄 테니까. 그런데…….

"난 연습하고 싶은데……."

아마 그 순간부터였을 것이다. 나도 모르는 불길한 기운이 감지되기 시작했다. 그리고 뜬금없이 노란 원피스와 꽃핀이 눈에 들어왔다.

"그럼 넌 하고 오든가."

그럼에도 불구하고 난 오기를 부렸다. 이렇게 말해도 윤지의 대답은 늘 정해져 있다고 믿었다. 내가 윤지의 제안에 약하다면, 윤지는 내 결정에 약하니까. 그런데 윤지는 스르르 팔짱을 풀면서 말했다.

"그럼 난 연습하고 갈 테니까 오늘은 너 먼저 가."

놀랍기도 하고 당혹스럽기도 해서 나는 잠깐 주춤거렸다.

"연습……하고 간다고? 혼자?"

나는 윤지 눈을 바라보며 다시 한번 확인했다.

"어, 난 그냥 할래."

윤지가 노란색 원피스 밑단을 만지작거리며 말했다.

"어, 그래. 그럼."

태연한 척했지만 충격으로 인해 내 대답은 어정쩡할 수밖에 없었다.

끝까지 폼 잡고 돌아서 나오는데 정면에서 햇볕이 내리쬐었다. 잠깐 현기증이 일었다. 그다지 여름을 싫어하지 않는데도, 그날은 더위에 금세 지쳐 버렸다.

윤지 눈에서 벗어났다 싶은 곳에서부터 나는 헤매기 시작했다. 늘 붙어 다니던 윤지 없이 가려니까 떠오르는 곳마다 막막했다. 한 시간쯤 그러고 있었나? 혼자서도 갈 수 있겠다고 생각해 낸 곳이 고작 저수지였다.

장마가 잠깐 물러난 뒤라 저수지 물은 꽤 불어 있었다. 누가 치웠는지 물 위에 떠다니던 쓰레기도 없고 물이 불어 맑게 보이는 그 속으로 어렴풋이 바닥이 흔들렸다. 날씨가 화창한데도 불구하고 저수지 한가운데에는 안개가 낮게 고여 있었다. 저렇게 꼼짝 않고 있으면 딱딱하게 굳어서 덩어리가 되는 건 아닐까?

발에 걸리는 돌멩이를 힘껏 차려다가 그만 헛발질을 하고 말았다. 푸석한 흙먼지가 무게감 없이 떨어지자 수면 위로 소리 없이 동그라미만 무수하게 번졌다. 헛발질한 발목이 뻐근했지만, 통증은 둘째 치고 약이 올라서 참을 수가 없었다. 그 이유가 헛발질 때문인지 윤지의 노란색 원피스 때문인지 알 수가 없었다. 돌멩이를 옮겨 놓고 아프지 않은 왼발로 다시 한번 걷어찼다. 휙 소리와 함께 이번에는 돌멩이 대신 내 샌들이 날아오르더니 물 위로 떨어졌다. 젠장!

나는 긴 나뭇가지를 들고 샌들을 건져 보려고 했으나 둑 위에서는 어림도 없었다. 하는 수 없이 둑 아래로 내려가 바지를 걷어 올리고 물속에 발을 담갔다. 땀으로 범벅이 되었는데도 종아리에 차가운 물이 닿자 소름이 돋았다. 발가락을 꼼지락거리자 미끄러운 돌 틈으로 부드러운 흙이 느껴졌다. 샌들을 조준하고는 나뭇가지를 쭉 뻗어 보았다. 힘 조절이 안 되다 보니 가지 끝으로 샌들을 멀리 밀어 버리는 꼴이 되고 말았다.

물 깊이를 가늠하며 몇 발짝 더 들어갔다. 종아리 근처에서 간질거리던 물이 무릎 위까지 올라왔다. 숨을 고르고 다시 한번 팔을 뻗어 보았다. 나뭇가지 끝에 샌들 고리가 걸리려는 순간이었다.

"뭐 하는 짓이야!"

미끄러운 돌을 딛고 서 있던 나는 고함 소리에 놀라 중심을 잃고 그만 물속에 주저앉고 말았다.

"빨리 안 나와?"

영문도 모른 채 물을 뚝뚝 흘리며 물가로 나오자, 며칠 전에 만났던 저수지 할머니가 하얗게 질린 얼굴로 내게 고함을 질러 댔다.

"이게 무슨 짓이야! 도대체 무슨 독한 맘을 먹고……. 넌 에미 애비도 없냐?"

화가 나서 펄펄 뛰는 할머니와 내 주위를 빙빙 돌며 반가워하는 개 사이에서 나는 정신을 차릴 수가 없었다.

"저, 신발을 빠트렸어요. 그래서……."

나는 맞을 야단 다 맞고서야 물 위에 한가롭게 떠다니는 샌들 한 짝을 가리켰다. 할머니는 잠깐 말을 잊더니 좀 전보다 더 엄한 목소리로 나를 나무랐다.

"저기가 어딘 줄 알고 겁도 없이 뛰어들어! 신발이 저리 됐으면 누구한테든 도움을 청할 것이지, 여기가 동네 수영장인 줄 알아? 아까 서 있던 데서 한 발만 더 내디디면 네 키보다 깊은 데야. 오가는 사람도 없는데 어쩔 뻔했어, 어?"

진짜로 되는 일이 없는 날이다. 윤지한테 한 방 먹고, 물에 빠지고, 할머니한테 야단맞고…….

할머니는 나를 지나쳐서 물가로 가더니 손잡이가 긴 뜰채로 내 샌들을 가볍게 건져 냈다. 내 앞에 샌들을 툭 던져 놓고는 그 뜰채로 다시 물 위에 떠다니는 나뭇잎들을 몇 번 더 건져 냈다.

그러는 사이 나는 추위에 떨고 있었다. 샌들도 찾아 신었고,

할머니는 나란 애는 안중에도 없는 듯 구는데도 나는 자리를 뜨지 못했다. 인사는 하고 가야 하잖아? 근데 뭐라고 인사해야 하지?

할머니가 뜰채를 거두어 들고 지팡이 삼아 짚으며 저수지 둑 위로 올라서서 소리쳤다.

"계피! 이제 그만 가자."

누구한테 하는 말인가 잠시 의아했는데, 내 주위를 돌던 개가 나를 버려두고 할머니를 앞질러 갔다. 아, 저 개 이름이, 계……피였구나.

"아, 안녕히 가세요."

나는 할머니 뒤에서 허리를 굽혀 배꼽 인사를 했다.

"그러고 가려고?"

할머니가 흘끗 돌아보며 내게 물었다.

"네? 네."

"옷이나 말리고 가든가. 그러고 가면 경이나 치지……."

할머니는 할 말 다 했으니 들으려면 듣고 싫으면 말라는 투로 뒤도 돌아보지 않고 성큼성큼 걸어갔다. 나는 머뭇거리다가 일정한 거리를 유지하며 할머니 뒤를 쫓았다.

"겁이 없는 건지, 생각이 모자란 건지……. 거기가 어디라고……."

바람 한 점 불지 않는 저수지 위로 할머니 목소리가 또렷하게 퍼져 나갔다.

나는 할머니 뒤를 쫓으며 잠깐 다른 생각을 하고 있었다. 이렇게 말 잘하는 할머니가 지난번에는 왜 그렇게 넋 나간 듯 앉아 있었을까? 이 할머니가 그 할머니 맞아? 혹시 이 할머니도 쌍둥이 아닐까?

이런저런 생각을 하다 보니 어느새 할머니네 마당이었다.

"안 올라오고 뭐 해?"

퉁명스런 할머니 말투에 나는 두말없이 마당을 가로질러 갔다.

신발을 벗고 마루에 오르자 반질반질하게 길들여진 마룻바닥에서 삐걱 소리가 났다. 마루 깊숙한 곳까지 들어오는 햇빛에 먼지 하나 없이 깔끔한 바닥이 돋보였지만 그 햇빛이나 깔끔함도 냄새만은 어쩔 수 없는 모양이었다. 옛날에 재서를 보러 할머니 집에 가면 거기서도 이런 퀴퀴한 냄새에 눈살을 찌푸리곤 했다.

할머니는 방에서 얇은 담요를 가져와 내게 건넸다. 그러고는 담요를 받고 머뭇거리는 내게 말했다.

"옷부터 벗어. 볕이 좋아 금세 마를 거야."

나는 할머니가 시키는 대로 순순히 옷을 벗고 담요를 둘렀다. 할머니는 내 윗도리와 바지를 찬물에 헹궈서 빨랫줄에 널었다.

배에서 꼬르륵 소리가 나자 할머니는 옥수수가 담긴 바구니를 말없이 내 앞으로 들이밀었다. 쪄 놓은 지 한참 된 것 같아 바로 손이 가지 않았다.

"찰옥수수라 그렇지, 아침에 쪄 놓은 거야."

나는 할머니가 잘라 놓은 옥수수 가운데 가장 작은 것 하나를 집어 들었다.

"낯이 익기도 한데…… 누구지?"

할머니가 옥수수 알을 씹는 내 얼굴을 살피며 물었다. 서로 아는 게 전혀 없는 상황에서 이런 질문처럼 곤란한 건 없다. 누구라니…….

"얼마 전에 이사 와서 잘 모르실 거예요. 지난번에 할머니가 저 개 때릴 때……."

그날 허둥대며 도망치던 기억이 창피해서 끝까지 설명할 수가 없었다. 할머니는 그것만으로는 부족한 듯 고개를 갸웃거렸다.

"할머니는……, 여기서 사신 지 오래되셨어요?"

한껏 용기를 내서 물었는데 할머니는 간단하게 고개만 끄덕였다.

"무섭지 않으세요?"

나는 딱딱한 옥수수 알을 손가락으로 뜯으며 다시 물었다.

"뭐가?"

할머니가 퉁명스레 되물으니 또 진땀이 흘렀다.

"사람도 빠져 죽었다는, 아니 사람도 없는 저수지에서……."

"사람도 빠져 죽은 저수지에 넌 네 발로 들어갔잖아?"

"그건……."

나는 마땅한 말을 찾지 못해서 다시 허둥댔다. 사실 그보다는 요리조리 나를 뜯어보며 살피는 할머니 눈길 때문에 더 안절부절못했다.

"그거 거짓말이죠? 저는 처음부터 그 말 안 믿었어요."

말을 이어 가려고 이토록 애를 써 본 적은 태어나서 처음인 것 같다. 웬만하면 가엾어서라도 말을 붙여 줄 만도 한데, 딴 생각을 하는지, 아니면 내가 마음에 안 드는지 할머니는 입을 꾹 다물고 나를 세세하게 훑기만 했다. 그러느라 그나마 드물게 오가던 말도 자주 끊겼다.

"손톱 주위가 뭉툭한 게 잔소리 꽤나 벌었겠네."

할머니 말에 퍼뜩 놀라 입에서 손을 뗐다. "손톱!" 하고 야단치는 엄마 목소리가 없으니 뭔가 허전한 것 같기도 했다.

"맨날 야단맞는데도 잘 안 고쳐져요."

나는 순하게 대답했다.

저수지 쪽에서 서늘한 바람이 불어오자 마당에 널린 빨래들이 한 방향으로 너울거렸다. 그 아래서 계피가 늘어진 이불 홑청을 물어 바닥에 떨어뜨렸다. 빨랫줄에 널린 빨래들이 춤을 추다가 우수수 바닥에 떨어졌다.

"저, 저, 저런! 이놈이!"

할머니가 급하게 슬리퍼를 신고 마당으로 내려갔다. 바닥에 떨어져 이미 엉망이 된 홑청을 바구니에 넣으며 할머니가 투덜거렸다.

문득 할머니가 왜 혼자 사는지 궁금해졌다.

"할머니는 식구 없어요?"

"없긴 왜 없어? 얘 안 보여?"

할머니가 달려드는 계피를 한 대 쥐어박으며 말했다. 깨갱거리며 도망치다 다시 달려드는 계피. 할머니가 다시 오른쪽 발로 계피 머리를 툭 쳤다. 아마 둘 사이의 놀이인 모양이었다.

"그런 식구 말고요. 진짜 식구 말이에요."

"식구가 꼭 사람이어야 한다는 법이라도 있다든? 넌 사람 식구 많으냐? 오빠나 동생 있어?"

할머니가 쥐어박던 계피를 쓰다듬으며 물었다.

"전 쌍둥이거든요."

"쌍둥이? 너랑 똑같이 생긴 바보가 또 있어?"

"아뇨. 쌍둥이 오빠라서 하나도 안 닮았어요."

내 입으로 재서를 오빠라고 하기는 거의 처음이었다.

"쌍둥이 오빠라, 엄청 치였겠구먼."

할머니가 뭘 알고 하는 말이 아닌데도 가슴이 쿵 하고 내려앉았다. 얼굴에 드러날까 봐 손가락으로 옥수수 알을 몇 개나 뜯어서 한꺼번에 털어 넣었다. 평소에는 안 그런 척 거짓말도 잘했는데 어쩐지 오늘은 그것도 쉽지 않았다. 또다시 곤혹스런 침묵이 흘렀다.

"아, 이 동네에서 오래 사셨다고 하셨죠? 어쩜 우리 외할머니를 아실지도 모르겠다."

"외할머니가 여기 살아?"

할머니가 처음으로 관심 있다는 듯 물었다.

"지금은 돌아가셨는데요, 우리 엄마가 고등학교 다닐 때 서울로 이사 갔다고 들었어요. 그러니까…….."

"그럼 아주 옛날인데? 살던 집이 어디였는데?"

"어딘지는 모르겠어요. 엄마한테 물어봐도 알 것 없다고 가르쳐 주지 않더라고요."

"왜? 이 동네 살았다면서?"

"그러게요. 이 동네가 굉장히 싫은지 이사 올 때도 엄마는 결사반대했어요. 아, 제 얼굴이 엄마를 많이 닮았다던데…….
혹시 아세요?"

"……모른다!"

내 얼굴을 한참 살피던 할머니가 갑자기 달라진 어조로 딱 잘라 말하고는 마당으로 내려가 빨랫줄에 걸린 내 옷들을 걷었다.

"다 말랐으니까 얼른 입고 가! 어른들 걱정하시겠다."

할머니는 내 앞에 옷을 던지며 말했다. 나는 뭘 잘못했나 싶어 할머니 눈치를 보며 옷을 입었다. 옷에서 마른풀 냄새가 났다.

"앞으로 여기 드나들지 마! 애들은 놀이터나 그런 데서 놀아야지, 이런 데 찾아다니는 거 아니야. 여기 저수지에서 사람 빠져 죽었다는 것도 사실이니까 이 근처에는 얼씬도 하지 마!
알았어?"

나는 할머니 서슬에 고개만 겨우 끄덕이고는 거의 쫓겨나
다시피 그 집을 나왔다. 계피가 꼬리를 흔들며 쫓아오다 할머
니 고함 소리에 이내 돌아섰다.

아니, 내가 언제 할머니네 집에 가겠다고 했나? 할머니가
옷 말리라고 날 붙든 거 아냐! 근데 왜 이제 와서 내가 뭐 잘
못한 것처럼 내쫓는 건데?

이유를 모르니 더 화가 났다. 이랬다저랬다 하는 걸로 봐서
진짜 정신 나간 할머니라는 생각도 들었다.

문득 지금 내 꼴을 윤지에게 보이고 싶었다. 다 너 때문이
야. 너의 그 우스운 옷차림 때문에 오늘 내 하루가 다 꼬인 거
라고!

억울하다는 생각을 하다 보니 어느 틈에 교회 앞을 지나고
있었다. 반투명 유리창 너머 본당 안은 캄캄해서 아무것도 보
이지 않았다. 지금쯤 연습하고 있을 시간인데 왜 이렇게 조용
하지? 내 생각을 알아차리기라도 한 듯 한쪽 벽 끝 창문 틈으
로 아이들 웃음소리가 왁자하게 새 나왔다. 섭섭하고 허전해
서 또 약이 올랐다.

집 앞에 오니 우편함에 편지 한 통이 삐죽 나와 있었다. 꺼
내 보니 또 잘못 온 편지였다. 요즘 며칠 동안 집주인 이름을
잘못 쓴 편지가 몇 번이나 배달되었다. 황보영? 반송이라고

써서 우체국에 갖다 주었는데도 계속 이 모양이다. 나는 혀를
차며 나머지 우편물까지 챙겨서 집으로 들어갔다.

8.

내게 너무
위험한 나

나는 원래 꿈을 잘 꾸는 아이다. 한번 꿈을 꾸면 아침에 선명하게 기억날 뿐만 아니라 며칠 동안 연관된 꿈을 계속해서 꾸곤 했다. 기억나는 건 대부분 무서운 내용들이어서 또 꾸게 될까 봐 잠들기 겁이 날 정도였다. 그래서 나는 눈만 뜨면 꿈 얘기부터 했다. 그 얘기를 듣고 누군가 개꿈이라고, 혹은 키 크는 꿈이라고 아무렇지 않게 말을 해 주면 그제야 마음이 놓였다. 그래, 그건 꿈일 뿐이야. 눈뜨면 없어지는 세상이야, 라는 말 한마디가 내겐 절실했다.

초등학교 5학년 때까지도 잠드는 게 무서웠다. 어느 날에는 갑자기 집 곳곳에서 눈 달린 손이 나를 잡으려고 했고, 무서워서 도망치려는데 내 발은 바닥에 붙은 것처럼 꼼짝도 하지 않았다. 너울너울 손이 다가오고 나는 살려 달라고 울며불며 소리치지만 내 입에서는 아무 소리도 나오지 않았다. 우습게도 거기서 나를 구해 준 사람이 바로 할머니였다.

잠에서 깨어나 울먹이며 꿈 얘기를 하자 명절이라고 집에 온 할머니가 아침부터 꿈 얘기를 들으면 종일 재수 없다며 하지 말라고 버럭 소리를 질렀다. 그 아침, 식구들이 다 모인 자리에서 내가 느낀 무안함이란. 차라리 지난밤 괴물 손에 잡혀 영영 깨어나지 못하는 게 나을 뻔했다고 여길 정도였다. 그 뒤부터 나는 누구에게도 꿈 얘기를 하지 않았다. 그리고 차츰 무서운 꿈을 꾸지 않게 되었다.

이사 오고 여름이 되면서부터 나는 내 꿈속으로 무엇인가 스멀스멀 기어들어 오고 있음을 깨달았다. 예전처럼 무섭고 끔찍하진 않았지만 기분이 좋지 않았다. 그 꿈에 언제나 등장하는 것이 안개였다. 나를 두렵게 하는 것의 정체를 확인하려는 순간 안개는 연막처럼 피어올라 내 눈을 가렸다. 그러다 꿈에서 깨면 안타까움과 안도감이 동시에 밀려왔다. 내가 두려워하는 것이 뭔지 보고 싶기도 하고 보고 싶지 않기도 했다. 그러면서도 예기치 않은 일이 생기면 혹시 그래서 그런 꿈을 꾼 건가 싶을 정도로 나는 꿈에 사로잡혀 있었다.

미니홈피에 또다시 남겨진 글을 봤을 때도 그런 기분이었다.

27년이란 시간, 생각해 보면 그리 긴 시간도 아냐. 잊은 듯해도 잊을 수 없는 것들은 어딘가에 남아 있을 거야. 아르테미스와 두 대의 피아노를 위한 협주곡 E플랫장조…….

　은영이란 사람의 미니홈피에 글을 남길 때만 해도 이런 상황이 올 거라고는 예상하지 못했다. 사실 엄마한테는 예전 동네에서 알고 지내던 사람 말고는 친구가 없다. 전에는 그게 이상한 줄 몰랐고 좀 커서는 깐깐한 엄마 성격에 친구가 있을 리 없다고 여겼다. 그래서 장난삼아 글을 남긴 거였는데, 이번 글은 내용이 뭔지 모르게 불안했다. 뭐랄까, 눈을 가린 채 뭐가 들었는지 모르는 상자 속에 손을 넣어야 하는 기분이랄까? 넣자니 불안하고 안 넣자니 궁금하고…….

　"우리 갔다 온다고! 안 들려?"

　올라온 글이 원수라도 되는 듯 노려보고 있는데 엄마와 재서가 나타났다. 경계경보!

　"어딜 가는데?"

　나는 눈치 빠른 재서가 알아챌까 봐 서둘러 컴퓨터를 껐다.

　"병원 간다고! 두 번째 토요일! 그 머린 어떻게 매번 입력해 줘야 하나?"

　재서가 신발을 신다 말고 바닥에 떨어진 검불을 내 쪽으로 던졌다. 평소 같으면 나도 똑같이 해 줬겠지만, 이번엔 가만히 주워서 쓰레기통에 버렸다. 그러니까 오늘은 밤늦도록 컴퓨터 해도 된다는 말이지?

　"혼자 있다고 종일 게임만 하면 안 돼!"

엄마가 컴퓨터 모니터 모서리를 손바닥으로 두드리며 말했다. 나는 고개를 끄덕였다. 대신 밖에서 놀다 오면 되니까.

"저번처럼 친구 집에 간다고 한밤중까지 집 비워 두면 혼날 줄 알아! 알아들었어?"

그 말을 하고 엄마는 바로 재서를 따라 뛰어나갔다.

엄마가 B형이라서 그런가? 내가 O형이라서 그런가? 나는 엄마가 무슨 생각을 하는지 모르겠는데, 엄마는 언제나 내 속을 잘 짚어 낸다. 말 한마디로 옴짝달싹 못하게 하는 재주도 있다. 엄마는 내 나이였을 때도 아마 저랬을 것이다. 남의 속을 읽고 사람을 꼼짝 못하게 하고……. 그러니까 친구라는 사람이 남긴 글도 이렇게 이상하지. 그나저나 아르테미스는 또 뭐지?

휴대폰 진동에 갑자기 책상이 덜덜거렸다. 의료보험증을 놓고 왔다며 버스 정류장으로 갖고 나오라는 엄마 전화였다. 이사 오고 외출한 횟수라고는 손에 꼽을 만큼 몇 번 안 되는데, 엄마는 그때마다 뭐 하나씩 두고 나가서 사람을 꼭 다시 불러낸다.

"꼭 그러고 나와야 했니?"

엄마가 의료보험증을 받아 들고는 구겨진 내 운동화 뒤축을 못마땅한 듯 흘겨보았다. 신발을 제대로 신고 허리를 펴자마자 다행히 나를 구원해 줄 버스가 왔다.

먼지와 매연, 엔진 소리가 엄마 잔소리와 함께 멀어지자, 그 자리에 바람이 살랑거리며 들어왔다. 하늘에는 하얀 구름이 엷게 풀렸다. 솔구마을에서는 드물게 괜찮은 날씨였다.

지금부터 무엇을 할까? 자유를 얻어 좋긴 한데, 딱히 하고 싶은 게 떠오르지 않았다. 기지개를 켜고 돌아서려는데, 맞은 편에서 윤지가 훌쩍이며 길을 건너고 있었다. 성가대 연습할 시간인데…….

노란 원피스 사건이 있은 뒤 바로 방학이 시작되었고 난 한 번도 성가대에 나가지 않았다. 거의 열흘 만에 만났는데, 윤지 는 우느라 나를 알아보지 못하고 지나쳤다.

"야! 양윤지!"

윤지가 내 목소리를 듣고 돌아섰다.

"왜 길바닥에서 울고 난리냐? 누가 죽었어?"

"재영아, 성가대 선생님 나간대."

윤지가 울먹이며 말했다.

"아니, 며칠이나 됐다고 나가?"

나는 피아노 뒤에서 들려오던 나직한 목소리를 떠올리며 물었다.

"선생님이 나가겠다고 한 게 아니야. 우리가 성가 경연대회 준비한다는 얘길 듣고 목사님이 찾아와서는, 학생부 성가대는 30주년 기념 예배 때문에 임시로 만든 거라고, 그게 끝나면 바로 해체할 거니까 괜히 아이들한테 바람 넣지 말라고 했대. 선생님은 아이들이 열심히 연습했으니까 경연대회까지만 나

가게 해 달라고 했지만, 목사님이 다른 선생님을 구하겠다고
했다는 거야.”

“그래서 그 선생님은 그냥 나가기로 한 거야?”

윤지의 큰 눈에 다시 눈물이 그득 고였다.

그놈의 교회는 바자회도 그렇고 성가대도 그렇고 쉽게 진
행되는 게 없네. 도대체 뭐가 문제야?

“우리 집에 가서 놀래? 아무도 없는데…….”

“아냐. 지금 집에 갔다가 다시 교회 가야 해. 선생님 송별회
준비하려고.”

윤지가 잊었다는 듯 몸짓이 빨라졌다.

“눈물이나 닦고 가.”

나는 무안함을 감추며 말했다.

“참, 30주년 기념 책자, 그때 네가 도와줬던 그 책 말이야.
그거 나왔다고 주일학교 선생님이 아무 때나 너 한번 오라고
하던데?”

윤지가 집으로 달려가다 말고 돌아보며 소리쳤다.

“왜?”

“고맙다며 책이랑 선물 하나 준다고.”

“그래? 윤지, 너 교회에 갈 거면 같이 갈까?”

내가 반색을 하며 묻자 윤지가 또 한 번 미안해하며 대답
했다.

“상미랑 20분 뒤에 슈퍼 앞에서 만나기로 했는데……. 송별

회 할 간식 사려고."

"그렇구나. 그럼 그냥 나 혼자 후딱 갔다 오지, 뭐."

상미 이름을 듣는 순간, 무안한 마음, 윤지가 안쓰러워서 위로하고 싶은 마음이 싹 달아났다. 혹시라도 같이 가자고 할까 봐 나는 지레 선수를 쳤다.

큰길을 건너며 왜 교회에 가고 있는지 이유를 모르겠다는 생각이 들었다. 그날 앉아 있기만 했지 내가 한 일은 아무것도 없었다. 더군다나 그 책을 꼭 받아야 할 필요는 더더욱 없는데……. 생각해 보니 윤지를 만난 게 문제였다. 홀쩍이는 윤지를 보지 못했더라면 지금쯤 엄마도 재서도 없는 집에서 늘어지게 낮잠이라도 자고 있었을 텐데……. 윤지를 만나고 나니 그 자유가 더없이 따분하게 느껴진 게 이유라면 이유였다.

교회 교육실 문을 열자 상미가 나를 맞았다.

"어쩐 일이야? 혼자서……."

상미는 나를 마치 자기 집에 연락도 없이 찾아온 무례한 사람 취급을 했다.

"선생님이 뭘 가져가라고 하셔서."

상미는 뭔지 알겠다는 투로 책상 위에 놓인 봉투를 내 쪽으로 휙 밀고는 보던 책을 뒤적였다. 나는 그냥 갈까 하다가 상미 맞은편에 앉아서 책을 꺼냈다.

"한 장 한 장 사진으로 볼 때는 몰랐는데 책으로 보니까 훨씬 낫지?"

사진? 상미가 얘기하지 않았으면 모르고 지나칠 뻔했다.

나는 무심한 척하며 성가 경연대회 사진을 찾았다. 책에 실린 엄마 얼굴은 좀 달라 보일까?

그런데 아무리 찾아도 있어야 할 자리에 사진이 없었다. 다른 행사 사진은 서너 장씩 있는데 그해부터 몇 년 동안은 사진 없이 짤막하게 '성가 경연대회 우승' 정도만 적혀 있었다. 지휘자와 반주자, 지도교사 이름도 빠졌다. 뭔가 이상한데…….

"그때 윤지가 나 닮았다는 사람이 누구였지?"

내가 슬쩍 묻자 상미는 몇 번이나 책장을 뒤적이더니 고개를 갸웃거렸다.

"그때 성가 경연대회 사진 있잖아요? 재영이 닮았다고 같이 돌려 본 사진 말이에요. 그게 빠졌는데요?"

상미는 교육실 문을 열고 막 들어오는 선생님에게 물었다.

"아, 재영이 왔구나. 그거, 최종 편집 때 뺐어. 위에서 그러라고 해서."

"왜요?"

"나도 모르지, 종이 아끼려고 그랬나?"

선생님 말에 상미가 픽 웃는데 나는 따라 웃을 수가 없었다.

나는 책에 실린 사진들을 다시 살펴보았다. 엄마가 교회에 다녔다면 성가 경연대회 말고 다른 행사 사진에라도 엄마 얼굴이 있어야 할 터였다. 소풍, 체육대회, 크리스마스, 부활절 행사……. 꼼꼼하게 살펴보았지만, 그 어디에도 엄마 얼굴은 보이지 않았다. 마치 작정하고 도려낸 것처럼 빠져 있어서 더욱 신경이 쓰였다.

"참, 이따가 송별회 할 때 선생님도 오실 거죠?"

상미가 자리에서 일어나며 선생님한테 물었다.

"가야지. 그동안 성가대 선생님하고 잘 맞았는데, 애들은 괜찮니?"

선생님이 걱정스러운 듯 물었다.

"괜찮지 않으면 어쩌겠어요? 윤지가 문제이긴 한데, 그렇다고 울고불고할 거면 오지 말라고 할 수도 없고요. 뭐 어떻게 되겠지요. 재영이, 너도 올 거지?"

마치 그러려고 온 줄 자기는 다 안다는 식의 말투가 몹시 거슬렸다.

"아니, 내가 왜?"

"그래? 나 지금 윤지 만나러 갈 건데, 거긴 같이 갈래?"

내가 싫다고 하자 상미는 고개를 까딱하고는 과장되게 어깨를 펴고 교육실을 나갔다. 마치 태어날 때부터 왕족이었다는 듯 도도한 표정을 지으면서.

"윤지랑 상미도 있는데 송별회에 같이 가지, 왜?"

"재미없어요."

기질적으로 나는 송별회와 안 맞는 것 같다. 울먹울먹하는 목소리, 안타까운 표정, 애틋해서 축축한 분위기……, 생각만 해도 속에서 뭐가 넘어올 것 같았다.

"그런데요, 아이들이 열심히 연습해서 경연대회에도 나가면 좋은 거 아닌가요? 기념 예배 끝나고 바로 성가대를 해체하는 건 좀 너무한 것 같아요."

내가 지나치게 들이대고 물었는지 선생님 얼굴이 약간 굳어졌다.

"아무 이유도 없이 그러신 건 아닐 거야. 교회는 교회대로 사정이 있지 않겠어?"

이유는 말해 주지 않고 이해하라는 식의 말투, 그 또한 엄마 말투가 연상되어서 싫었다.

"혹시 성가 경연대회 못 나가게 하는 거랑 이 책에서 사진 없앤 거랑 무슨 관계가 있나요?"

정말 아무 생각 없이 한 말이었는데, 선생님이 흠칫 놀라는 것을 보니 선무당이 사람 잡은 모양이다.

"아니, 연습 잘하고 있는데 경연대회에 나가지 말라는 것도 이상하고, 여기에 경연대회 사진만 교묘하게 빠져서요. 그때는 성가 경연대회에 나가서 일 등도 했다면서요?"

"글쎄, 예전에 사고가 있어서 그런 거 아니냐고 누가 그러던데 ……. 그렇다면 아주 옛날이잖아? 진짜 그 일 때문이라면 다들 웃을 일이지……. 안 그래?"

표정으로 봐서는 선생님도 제대로 모르는 게 분명했다. 하지만 나는 뭔지 모르게 중요한 단서를 찾아낸 것 같아 가슴이 두근거렸다. 내 예감이 맞다면, 그 정체불명의 사고와 사진, 틀림없이 무슨 관계가 있을 것이다.

여기 더 있을 거냐는 선생님 말에 선물 고맙다는 인사를 하고 교회를 나왔다.

만약 정말로 두 일이 관계가 있다면 엄마와도 무관하지 않을 텐데, 그 사고가 뭔지 어떻게 알아내지? 그 옛날 사건을 인터넷으로 찾을 수도 없고…….

집에 돌아왔을 때 나는 문을 잠그지 않고 나갔다는 사실을 깨달았다. 그러니까 정확하게 말하면 엄마가 나갔을 때부터 정오를 훌쩍 넘긴 이 시간까지 대문을 열어 놓고 다녔다는 뜻이다. 문을 잠그지 않고 나갔다 온 것보다 더 큰 문제는, 그 사실을 윤지 할머니가 알았다는 거였다. 할머니를 통하면 별일 아닌 것도 이따금 큰일이 되고 마는데, 이번에는 내가 없는 동안 도둑이 들었다고 야단법석이었다.

"택배 아저씨 아니었어요?"

할머니 말에 놀라 대충 집 안을 둘러보고 나와서 되묻자 윤지 할머니가 창밖으로 얼굴을 내밀며 꽥 하고 소리를 질렀다.

"내가 도둑이랑 배달 온 사람 구별도 못 하는 늙은이로 보여?"

할머니한테는 미안한 말이지만, 나는 약간 그렇게 생각했다. 윤지한테 들은 바로는, 그동안 몇 번이나 비슷한 일이 있었기 때문이다. 윤지네 연립에 신문 구독하라고 온 사람이나 다른 집에 우유 배달 온 사람은 거의 한두 번씩은 할머니한테 붙들려 곤욕을 치렀다. 며칠 전에는 집을 잘못 찾아온 손님을 유괴범으로 몰아 온 동네가 시끄러웠다.

내가 할머니 때문에 창피하지 않냐고 물었더니 윤지는 이해할 수 있다며 할머니를 두둔했다. 엄마 아빠가 일하러 서울 가고, 오빠가 군대에 갔을 때만 해도 이 정도는 아니었다는 것이다. 작년에 언니가 낮에는 가게를 보고 밤에는 학교 다니는 조건으로 친척 집에 가고 나자 할머니는 부쩍 의심의 눈으로 주위를 바라보기 시작했다고 했다.

"갑자기 왜?"

"나를 보살필 사람은 할머니밖에 없다고 생각한 거지. 우리 둘만 남았는데 만약에 무슨 일이라도 생기면, 엄마 아빠가 바로 서울로 가자고 할 테니까."

"그럼 다 같이 가면 되잖아? 너도 서울 가고 싶다며?"

"나도 그러자고 했는데, 할머니가 싫대. 할머니 말이, 나이가 들면 죽는 것보다 더 겁나는 게 변화래. 그 변화에 적응하기가 죽는 것보다 더 어렵댔어."

그런 얘기를 할 때 윤지 얼굴은 세상일에 달관한 노인처럼 느껴졌다. 그래서 웬만하면 나도 윤지 할머니를 이해하고 싶다. 하지만 이건 문제가 다르다. 엄마가 알면 감당할 수 없을 정도로 일이 커지고 말 것이다.

"근데요, 도둑이 들었으면 없어진 게 있어야 하는데, 전혀 없거든요. 할머니가 직접 보셨어요?"

"봤지, 내 눈으로 똑똑히 봤어. 근데 뭔 도둑이 그렇게 허술한지 몰라. 내가 점심 먹고 내려다보는데 어느 틈에 들어갔는지 현관문이 비죽 열리더니 웬 낯선 사람이 나오는 거야. 그러더니 아무도 없는 걸 확인하고는 마당으로 나오더라고. 하도 수상해서 냅다 소리를 질렀지. 누구냐고! 누군데 남의 집에 도둑고양이처럼 살금살금 드나드는 거냐고! 처음엔 어디서 나는 소린지 몰라 우왕좌왕하더니 내가 요래 보고 있는 걸 발견하고는 혼비백산해서 내빼더라고. 그리 어수룩해서야 도둑질로 밥이나 얻어먹을 수 있겠나 몰라. 나 때문에 놀라서 도둑질한 것도 다 던져 놓고 갔을 거야, 어디 잘 찾아 봐."

"없다니까요! 할머니, 그럼 그 도둑 얼굴도 봤어요? 이 동네에서 본 사람이에요?"

"한여름에 모자까지 쓰고 온 놈 얼굴을 어떻게 봐! 아, 맞다. 그 도둑놈 신발은 내가 똑똑히 봐 뒀지. 흉악한 놈이 운동화는 발목까지 올라오는 하얀 놈으로 신었더라고. 윤지가 하도 조르던 신발이라 한눈에 알아봤지."

윤지 할머니가 큰 눈을 꼭 감았다 뜨며 말했다.

"할머니, 그러니까 그 사람은 도둑이 아닌 거예요. 어떻게 도둑이 남의 눈에 잘 띄는 신발을 신겠어요? 그러니까 괜히 엄마한테 이상한 얘기해서 저 야단맞게 하시면 안 돼요. 아무것도 없어진 거 없어요. 그 사람 도둑 아니라고요!"

분명하게 얘기는 했지만 윤지 할머니가 엄마한테 말하리라는 건 불 보듯 뻔한 일이었다. 그러고 보면 윤지 할머니나 우리 할머니, 저수지 할머니까지 묘한 공통점이 있다. 절대로 남의 얘기를 듣지 않는다는 것, 처음에는 듣는 척하다가도 어느 순간이 되면 당신 생각만이 옳다고 믿는 것 말이다. 할머니가 되면 모두 그렇게 되는 건가?

　어쨌거나 누군가 집에 들어왔다 나갔다는 사실은 영 찜찜했다. 나는 마당을 다시 한번 살펴보고는 집 안으로 들어갔다. 문이 열린 방도 없고 뭘 만진 흔적도 없었다. 그럼 집에 들어온 사람의 정체는 뭐지? 그때 신발장 위, 고만고만한 허브 화분들 사이로 꾸러미가 하나 보였다. 엄마 앞으로 온 택배였다. 그럼 그렇지. 갑자기 마음이 확 놓였다. 적어도 윤지 할머니 고자질에 대처할 방편은 찾은 것이다.

　나는 손바닥만 한 물건을 안방 화장대 위에 올려놓고 내친김에 청소도 하고 쌀도 씻어 놓았다. 장시간 집을 비운 내 행동에 대한 반성의 의미로.

　엄마와 재서는 한밤중이 다 되어서야 돌아왔다. 토요일이라서 차가 많이 밀린다고 전화를 받은 터라 혼자서 라면을 끓여 먹은 뒤였다. 덕분에 엄마는 일찍 주무시는 윤지 할머니를 만나지 못했고 나는 할머니가 고자질하기 전에 먼저 변명할 기회를 얻었다.

　"그렇게 집 비워 두지 말랬잖아. 저 3층 할머니, 내일 아침

126

부터 시끄럽겠네."

엄마는 3층 할머니랑 말 섞을 일이 더 고단하다는 듯 고개를 절레절레 흔들었다. 그래도 청소와 씻어 놓은 쌀에 약간 감동하는 눈치였다.

"아빠는?"

엄마가 방에 들어간 뒤 나는 소파에 늘어져 있는 재서를 보며 물었다.

"할머니한테 다녀온다고 문자 왔어. 내일 오신대."

재서가 다 귀찮은 듯 눈을 감고 말했다.

나는 내 방 창문을 활짝 열었다. 유난히 길었던 오늘 하루를 무사히 마쳤다는 안도감에 긴 숨을 몰아쉬었다. 풀 냄새가 방 안까지 솔솔 들어왔다. 상쾌하고 향긋한 밤이었다.

그렇게 마음을 놓고 있을 때 이 모든 걸 단 한 방에 깨뜨릴 정도로 날카로운 비명 소리가 들려왔다. 풀 냄새는 순식간에 사라졌다.

9.

떨어져서는 아무것도
보이지 않는다

그런 날이 있다. 누가 나한테 아무 짓도 하지 않았는데 입도 떼기 싫을 정도로 언짢은 날. 그런 날은 아침에 눈을 뜨자마자 바로 감이 온다. 따라서 그 기분이 가시기 전까지 아무도 나를 건드리면 안 된다. 나랑 상관있는 사람이건 상관없는 사람이건, 세상 사람 누구도 나한테 먼저 아는 척하지 말아야 하고, 심지어 바람 소리나 새 소리도 나를 위해 잠시 침묵해야 한다.

불행히도 학급 소집일, 학교에 청소하러 가야 하는 날이다. 나는 일어나기 싫어서 벽지에 끝도 없이 이어진 직육면체 무늬를 뚫어지게 바라보았다. 그중 하나를 골라서 집중하다 보면, 벽을 타고 천장으로 올라간 무늬가 어떤 건 오목하게 들어가 보이고 또 어떤 건 볼록하게 튀어나와 보이기도 한다. 오목한 무늬 하나, 볼록한 무늬 하나, 다시 오목한 무늬 하나……. 나는 이런 질서가 좋다. 질서 정연한 건 예측이 가능하고, 예측이 가능하면 안전한 것 같아 마음이 편안하다. 나는 내 주위의 일들이 이렇게 질서 정연하기를 바란다. 아침에 뜨고 저녁에 지는 해처럼, 거슬러 올라가는 법이 없는 강물처럼, 결코 옛날로 돌아갈 수 없는 시간처럼.

어, 그런데 잘 고른 줄 알았던 무늬가 얼룩 한 점 때문에 창문 근처에서 뒤죽박죽되고 말았다. 나는 맞은편 벽지에서 또 다른 무늬를 골랐다. 이번에는 창문까지 무사히 도착하기를……. 그러나 베개 밑에서 휴대폰이 요란하게 움직이는 바람에 무늬를 놓치고 말았다.

'아침 차려놨으니까 먹고 가. 수저랑 빈 그릇은 개수대에 넣어 놓고. 인사 안 하고 가도 돼 - 엄마.'

애써 얼굴 보일 필요 없다는 말이다. 엄마는 여전히 몸 상태가 안 좋은 모양이다. 그래도 그렇지, 벌써 이틀째잖아.

그저께 밤, 찢어질 듯한 비명 소리에 놀라 나와 재서가 동시에 달려 나와 안방 문을 열려는데, 한발 먼저 딸각 소리가 들렸다. 엄마가 방문을 잠근 것이다.

"엄마, 무슨 일이야? 괜찮아? 문 좀 열어 봐!"

"엄마! 괜찮아?"

재서는 두 손으로 손잡이를 잡아당기다가 열리자 않자 방문을 요란하게 두드렸다. 내가 말려도 막무가내였다.

"너 때문에 엄마가 뭐라고 해도 하나도 안 들리겠다고!"

그제야 재서가 문을 두드리다 말고 바짝 귀를 갖다 댔다. 내 말을 들었는지 엄마가 기어들어 가는 소리로 괜찮다고 했다.

"근데 문은 왜 잠갔어! 진짜 괜찮은 거야?"

재서가 얼굴을 문에 바짝 갖다 대고 물었다.

"진짜 괜찮아. 옷장 밑에서 엄청나게 큰 바퀴벌레가 나와서 그래. 너무 피곤해서 좀 자야겠으니까 너희들도 가서 자. 문 열 힘도 없어."

"바퀴벌레 때문에 소리 지른 거였어? 아, 진짜 놀랐잖아!"

재서가 닫힌 방문에 대고 몇 마디 구시렁대더니 하품을 하며 제 방으로 들어갔다.

단순한 재서는 엄마가 하는 말을 그대로 믿었지만 나는 뭔가 석연치 않아 문 앞에서 꾸물거렸다. 재서 방문이 닫히자마자 안방에서 흐느끼는 소리가 새 나왔다. 바퀴벌레 때문에 흐느끼는 사람은 없다.

나는 발뒤꿈치를 들고 내 방으로 돌아와 가만히 방문을 닫았다.

정황상, 엄마가 방에 들어가 화장대에 놓인 택배를 열어 봤을 시간과 대충 맞아떨어지는데…….

엄마는 다음 날 오후까지도 방에서 나오지 않았다. 그러다 점심때쯤 나한테 거실 장식장 서랍에 있는 두통약 좀 챙겨서 들어오라는 문자메시지를 보냈다.

방 안에 들어갔을 때 엄마는 이마에 한쪽 팔을 올려놓은 채 누워 있었다. 커튼을 쳤는데도 엄마 팔 아래 드리워진 그림자가 유난히 짙어 보였다. 눈을 뜨고 있는지, 감고 있는지, 뜨고 있으면 뭘 보고 있는지, 어정쩡하게 떨어진 내 자리에서는 도무지 알 수가 없었다.

"약 갖고 왔는데⋯⋯. 빈속에 먹으면 안 되잖아. 뭐라도 챙겨 올까?"

"생각 없으니까 갖고 온 거, 화장대 위에 올려놔."

엄마는 애초부터 약 먹을 생각이 없었던 사람처럼 건성으로 말했다. 나는 화장대 위에 약 쟁반을 올려놓고는 눈으로 문제의 택배 꾸러미를 찾았다.

"그 택배 놓고 간 사람, 너는 못 봤다고?"

엄마가 약간 잠긴 목소리로 물었다. 나는 도둑질하다 들킨 사람처럼 허둥대며 그렇다고 했다.

"3층 할머니는 봤다고 했지? 어떻게 생겼는지 들은 대로 말해 봐."

"아니, 그게⋯⋯ 모자 쓴 거 말고는 별 얘기 없었는데⋯⋯. 윤지 할머니는 무조건 그 아저씨가 도둑이라고 우기기만 했어. 어설픈 도둑이라고."

"그러니까 우리 집에 들어왔던 사람이 남자라는 말이야? 분명해?"

엄마가 이마에서 팔을 떼며 물었다. 남자가 아니면? 그 문제에 대해서는 한 번도 의심해 본 적이 없던 터라 나는 적잖이 당황했다.

"택배 아저씨니까…… 할머니는 도둑이라고 했고……. 근데 왜?"

그게 뭐가 중요한지 몰라서 되묻자 엄마는 좀 전처럼 팔을 다시 이마에 얹으며 대답했다.

"아냐, 됐으니까 나가 봐. 손톱 좀 물어뜯지 말고."

안방 문을 닫고 나오면서 한 가지는 분명해졌다고 생각했다. 엄마의 비명이 그 택배와 관련이 있다는 것. 내 궁금증은 점점 더 커져 가는데 엄마는 방에서 꼼짝도 하지 않았다. 어제 오후 아빠가 왔을 때 잠깐 얼굴을 보이고는 지금까지 방에서 나오지 않고 있다.

"야! 소집일 잊었어? 웬 늦잠이야?"

재서가 내 방문을 발로 걷어차며 물었다. 잠시 잊었던 짜증이 확 밀려왔다. 이런 날은 방문 앞에 '건드리지 마시오!'라는 팻말이라도 걸어 놔야 할 것 같다. 물론 저 자식은 그걸 보면 더 덤벼들겠지만.

"다녀오겠습니다!"

나는 아침 먹은 그릇을 개수대 안에 던져 놓고 뛰어나갔다.

날씨가 꾸물거리는 게 오후에는 비가 한바탕 쏟아질 것 같았다. 저수지 쪽에는 안개가 짙게 드리워져 있었다. 곧 8월 중순인데, 윤지 할머니 말처럼 정말 늦장마가 올 모양이다.

"제때 비가 오고 햇볕이 나야 곡식이 여무는데, 늦장마가 오면 반은 버린다고 생각해야 해. 거기다 태풍까지 몰고 오면 일 년 농사 다 날리는 거고. 그러니 사람이든 날씨든 때를 놓쳐서 좋은 건 없어."

윤지 할머니는 밭을 공짜로 빌려 준대도 귀찮다고 하면서 하는 말만 들어 보면 영락없이 농사짓는 사람이다.

"야, 할 얘기 있다니까 왜 혼자 달아나?"

재서가 뛰어와서 내 어깨를 붙잡으며 소리쳤다.

"아, 이거 놔! 누가 달아났다고 그래? 밥 먹을 땐 암말 않더니……."

서두를걸, 괜히 하늘을 보며 노닥거린 걸 후회했다.

"아, 미안. 밥 먹을 때 할 얘기가 아니라서. 의논할 게 있는데, 들어 줄래?"

내가 아무 말도 하지 않자 재서는 뭐가 아쉬운지 어색하게 웃으며 설명을 보탰다.

"우리, 개학하기 전에 할머니한테 한번 다녀온다고 하자, 응?"

"엄마 아빠가 언제 내 말 듣는 거 봤어? 그리고 할머니 집은 너나 좋지, 난 별로야. 가고 싶으면 너 혼자 얘기하고 가."

"말하면 엄마는 우리끼리라도 갔다 오라고 하겠지. 근데 아빠가 문제야. 분명히 할머니한테 뭐 조를 게 있어서 그런다고 할걸."

재서가 손바닥을 비비며 말했다.

"사실이잖아, 네가 언제 필요한 거 있을 때 말고 할머니 집에 가자고 한 적 있었어?"

"아이 씨, 내 휴대폰 자판이 두 개나 안 먹는단 말이야! 아빠한테 말하면 그냥 고쳐 쓰라고 할 거라고!"

"그럼 되겠네, 뭐."

"이게 얼마나 오래된 건지 알아? 서비스 센터 왔다 갔다 하느니 새걸로 사는 게 더 남는 거란 말이야. 그러니까 네가……."

"내가 왜 그래야 하는데? 그냥 고쳐서 써! 그러다 보면 새걸로 바꿀 날도 오겠지."

나는 뒤에서 욕하는 재서를 두고 유유히 발걸음을 옮겼다. 하늘은 우중충한데 내 발걸음은 갑자기 날아갈 듯 가벼워졌다.

그런 날이 있다. 눈뜨자마자 설명할 수 없는 짜증으로 정말 답이 안 나오는 하루가 될 거라고 생각했는데, 이렇게 아무것도 아닌 일로 기분이 금세 말끔해지기도 하는 그런 날 말이다. 재서 자식, 가끔은 좋은 일을 하기도 한다.

개학을 앞두고 청소하러 모인 날인데 아침부터 수상쩍게 어수선했다. 아이들 다섯 명이 한꺼번에 전학을 간다고 했다. 방학 때마다 있는 일이라며 아이들은 서운한 빛도 비추지 않았다. 나는 전학 가는 아이들 중 두 명과는 이름조차 헛갈릴 정도로 무심한 사이지만, 여덟 명이 남아 이 휑한 교실을 지킬 생각을 하니 어쩐지 쓸쓸한 생각이 들었다. 그나마도 장담할 수 없는 숫자지만.

선생님이 청소 구역을 정해 주고 나가자마자 나는 윤지에게 달려가 주말 내내 생각했던 계획을 전했다.

"뭐? 진짜? 진짜로 교회…… 읍!"

나는 한 손으로 윤지 입을 틀어막으며 고개를 끄덕였다. 우리 옆줄에 앉은 상미가 나와 눈이 마주치자 얼굴을 찌푸렸다. 성격 안 좋은 외동딸은 아침부터 완전히 저기압이다.

윤지가 답답한 듯 내 손을 잡아 내리며 물었다.

"아, 왜?"

"교회 가는 건 당분간 비밀이야. 무엇보다 재서가 알면 안 돼. 그 자식이 알면 엄마한테 이를 거고 그럼 난 가 보지도 못하고 끝이야. 알았지?"

"알았어. 그럼 성가대는?"

"어차피 해체할 거라며? 해체할 성가대에 들어가서 뭐 해!"

"해체하기 전까지는 우리 열심히 하기로 했어. 기도도……."

윤지도 기도란 말이 머쓱한지 말을 맺지 못했다.

"알았어, 성가대도 할게. 대신! 내 말 잊으면 안 돼!"

윤지가 비장한 표정으로 고개를 끄덕였다.

"그런데 갑자기 왜 그런 생각을 했어? 그동안 그렇게 졸라도 싫다고 했잖아? 성가대도 오디션만 보고는……."

나는 그냥 할 말이 없어서 윤지를 보며 살짝 웃기만 했다.

솔직히 다른 꿍꿍이가 있다. 아주 옛날 엄마가 이 마을에 살았을 때 엄마는 솔구교회와 분명히 무슨 관계가 있었다. 교회에서 엄마 사진을 발견했을 때만 해도 그것은 아주 작은 호기심에 지나지 않았다. 내가 모르는 엄마의 옛날 모습, 그리고 그 모습과 내가 많이 닮았다는 점 따위가 흥미를 끌었지만 그것으로 끝이었다. 하지만 지금은 엄마 주변에서 내가 모르는 무슨 일이 일어나고 있는 게 틀림없다. 안개가 스멀거리듯 뭔가 아주 조심스럽게, 조금씩 움직이는 게 느껴진다. 분명한 건, 멀찍이 떨어져서는 아무것도 알아낼 수 없다는 것이다.

우르릉 쾅쾅!

청소하려고 의자를 모두 책상 위에 올려놓았을 때 마른 천둥소리가 으르렁거렸다. 아직 하늘은 젖지 않았지만 급격하게 어두워지는 걸로 봐서 곧 비가 쏟아질 것 같았다.

"우산 있어?"

윤지가 내게 물었다. 나는 고개를 저었다.

비가 올 거라는 예보를 들어도 당장 눈앞에서 내리지 않는 이상, 그 거추장스러운 물건을 챙겨 올 내가 아니다. 좀 맞고 말지, 뭐.

그런데 좀 맞고 말 상황이 아니라는 것이 곧 확인되었다. 갑자기 후두둑 소리를 내며 빗물이 들이쳐 창문 아래가 온통 물바다가 되었다. 창가에 서 있던 아이들이 서둘러 교실 창문을 닫았다. 창문에 뿌연 김이 서렸다.

"청소 끝날 때쯤이면 그치겠지?"

내 말에 윤지가 전혀 동의하지 않는 목소리로 대답했다.

"할머니가 오늘은 종일 내릴 거랬어. 늦장마는 한 방으로 끝나는 장대비랑 다르다고. 아, 아침에 비옷이랑 다 챙겨 놓고 왜 안 갖고 왔지?"

우리 얘기를 들었는지 재서가 우리 앞에서 얄밉게 우산을 폈다 접었다 해 댔다.

서울 같았으면 이런 날은 엄마가 학교로 우산을 들고 오곤 했다. 물론 재서 때문이었지만 덕분에 비 맞고 가는 일은 거의 없었다. 하지만 이곳에서는 엄마가 한 번도 학교에 들른 적이 없었다. 비 오는 날은커녕 심지어 전학 온 첫날도 아빠가 잠깐 들렀다가 갔다. 몸이 안 좋아서라고는 했지만 서울에서였다면 달랐을 게 틀림없다. 그러고 보니 이사 와서 엄마가 재서 일로 서울에 갈 때나 시장 보러 읍내에 가는 일 말고는 집 밖으로 나가는 걸 본 적이 없다. 그뿐이 아니다. 서울에서 엄격하게 지키던 규칙들이 여기서는 다 헐렁해졌다. 재서 건강 때문에 온 이사인데, 정작 당사자인 재서는 멀쩡하고 엄마가 환자처럼 굴고 있다.

"재영이는 재서랑 같이 쓰고 가면 되겠다."

속 모르는 누군가 부러운 듯 말했다.

청소가 끝나고 남자아이들은 우산이 있거나 없거나 서둘러 교실을 떠났다. 나와 윤지, 그리고 곧 전학 갈 진혜와 유빈이는 비가 그치길 기다리며 교실에 남았다. 우산을 갖고 온 상미는, 여자애들만 남자 기다렸다가 같이 가겠다며 도로 교실에 들어왔다.

"다음 주 벼룩시장은 같이 할 거지? 전학 가도 교회엔 나올 거지?"

윤지 말에 진혜와 유빈이가 약속이나 한 것처럼 고개를 절레절레 흔들었다. 상미가 말없이 샐쭉한 표정을 지었다.

"왜? 너희 없으면 일손이 빌 텐데 어떻게 하라고! 아, 그럼 성가대는? 성가대는 할 거지? 그건 가을까지만 하면 되는데……."

윤지가 서운한 듯 물었다.

"여기 교회……, 이제 안 다니려고. 우리, 성가대에 관해서 아주 안 좋은 얘기 들었어. 그래서 교회도 옮기려고."

"무슨 안 좋은 소리를 들었는데?"

윤지가 되묻자 진혜와 유빈이가 슬쩍 상미 눈치를 봤다. 상미는 딱딱하게 굳은 얼굴로 창밖만 바라보고 있었다.

"무슨 소린데?"

윤지가 또다시 되묻자 진혜가 대답했다.

"교회에서 학생부 성가대 왜 그렇게 반대하는지 알았어."

"왜 그러는데?"

"옛날에 사람이 죽었대. 그래서 기를 쓰고 반대하는 거라던데?"

유빈이가 상미 눈치를 보며 말했다.

"뭐? 성가대에서 어떻게 사람이 죽어. 노래 부르다가 너무 힘들어서?"

윤지가 키득거리며 다시 물었다. 전혀 관계없는 사람처럼 앉아 있던 나도 윤지 말이 우스워서 킥킥댔다.

"그게 아니라 그 성가대를 맡았던 선생님이랑 고등학생 언니 둘이 있었는데, 그중 지휘하던 언닌지 반주하던 언닌지, 둘 중 하나가 자살했대. 그것도 저수지에서."

마치 우리 얘기를 듣고 있었던 것처럼 갑자기 천둥소리가 교실을 흔들었다. 우리는 비명을 지르며 호들갑을 떨었다. 그 와중에 상미가 정색을 하며 진혜와 유빈이에게 따졌다.

"너희들, 그 거짓말 책임질 수 있어?"

"우리가 왜 그런 거짓말을 해?"

유빈이가 억울한 듯 소리쳤다.

"그럼 그 얘기 어디서 들었어? 우리 아빠는 솔구교회 장로고, 우리 할아버지도 장로였어. 나도 태어날 때부터 솔구교회 다녔다고. 그런데 나는 그런 얘기 들어 본 적이 없어. 그러니 거짓말이 아니고 뭐야!"

"너희 엄마한테 들었어. 우리 엄마가 시장에 갔다가 너희 엄마 만난 김에 물어봤대. 애들이 그렇게 좋아하는데 성가대 하면 안 되는 이유가 있냐고. 너희 엄마가 그랬다던데? 너희 아빠한테 들었다면서. 아주 옛날 일이긴 하지만 그 일로 교회가 한동안 굉장히 곤란했대. 그때부터 쉬쉬하면서 학생부 성가대는 만들지 않기로 했다고 했어."

진혜 말을 듣고 보니, 언젠가 이 이야기를 들은 기억이 났다. 언제였더라? 아, 맞다! 벼룩시장이 열린 날, 교회 뒷마당에서 할머니 두 분이 주고받던 얘기 중에 비슷한 내용이 있었다.

상미는 믿을 수 없다고 우기다가 급기야 울먹이더니 엄마한테 확인하고 오겠다며 교실을 뛰쳐나갔다.

"진짜? 진짜로 그런 일이 있었단 말이야? 근데 왜? 왜 죽었는데?"

상미가 나가자 윤지가 바짝 의자를 당겨 앉으며 물었다.

"대박이지? 근데 그 죽음이 의문이래. 도대체 죽을 이유가 없는 사람이 자살을 했다는 거야. 그래서 한동안 유서 내용도 의심했대."

"그럼 누가 죽이고 유서도 조작했다는 거야?"

윤지는 누가 듣기라도 하는 것처럼 목소리를 낮추며 물었다.

"처음엔 그런가 싶어 수사도 했는데…… 어쨌든 결론은 자살로 났다나 봐."

"그럼 왜 자살했는지 나머지 두 사람은 알 거 아냐!"

내 물음에 윤지가 자기도 그걸 물으려고 했다며 너스레를 떨었다.

"아니, 그 둘한테서는 어떤 대답도 듣지 못했다나 봐. 그리고 얼마 있다가 둘 다 마을을 떠났고……. 그 뒤로 교회에서는 학생부 성가대를 없애고 다신 안 만들기로 했다는 거야. 옛날에는 성가 경연대회에 나가서 상도 여러 번 탔다는데……. 여기까지가 우리가 들은 얘기 전부야. 질문 있어?"

진혜가 거들먹거리며 윤지와 나를 바라보았다.

그제야 나는 이 이야기가 나와 상관없는 얘기가 아님을 깨달았다. 그날 본 그 사진 속의 사람들……. 자살이라니……. 엄마가 살아 있으니 그럼 지휘했다는 사람인데…….

"야, 어쩐지 냄새가 난다 했어. 20여 년 전 의문의 자살 사건이라, 확 당기는데?"

"윤지, 얘 또 시작이다. 그 냄새 타령 좀 안 할 수 없어? 그래서 네가 이 옛날 사건을 다시 파헤쳐 보겠다는 거야, 뭐야?"

유빈이가 한심하다는 듯 윤지에게 말했다.

"못 하란 법 없지. 아냐, 이건 내가 꼭 해결하고 말 거야. 누가 알아, 그러고 나면 성가대 선생님이 다시 오게 될지."

윤지가 주먹을 불끈 쥐고 말했다.

내 머릿속에는 아주 희미하게 그림이 그려지기 시작했다. 엄마와 그 사진 속에 있는 사람들이 성가대를 맡았고 그중 한 명이 자살했다. 그리고 그 일로 교회는 큰 타격을 입었고 그 뒤로 학생부 성가대를 만들지 않았다. 30년 가까이 지난 지금도 그때 사진만 일부러 뺄 정도로 그 일은 말끔하게 해결되지 않았다. 엄마는 그 일로 이 마을을 떠났고 그래서 돌아오는 걸 그토록 싫어한 것이다.

자리에서 일어나다 다리가 휘청거려 도로 주저앉았다. 괜찮냐고 묻는 윤지 목소리가 다른 세상에서 들리는 것처럼 아득했다. 빗속으로 뛰쳐나가야 할 사람은 상미가 아니라 나였다.

"그 옛날에 자살로 다 결론이 났다는데 뭘 다시 해결한다는 거야?"

진혜가 물었다.

"기다려 봐. 내 코가 분명 끝난 게 아니라고 하니까. 아직도 그 이유를 모른다는 점, 나머지 두 사람이 아무 얘기도 하지 않은 채 마을을 떠났다는 점, 무엇보다도 몇 십 년 전 일인데 그것 때문에 아직도 학생부 성가대를 못 하게 한다는 점에서 이 문제는 결코 끝난 게 아니야."

윤지가 그 큰 눈을 가늘게 뜨고 손가락을 꼽아 가며 말했다.

"야, 이러니까 양윤지 진짜 탐정 같은데?"

진혜와 유빈이가 치켜세우자 윤지가 어깨를 으쓱하며 말했다.

"곧 그 말을 확인할 날이 올 테니까 다들 기대해도 좋아."

윤지 할머니 말대로 비는 좀처럼 그치지 않았다. 내가 가야겠다고 하자 아이들도 하는 수 없이 따라나섰다.

아이들이 머뭇거리는 사이 내가 먼저 빗속으로 내달렸다. 몇 발짝 나가지도 않았는데 옷이 젖어 몸에 찰싹 달라붙었다. 젖은 청바지가 발목에 감겨 내 발을 잡아끌었다. 윤지가 어느 틈에 쫓아와 나와 나란히 달렸다. 내가 속력을 내면 윤지도 힘껏 달려 나를 따라잡았다. 윤지가 앞지르면 나도 더 힘껏 달렸다. 집 앞에 올 때까지 우리는 한 번도 쉬지 않았다.

"와, 힘들어. 들어가서 점심부터 먹어야겠다. 달리느라고 배가 다 꺼졌어."

윤지가 숨을 고르며 내게 말했다.

"잘 들어가라."

나는 열쇠를 꺼내며 말했다.

"야! 뭐 왔다."

윤지가 우편함을 가리키며 말했다. 젖은 편지 한 통이 우편함 틈에 끼어 있었다. 또 잘못 온 걸 거라고 중얼거리며 편지를 꺼내 드는데 윤지가 돌아서다 말고 내게 물었다.

"너도 같이 할 거지?"

"뭘? 아, 아까 그 사건?"

윤지가 고개를 끄덕였다.

"생각해 보고."

"아, 안 돼. 그런 일에는 꼭 조수가 필요하단 말이야."

윤지가 곱슬머리를 흔들며 말했다. 빗방울이 내 얼굴로 튀었다.

"야! 내가 왜 네 조수를 해야 해? 너야 좋아서 한다지만……."

내가 편지 겉봉을 훑으며 말했다. 또 황보영이네.

"왜냐하면…… 너한테서도 비슷한 냄새가 나거든. 그러니까 너도 같이 해야 해. 알았지?"

다시 빗줄기가 굵어지자 윤지는 얼른 마지막 말을 마치고
솔구연립 현관을 향해 잽싸게 달려갔다.

냄새라…….

IO.

나한테서 나는
냄새

약속한 대로 나는 그 주부터 교회에 나가기 시작했다. 호랑이를 잡으러 호랑이 굴로 들어가기는 했지만 그 옛날 호랑이가 아직도 그 안에 있을지는 알 수가 없었다. 그러다 보니 내 표정이 정직하게 또 뭔가를 홀린 모양이었다. 상미가 갑자기 교회에 온 이유를 대놓고 물었다.

"그냥. 나는 교회에 오면 안 돼?"

"안 될 것까지야 없지만, 진혜나 유빈이 얘기 때문에 온 거라면……."

상미가 인상을 쓰며 말했다.

그래서 온 거면? 그럼 어쩔 건데? 이 교회가 네 거냐며 쏘아붙이고 싶었는데 윤지가 끼어들었다.

"아니야. 재영이는 그 얘기 듣기 전에 나한테 교회에 다니겠다고 했어. 그러고 나서 그 얘기 들은 거야."

윤지는 자기가 믿는 게 진실이라는 듯 나를 변호했다. 하지만 상미는 그게 더 수상쩍은 모양이었다. 일시적인 호기심도 아닌 또 다른 이유가 있어서? 그렇다고 일부러 하나님 아버지를 들먹일 수도 없어서 나는 상미 눈길을 무시하기로 했다.

그러나 상미를 계산에 넣지 않은 건 내 실수였다. 상미는 상미 식으로 자기 궁금증을 해결하려고 한 것이다. 그것도 가장 치사한 방법으로.

"참말이여? 네가 교회에 다닌다는 말이?"

며칠 뒤, 재서가 윤지 할머니 말투를 흉내 내며 물었다.

"네가 무슨 상관이야? 내가 교회에 다니든 절에 다니든."

나는 일부러 아무 일도 아니라는 듯 대꾸했다. 괜히 아쉬운 척하면 녀석은 내 피를 말리려고 할 테니까.

"지난주부터 다녔다고? 일요일 아침 독서 모임이라며? 야, 민재영, 다시 봤다. 둔한 네 머리로 어떻게 영특한 내 눈을 다 속였을까?"

"내 머리가 둔하지 않다는 증거고, 네 눈이 영특하지 않다는 게 증명된 셈이지."

말은 그렇게 했지만 재서를 상대하려면 나한테 아주 많은 에너지가 필요하다. 재서가 무슨 말을 하든 조금도 흥분하지 않아야 하고 태연한 척해야 한다. 그러다 보니 목이 다 뻣뻣할 지경이었다.

"그래? 그럼 둔하지 않은 머리로 엄마 반응도 한번 예상해 보시지?"

재서가 킬킬거리며 내 방을 나갔다.

방학이니 교회에서 거의 살다시피 하는 상미가 저 자식과 만날 일은 없었을 테고 설마 일부러 전화까지 해서 물어봤을까? 상미라면 아주 불가능한 일은 아니다. 숙제 핑계로 전화했을 수도 있고 단도직입적으로 내가 왜 교회에 나왔느냐고 물었을 수도 있다. 중요한 건, 저 자식이 알았으니 절대 그냥 넘어가지 않을 거라는 사실이었다.

"민재서!"

나는 재서 방문을 열며 소리쳤다. 우선 재서 입을 막는 게 중요했다.

재서는 책상 위에 잔뜩 어질러 둔 게임 잡지들을 뒤적이고 있었다. 그러더니 잡지 맨 아래 깔려 있던 게임기를 찾아내고는 바닥으로 내려앉았다.

"요거, 요거! 그렇지, 잘 했어!"

"아, 뭐야! 한 방만! 아, 아깝다!"

게임 상황에 따라 재서 입 모양은 수시로 변했고 눈은 깜박임 한 번 없이 게임기를 응시했다. 그러면서도 귀는 열어 두고 있었다. 내 항복을 받아 내기 위해서였다.

"너, 엄마한테 이르지 않을 거지?"

"너 하는 거 봐서."

"치사하게 나올 거야?"

"내 기억에, 이런 상황에서 네가 이렇게 말했던 것 같은데? 내가 왜 그래야 하냐고?"

"그거랑 이거랑은 다른 거잖아? 할머니 집에 가는 건 나더러 얘기를 해 달라는 거니까 싫다고 한 거고, 내가 이 건으로 언제 너더러 뭘 해 달라고 했어? 아니잖아!"

이 나쁜 자식아…… 라는 말은 작전상 생략했다.

"세밀하게 보면 억울할 수 있겠지만, 크게 보면 너나 나나 서로 아쉬운 건 마찬가지라는 생각 안 드냐? 몰랐으면 모르겠지만 내가 알았잖아? 엄마한테 말하면 결과는 확실하게 예상이 되잖아? 안 그래?"

재서는 윙크까지 날리며 나를 약올렸다. 재서의 긴 속눈썹이 안경알에 닿을락 말락 움직였다. 나는 재서 속눈썹보다 더 긴 속눈썹을 본 적이 없다. 옛날에 할머니 집에 가면 동네 아주머니가 성냥 몇 개비를 올려도 꿈쩍 않을 눈썹이라고 감탄을 했더랬다. 사실 나와 상관만 없다면 나도 재서가 꽤 잘생겼다고 인정했을 것이다. 숱 많고 긴 속눈썹과 오뚝한 콧날 그리고 단정한 턱선까지, 옆에서 보면 이따금 조각상 같다는 생각이 들기도 했다. 그러나 내 상상은 언제나 저 콧날에 주먹을 한 방 먹이고 속눈썹에 눈물이 그렁그렁 맺히는 걸 확인하는 것으로 끝이 난다. 그게 내가 원하는 해피엔딩이다.

"그래서 내가 협조 안 하면 어쩔 건데?"

나는 자꾸 떠오르는 새로운 상상을 억누르며 차분하게 물었다.

"아직 사태의 심각성을 모르나 본데……."

재서가 말을 마치기도 전에 나와 재서 휴대폰이 동시에 울렸다. 엄마가 보내는 문자메시지 소리였다.

'나와서 밥 먹어 – 엄마.'

"밥 먹으란다."

재서가 기대된다는 듯 나를 밀치고 방을 나섰다.

"엄마, 나 교회에 다녀도 돼?"

모처럼 기운이 난 엄마랑 둘러앉아 저녁을 먹는데, 잠시 방심한 틈을 타서 재서가 공격을 개시했다. 예상은 했지만 이렇게 직접적으로 들이댈 거라고는 생각하지 못했다. 나는 간신히 숟가락을 놓치지 않았다.

"말 같지도 않은 소리 하지 마!"

엄마는 더 들을 것도 없다는 듯 한마디로 잘라 말했다. 재서가 엄마 눈을 피해 내게 혀를 쏙 내밀었다.

"우리 반에 솔구교회에 열성적으로 나가는 애가 있는데, 나더러 자꾸 가자는 거야. 싫다는데도……."

자식이 어디까지 가려고 저러는 거지?

"여기 있는 동안 일 만들지 않기로 했다! 그건 너한테도 해당되는 말이야!"

엄마가 물기 없는 목소리로 말했다. 재서가 다시 한번 혀를

날름거렸다.

"그래서 내가 몇 번이나 싫다고 했는데도 전화까지 해서 나랑 성가대를 같이 하면 좋겠다잖아. 내 목소리가 좋다면서……."

나는 엄마 몰래 식탁 아래로 재서 다리를 걷어찼다. 재서는 맞고서도 싱글거렸다.

"절에 다닌다고 해! 그래도 자꾸 가자고 하면 걔 전화번호 가져오고."

엄마는 다시 머리가 아프다며 방으로 들어갔다.

"너, 진짜……. 내가 뭘 어떻게 하면 되는지 말해!"

내가 이를 갈며 물었다.

"진작 그렇게 나왔어야지. 내가 작전을 짤 테니까 너는 시키는 대로만 하면 돼. 디데이는 내일이다. 봐, 협조하니까 좋잖아. 아, 그리고 엄마 머리 아프다니까 설거지 너무 요란하게 하지 마라."

재서가 콧노래를 부르며 방으로 들어갔다. 해삼, 멍게, 말미잘, 해파리 같은 자식!

그다음 날은 벼룩시장이 열리는 일요일이었다. 중고등부가 아닌 교회 차원에서 여는 행사라 윤지가 아침부터 눈코 뜰 새 없이 바쁠 거라고 했는데 막상 교회에 가 보니 할 일이라고는 책상 나르는 일밖에 없었다.

"이게 말이나 되니? 그동안 우리가 고생고생하며 벼룩시장 할 때는 구경만 하더니 30주년 행사가 가까워지니까 교회 차원에서 벼룩시장을 한다니……. 이건 우리가 이룬 성과를 가로챈 거나 다름없어."

윤지가 교회 건물 옆 통로에 놓인 책상을 바라보며 씨근덕댔다.

"성과? 그동안 달랑 두 번 한 성과? 지나가는 개가 웃겠다. 너는 해야 할 몫이 줄어들었으니 좋아해야 하는 거 아냐?"

상미가 나와 눈이 마주치자 얼른 고개를 돌리며 말했다. 그 정도 배짱도 없이 재서한테 일렀냐고 따지고 싶었지만 나는 당분간 이 상황을 두고 볼 참이었다.

"그래도 통로가 뭐냐? 차라리 뒷마당을 주든지……. 누가 와 보기나 하겠어? 우리 교회는 애들을 너무 막 대하는 것 같아. 일 시킬 건 다 시키고 정작 원하는 건 하나도 못 하게 하잖아."

윤지는 성가대 일로 감정이 좋지 않아서인지, 책상 다리를 발로 툭툭 건드렸다.

"그래서 이번에는 하지 말자고 했잖아? 극구 하겠다고 나선 건 너였어. 끝까지 최선을 다하자면서."

상미 옆에 선 누군가가 말했다.

"누가 이럴 줄 알았나……."

윤지가 중고등부 벼룩시장이라는 초라한 현수막을 만지작

거리며 말했다.

내가 봐도 심하다 싶었다. 교회 앞마당에는 지금까지 한 번도 보지 못한 대형 천막이 세워졌고, 디귿자 모양으로 놓인 책상 위에는 하얀색 종이가 깔려 있었다. 한쪽에서는 떡볶이와 막 지져 낸 파전 냄새가 코를 찔렀고 음료수와 은박지에 싸인 김밥이 우리의 허기를 자극했다. 담당 선생님들은 교회 이름이 새겨진 노란색 티셔츠를 똑같이 맞춰 입고 일사불란하게 움직이고 있었다. 통로에서 서성거리고 있는 우리 따위는 아예 잊어버린 것 같았다.

"윤지야, 너무 속상해하지 마. 너희들 애쓴 거 내가 다 아니까. 딱 한 시간만 열심히 해 보고 사람 없으면 빨리 접어. 그리고 저기서 내가 한턱 쏠게, 좋지?"

우리 마음을 알았는지 노란색 티셔츠를 입은 중고등부 선생님이 나타나 윤지 어깨를 어루만지며 말했다.

"야호! 선생님 약속하셨어요. 얘들아! 들었지? 한 시간만 제대로 하자!"

윤지는 금세 기분이 풀려 물건들을 정리한다고 법석을 떨었다. 교회 앞마당으로 사람들이 모여들기 시작했다.

이번 벼룩시장은 30주년 행사를 홍보하느라 사전에 전단지를 만들어서 읍내에까지 돌렸다고 하더니 중고등부 벼룩시장 때와는 견줄 수 없을 정도로 사람들이 밀려들었다. 자칫하다가는 아무것도 못 먹고 끝날 것 같아 우리는 건성으로 한 시

152

간을 때우고 바로 짐 정리에 들어갔다. 짐을 넣은 종이 상자 세 개를 교육실에 가져다 놓고 돌아오니 나랑 윤지만 빼놓고 나머지 아이들은 벌써 음식 파는 데를 기웃거리고 있었다. 우리 둘은 선생님을 찾아 사람들 사이를 누비고 다녔다.

"얘, 잠깐만!"

50대 정도로 보이는 한 아주머니가 나를 불렀다.

"혹시 너희 엄마 성함이……."

"네?"

"아니, 내가 아는 사람하고 너무 똑같이 생겨서 그러는데, 엄마 이름 좀 가르쳐 줄 수 있니?"

수박색 반팔 투피스를 입은 아주머니가 가까이 다가와 조심스럽게 물었다.

"아, 맞다. 원장님도 옛날에 우리 교회 다니셨다고 했죠? 옛날 학생부 성가대 반주가 지휘가 했던 사람, 기억하세요?"

다른 아이들이랑 얘기를 나누던 상미가 중간에 끼어들어 아는 척을 했다. 아줌마는 끈덕지게 나를 살피면서 고개만 끄덕였다. 나는 위아래로 달라붙는 그 눈길을 어떻게 해야 좋을지 몰라 당황스러웠다. 그러자 윤지가 키득거리며 나섰다.

"우리도 사진 정리하다 지휘잔가 반주잔가 사진 보고 얘랑 닮았다 안 닮았다, 토론했잖아요. 근데요, 문제는 얘가 그 사진하고는 꼭 닮았는데, 자기 엄마하고는 전혀 안 닮았다는 거예요. 머리부터 발끝까지 하나도 닮은 데가 없다니까요. 차라리 애를 낳고 버린 친엄마를 찾는 게 빠를걸요."

원래부터 잘 아는 사인지 상미랑 윤지는 그 아줌마를 허물없이 대했다.

"윤지 너, 또 말 함부로 한다. 자꾸 까불래?"

아줌마가 민망한지 윤지한테 눈을 흘겼다.

"배고파 죽겠어요, 원장님. 김밥 좀 사 주세요, 네?"

윤지 너스레에 원장이라는 아줌마가 우리 셋한테 김밥을 한 줄씩 사 주었다.

"누구야?"

나는 김밥을 먹으면서 윤지에게 물었다.

"아, 피아노 학원 원장님. 이 동네 아이들은 거의 다 저 원장님한테 배웠거든. 읍내에서 피아노 학원 해서. 나도 다니다가 그만뒀지. 참, 상미랑 다음 주에 놀러 오랬는데 같이 갈래?"

나는 선선히 그러겠다는 대답을 하지 못했다. 교회 어른들과 인사를 하면서도 이따금 나를 돌아보는 아줌마 눈길 때문이었다. 아이들 앞이라 조심하고는 있지만 긴가민가하면서도 호의적이지 않은 눈빛이 찜찜했다.

오후가 되자 교회는 장터처럼 붐비기 시작했다. 앞마당이고 뒷마당이고 사람이 없는 곳이 없었다. 솔구마을에서 우리 식구들만 빼고 다 교회에 온 듯했다.

나는 아까부터 누군가 나를 살피고 있다는 느낌이 들었다.

154

그 눈길은 원장님하고 얘기하는 동안에도 어디선가 나를 보고 있었다. 나는 자리에서 일어나 교회 앞마당을 돌며 수상한 눈길의 주인공을 찾았지만 찾을 수가 없었다. 내 기분 탓인지도 몰랐다.

사람들 틈에서 윤지를 겨우 찾아냈다. 윤지는 그 잠깐 사이에 셔츠를 사 입고 와서 내게 자랑했다.

"천 원에 샀으면 잘 산 거지? 운동화도 한 켤레 찍어 놨는데 누가 금방 채 간 거 있지?"

윤지는 새 옷을 입은 제 모습을 남겨 놔야 한다며 휴대폰을 꺼냈다. 손으로 브이를 그리고 찍었다가, 주먹을 쥐고 한쪽 볼을 가리고 찍었다가, 볼을 크게 부풀리고 찍기도 했다.

"혼자 보기 아깝다."

"아까워만 하지 말고 너도 하나 사. 쓸 만한 게 꽤 있다니까."

나는 지칠 대로 지쳐서 손만 내저었다. 사람들이 넘실대는 판매대 근처에는 얼씬도 하고 싶지 않았다.

"어? 이 아줌마가 그 아줌만데……."

윤지가 찍은 사진을 확인하다가 자기 뒤에 서 있는 사람들 중 한 명을 가리키며 말했다.

"그 아줌마가 누군데?"

"그 아줌마. 지난번에 네가 내놓은 물건 사고 거스름돈도 안 받고 간 아줌마 말이야."

"그래? 어디 봐!"

나는 윤지 휴대폰에 찍힌 사진을 들여다보았다.

"너 진짜 용하다. 이렇게 흔들린 사진을 보고 그 아줌마인 줄 어떻게 안다는 거야? 난 사람인지 뭔지도 모르겠는데……"

"틀림없어. 나는 한번 본 사람은 잘 안 잊어버리거든. 어딨지? 그새 사라졌네."

윤지가 주위를 둘러보며 말했다.

나는 윤지한테 휴대폰을 돌려주려다가 문득 내 눈을 끄는 게 있어서 다시 사진을 들여다보았다. 목까지 올라온 흰색 운동화를 신고 있었다, 윤지가 말한 그 아줌마가.

"이 아줌마 분명해? 너 얼굴 보면 바로 알 수 있어?"

"그렇다니까. 어디 갔지? 무슨 도술을 부리나? 그날도 연기처럼 사라지더니 또 그러네."

나는 사진에 찍힌 흰 운동화를 주의 깊게 들여다보았다.

오전에는 잔잔했던 바람이 갑자기 스산하게 불기 시작했다. 하늘이 어두워지고 있었다.

벼룩시장 뒷정리를 마치고 파김치가 되어서 집에 돌아오니 재서가 활짝 웃으며 나를 반겼다.

"약속 잊지 않았지? 내가 얘기를 꺼내면 바로 치고 들어와야 해. 알았지?"

고개를 끄덕이긴 했지만 별로 좋은 생각은 아닌 것 같았다.

안방에서 풍기는 분위기가 심상치 않았기 때문이다.

"분위기 안 좋은 것 같은데, 괜찮겠어?"

내가 턱으로 안방 쪽을 가리키며 물었다.

"엄마가 저기압인 게 어디 하루 이틀이냐? 이사 가자고 또 저러는 거 같아."

간간이 안방에서 새 나오는 소리에 귀를 기울이며 재서가 시큰둥하게 말했다.

"또? 어쩌자는 거냐, 엄마는?"

근 일주일 가까이 엄마 아빠의 신경전이 계속되고 있었다. 엄마는 여름이 끝나 가자 부쩍 이곳을 떠나고 싶어 했다. 처음엔 어르고 달래던 아빠의 목소리가 점차 높아지는 게 느껴졌다. 지켜보는 우리도 지칠 지경이니 아빠가 그러는 것도 무리가 아니었다.

"넌 신경 쓸 거 없고 내가 시키는 일이나 실수 없이 잘해. 엄마는 아빠한테 맡기고."

"너, 너무 자신만만하다. 그러다가 정작 할머니가 안 사 주면 어쩔 건데?"

나는 괜히 부아가 치밀어 재서 약을 올렸다. 그러나 재서는 끄떡도 하지 않았다.

"할머니와는 방학 시작할 때 이미 얘기 다 끝냈다는 거 아냐. 아마 우리 할머니는 그날로 벌써 사 놨을걸. 인터넷도 되는 최신 휴대폰으로. 아, 이제 이 고물 휴대폰과도 완전히 안

녕이구나."

재서가 자기 휴대폰을 소파 위로 던지며 말했다.

이변이 없는 한, 재서는 바라던 대로 새 휴대폰을 손에 쥐게 될 것이다. 세상 모든 일은 언제나 재서가 원하는 내로 돌아가게 되어 있었다. 내가 억울한 것도 그 때문이다.

찌리링!

"아, 깜짝이야. 저놈의 경박한 소리 땜에 내가 내 명에 못 산다니까."

재서가 씩씩대며 문을 열러 나갔다.

이사 오던 날부터 거슬렸던 초인종 소리에 나는 아직도 적응이 안 되는데, 희한하게도 우리 가운데 가장 예민한 엄마 때문에 아직도 바꿔 달지 못하고 있다. 서울에서 살 때만큼 초인종 쓸 일이 없을 거라는 게 엄마의 주장이었는데, 나는 다른 이유가 있다고 생각한다. 이 집에서 오래 살고 싶지 않은 엄마의 의지를 그런 식으로 보여 주는 거라고.

잠시 후 재서가 소포 하나를 품에 안고 복잡한 표정을 지으며 들어왔다.

방학이 끝나 가는데도 손자가 오지 않자 할머니는 기다리다 못해 휴대폰을 소포로 부친 것이다. 하필 이런 때에.

재서는 자기 계획에 차질이 생겼다는 걸 감지했는지 소포를 풀어 보지도 않고 제 방에 숨겨 놓았다. 그러고는 아무 말도 하지 말라고 내게 을러댔다. 그렇게 그 일은 매듭지어지는 듯했다.

사건은 저녁 먹을 때 벌어졌다. 이사 문제로 전쟁 중인 아빠와 엄마는 각자 칸막이에 갇힌 사람들처럼 눈길 한 번 얽지 않고 밥을 먹었다. 덕분에 우리까지 눈치를 보느라 양쪽 진영의 반찬에는 젓가락도 대지 않고 식사 시간을 견디고 있었다.

그 고요와 적막과 긴장을 깬 건, 전화벨 소리였다. 아빠가 전화를 받는데 할머니 음성이 새 나오자 재서 얼굴이 밀가루 반죽으로 빚어 놓은 것처럼 하얗게 질렸다.

아빠는 식사를 하다 말고 거실로 자리를 옮겨 앉더니 재서에게 어떻게 된 상황이냐고 물었다. 재서는 체념한 듯, 그러면서도 엄마를 흘끔거리며 할머니가 휴대폰을 선물로 보내셨다고 더듬거리며 말했다.

"이런 짓, 두 번 다시 안 하기로 했지?"

아빠가 터져 나오려는 화를 간신히 참으며 물었다.

"아니야. 이번에는 할머니가 먼저 물어본 거야, 필요한 거 없냐고. 절대로 내가 먼저 조른 거 아니란 말이야!"

재서는 지난번에 떼쓰다시피 졸라서 얻어 낸 게임기와, 또 그 이전에 할머니가 웃돈까지 주면서 구한 야구공과는 경우가 다르다는 걸 강조했다.

"그렇게 말하면 할머니가 사 주실 거라는 거 몰랐어?"

"왜 나한테만 뭐라고 하는 거야? 나더러 어쩌라고! 할머니가 자꾸 얘기하라는데, 싫다고 해?"

재서가 억울한 듯 소리쳤다.

"나가!"

아빠 목소리는 떨렸지만 표정은 얼음장처럼 냉랭했다.

재서는 예상치 못한 아빠의 단호한 말투에 어쩔 줄 모르는 것 같았다. 나는 엄마가 등장할 차례가 된 것 같아 속으로 숫자를 세고 있었다. 작년 게임기 사건 때 그랬던 것처럼. 하나, 둘, 셋……. 그러나 엄마는 액자 속 그림처럼 재서 쪽으로 얼굴 한 번 돌리지 않고 식탁에 앉아 있었다. 나서기에는 아직 너무 이른가?

"나가라고! 너는 약아빠진 것도 모자라서 비겁하기까지 한 자식이야. 내가 끌어내기 전에 당장 나가!"

그때까지는 솔직히 나도 그 이변을 즐기고 있었다. 하지만 장난이 아니란 걸 바로 깨달았다. 나는 아빠한테서 그렇게 모진 말이 나올 거라고는 상상도 하지 못했다.

하얗게 질렸던 재서 얼굴이 곧 붉어졌다. 엄마는 여전히 꼼짝 않고 있었다. 엄마, 지금 당하고 있는 건 내가 아니라 재서라고요.

젠장! 나라도 나서야 할 판이다.

"아빠! 할머니 잘 알잖아, 재서만 보면 뭐라도 꼭 사 주고 싶어 하시는 거. 말릴 수가 없어. 더구나 재서 아픈 다음부터는 훨씬 더 심하셔. 나한테도 재서 필요한 게 뭔지 알아 놓으라고 전화할 정도라고."

"넌 가만있어! 여기서 할머니까지 들먹일 필요는 없어. 내가 화가 나는 건, 그런 할머니를 이용하고도 할머니 탓만 하는 고약한 마음보 때문이니까!"

재서는 억울한 듯 주먹을 쥐고 부르르 떨더니 뒤도 돌아보지 않고 현관을 나갔다.

집을 부술 것처럼 쾅 하고 문 닫는 소리가 들리자 엄마가 자리에서 일어났다. 재서를 위해 무엇인가 해 줄 거라고 예상했는데, 엄마는 주섬주섬 식탁을 정리하기 시작했다. 아무것도 보지 못하고 아무것도 듣지 못한 사람처럼 기계적으로 손을 놀렸다.

아빠는 무표정하게 앉아 텔레비전을 켰다. 소파에 등도 기대지 않은 채 소리도 키우지 않고, 채널도 고르지 않고. 어찌 보면 화면을 보는 것 같고, 또 어찌 보면 그냥 텔레비전이라는 물건에 눈길을 주고 있는 것 같기도 했다. 아니, 아빠와 텔레비전이 조화롭지 못하게 한데 묶여 있는 것 같다는 말이 가장 적당할 듯싶었다. 그 저녁, 우리 식구 중 식사를 끝낸 사람은 아무도 없었다.

할머니한테 조르는 일? 그게 뭐 어때서! 한두 번 있었던 일도 아닌데, 그것 때문에 밥도 못 먹고 쫓겨나다니……. 아빠는 그렇다 치고 엄마가 가만 있었다는 건 내 눈으로 보면서도 믿기 힘든 일이었다. 다른 누구도 아닌 재서 일인데!

나는 살금살금 현관을 나와 재서가 마당에 있는지 살펴보았다. 재서가 불쌍해서가 아니라 저지른 짓에 비해 받은 벌이 과하다고 생각했기 때문이다.

대문이 열려 있는 걸로 봐서 진짜 밖으로 나간 모양이었다. 소심하고 겁 많은 녀석이 난생처음 그렇게 당했으니 충격이 크겠지.

재서는 큰길 버스 정류장 의자에 앉아 있었다. 백지장 같았다가 붉어졌던 얼굴은 원래대로 돌아와 있었다.

"꼴좋다! 멀리도 못 가고 고작 버스 정류장이냐?"

"꺼져!"

재서는 까불거리는 제 발을 바라보며 뇌까렸다.

"엄마고 아빠고 다 저기압이잖아. 가서 잘못했다고 빌어. 그럼 용서해 주실 거야."

"꺼지라고 했다!"

여전히 내 쪽은 보지도 않고 재서가 목소리를 돋웠다. 위로 받을 자격도 없는 자식 같으니라고!

이 동네에 와서 좋아진 것을 꼽으라면 저녁 어스름이 깔릴 즈음이다. 인적 드문 아랫마을에 집집마다 연기가 피어오르면 아랫마을 윗마을 할 것 없이 동네가 통째로 활기에 넘쳤다. 지금은 그마저 도움이 되지 않는 활기지만.

"나한테 대면 이런 일 아무것도 아닌 거 알지? 혼자 엄청난 일 당한 것처럼 엄살떨 거 없어. 네가 잘못한 건 사실이니까."

"내 꼴 구경하러 온 거면 이쯤에서 돌아가라. 너 상대할 기분 아니야."

재서가 내게 등을 보이며 돌아앉았다. 나는 구경할 마음도, 재서가 상대해 줄 거라는 기대도 하지 않아서인지 돌아가고 싶지 않았다.

"근데 엄마는 어떻게 된 거냐? 난 사실 아빠보다 엄마 때문에 더 놀랐다. 다른 사람도 아니고 네가 혼나는데도 다른 세상 사람처럼 멍하니 앉아만 있었잖아."

"……."

"처음엔 혹시 야단맞는 사람이 네가 아니라 나라고 착각한 건 아닌가 싶더라니까. 내가 얘기해 줄 걸 그랬나?"

"시끄럽다고 했지! 네 단점이 뭔지 알아? 이기적인 데다가 머리까지 나쁘다는 거야! 가장 심각한 건 본인이 그 사실을 모른다는 거고."

재서가 갑자기 정색을 하며 목소리를 높였다.

"네가 나한테 어떻게 이기적이라는 말을 쓰냐? 그동안 이기적인 너한테 당한 것만 한번 읊어 봐? 야! 정신 차려! 이게 어디서……."

재서가 피식 웃었다.

"웃어? 왜 찔리냐?"

나는 약이 올라 죽을 지경인데 녀석은 실실 웃으며 말했다.

"그래서 네가 이기적이라는 거야. 넌 네가 당한다고만 생각했지? 내가 혼나는데도 엄마는 왜 가만 있었냐고? 엄마가 얼마나 자주 저러는지 넌 모르잖아? 당연히 넌 보고 싶은 것만 봤을 테니까."

"엄마가 가끔씩 저런다니, 그게 무슨 말이야? 너랑 나랑 서로 다른 엄마가 있다는 말이야?"

재서가 멍하니 길 건너편 밭을 바라보며 대꾸했다.

"넌 엄마한테 관심 없잖아! 엄마가 널 괴롭히는 게 아니라 반대로 네가 시비를 건 적도 많았거든. 싫어하는 줄 뻔히 알면서도 엄마한테 정면으로 덤비다가 깨지고……."

"엥? 이게 무슨 개 풀 뜯어 먹는 소리래? 내가 엄마한테 덤볐다고? 엄마가 뭘 싫어했는데? 합창부? 노래하는 거?"

내가 흥분해서 목소리를 높이는데도 재서는 미동도 없이 말을 이었다.

"아무리 머리가 나빠도 그런 건 너 스스로 생각해 봐. 나 같으면 아슬아슬해서 다른 방법을 쓰겠다 싶은 일들을 넌 꼭 다 짚어서 큰소리 나게 만들고. 그러니 엄마랑 부딪칠 수밖에."

"너, 엄마에 대해서도, 나에 대해서도 굉장히 아는 척한다. 그래서? 내가 몰라서 그렇지 알고 보면 내 처지가 네 처지보다 낫다는 거야, 뭐야?"

그렇게 말하면서도 나는 이런 얘기를 주고받는 이 상황이 매우 우스꽝스럽다는 생각이 들었다.

"네가 생각하는 게 다는 아니라는 말이야. 넌 엄마랑 한바탕 붙고는 바로 돌아서 버리잖아, 너만 미워한다고 생각하면

164

서. 처음엔 나도 그런 줄 알았어. 그런데…….”

재서가 잠깐 말을 쉬었다가 내 얼굴을 보고는 다시 말을 이었다.

“초등학교 5학년 때였나? 엄마가 무슨 일로 너한테 한바탕 퍼붓고 난 뒤였어. 보다 못한 아빠가 너를 데리고 나가고 단둘이 남았는데, 엄마가 갑자기 서럽게 우는 거야. 그때까지도 나는 엄마를 위로할 사람은 나밖에 없다고 생각했지. 그래서 가만히 다가가 엄마를 안았는데, 엄마가 움찔하더니 세차게 나를 밀쳐 냈어. 아직도 그때 들었던 말이 또렷하게 기억나. ‘그렇다고 너도 아냐! 다 필요 없으니까 제발 나 좀 내버려 두라고!’ 나는 그때 정말로 엄마가 무서웠어. 오늘 본 엄마 모습, 나는 처음이 아니야.”

나는 온몸에 소름이 돋는 것처럼 오싹했다.

“너 좀 심하게 야단맞아서 정신이 어떻게 된 거 아냐? 엄마가 그럴 이유가 어딨어!”

재서가 농담하는 게 아니라는 걸 알면서도 인정하고 싶지 않았다. 그럼 그동안 내가 당한 건 뭔데? 뭔지 억울한 것이 치밀어 올라왔다.

“그러니까 넌, 너밖에 모른다는 거야. 재영이, 넌 아빠가 이사 문제 얘기할 때 이상하게 이 동네에 집착한다는 생각 안 해 봤어?”

“너 때문이잖아. 네 병 때문에…….”

"그건 표면적인 이유고, 진짜 이유는 따로 있었을걸. 예전에 아빠가 지나치게 엄마를 감싸는 거 같아서 물어봤던 거 기억 안 나? 아빠가 그랬잖아. 엄마는 남들보다 힘든 시절을 겪은 사람이라고. 예전보다 나아지긴 했지만, 그 원인을 알면 훨씬 좋아질 수 있을 거라고. 아빠가 이 동네를 고집한 이유는 아마 그 때문일걸. 여기 와서 엄마가 도로 안 좋아진 게 문제지만."

아빠가 이 동네에 지나치게 집착한다는 생각은 들었지만, 그게 이런 식으로 연관이 되어 있을 거라곤 생각하지 못했다.

"그 얘기는 그만해. 네 말대로라면 엄마가 나한테 유별나게 구는 것도 힘든 시절을 겪어서라고 무조건 이해해야 하잖아. 내가 왜 그래야 하는데?"

"그건 내가 엄마가 아니라서 뭐라고 해 줄 말이 없다. 그럴 처지도 아니고."

재서의 담담함도 불쾌했다. 나도 재서처럼 당하는 처지가 아니라면 훨씬 너그러울 수 있을지도 모른다.

"다 마음에 안 들어. 아프면 치료를 해야지, 엄마 기분을 위해 일방적으로 누군가 희생되어야 한다는 건 말이 안 돼."

"그건…… 네가 엄마랑 너무 많이 닮아서 더 그렇게 느끼는 거야. 너한텐 미안한 말이지만, 나는 엄마가 너한테 뭐라고 그럴 때 그나마 엄마가 살아 있는 사람처럼 보였어."

우리는 주위가 캄캄해질 때까지 말없이 그 자리를 지켰다.

버스가 몇 대나 지나갔고, 공기는 서늘해졌으며, 풀벌레 소리는 끊이지 않고 들려왔다.

엉덩이가 아파서 일어나려고 할 무렵 휴대폰이 울렸다. 아빠가 재서와 같이 있느냐고 묻고는 빨리 들어오라고 했다. 우리는 말없이 집으로 향했다.

불쌍하게 쫓겨난 재서를 데리러 나온 건데, 얘기가 내 예상과는 전혀 다른 방향에서 헤매고 있었다. 귀가 아플 정도로 엄마 얘기를 들은 것 같은데, 들으면 들을수록 전혀 모르는 별에서 온 외계인 얘기처럼 낯설었다. 분명한 건, 나는 엄마에 관해서 아빠랑 재서처럼 생각할 수 없다는 거다. 이건 이해의 문제가 아니라는 것만 재차 확인했을 뿐이다.

재서와 나란히 걸어 본 적이 없어서였나? 일부러 걸음을 맞춰 걸으려니 영 어색했다. 재서와 쌍둥이로 엮이면서 녀석 때문에 내가 당하는 거라고 늘 억울해했는데 어쩌면 그게 전부가 아닐 수도 있다는 생각이 처음으로 들었다.

"뭐?"

재서가 뭐라고 했는데 듣지 못해서 되물었다.

"좀 떨어져서 걸으라고! 누가 보면 되게 다정한 줄 알겠다! 너도 그럴 생각 없잖아?"

재서가 나를 툭 치고는 몇 걸음 앞으로 나섰다. 그제야 재서와 나 그리고 우리를 둘러싼 모든 것들이 제자리로 돌아왔다. 훨씬 안심이 되었다.

집에 돌아오자 아빠 혼자 거실에서 우리를 맞았다. 아빠는 쫓겨났던 재서보다 더 초췌한 얼굴로 말했다.

"아무래도 도로 이사 가야 할 것 같다."

II.

그 여름의
짧은 그림자

여름이 지나면서 나는 이유 없이 초조한 기분이 들곤 했다. 이유가 아주 없는 건 아니었다. 이사 가기로 결정했으니, 전학은 정해진 수순이다. 아빠는 이사에 대한 모든 것을 엄마한테 맡겼다.

엄마는 기력을 회복한 듯 이사 준비를 서둘렀다. 서울 우리 집에 세 든 사람들과 전화를 하고 이곳 집주인한테 나가겠다고 통보했다. 그러나 엄마가 생각한 것만큼 일이 쉽게 풀리지는 않았다. 서울 집에 사는 사람은 이사 갈 집을 알아봐야 한다고 했고, 여기 집주인은 기한이 남았으니 집이 나가지 않는 한 도와줄 수가 없다고 말했다. 엄마는 낯선 사람들이 집을 보러 오는 것까지 견디며 집이 나가기를 기다렸지만 내 눈에도 그리 쉬워 보이지는 않았다. 엄마가 위태로워 보이는 건

막연하게 기다려야 한다는 것 때문이었다. 내가 초조한 이유도 뭔가를 막연하게 기다려야 한다는 것, 그 때문인지 모른다.

학교는 여전히 지루할 정도로 조용했고 추석이 지나자마자 또 한 명이 전학 갔다. 재서는 학교에서 한 번 쓰러졌지만 아이들이나 선생님이 알아채지 못하게 저 혼자서 수습했다. 무슨 꿍꿍인지, 엄마한테도 그 사실을 숨겼다.

추수한다고 북적거리던 논이 휑해지자 솔구마을의 시계는 그 순간부터 멈춰 선 것 같았다. 눈에 보이는 것마다 움직임을 아껴서인지 내 방 창문으로 보이는 마을은 한 폭의 풍경화에 지나지 않았다. 황량하게 빈 논의 풍경은 사람 마음까지 스산하게 만들었다.

그나마 주변에서 가장 바쁘고 활기를 띤 곳은 교회였다. 창립 30주년 기념 행사 현수막이 마을 곳곳에 걸리고 교회를 찾는 발길이 많아졌다. 주춤했던 학생부 성가대도 날짜가 다가오자 다시 연습에 박차를 가했다. 메마르고 엄격한 어른 성가대 지휘자가 내려와 우리 연습을 도와주었다. 성가 경연대회에서 30주년 기념 행사로 공연 목적이 바뀌자 아이들은 또 그렇게 대충 적응해 갔다.

진전이 없어서 애가 타는 건 나 혼자였다. 뭔가 알고 있을 것 같은 상미는 윤지나 내 입에서 혹시라도 진혜와 유빈이가 말했던 성가대 얘기가 나올까 봐 날을 세웠다. 윤지는 그새 다 까먹은 듯, 원장님한테 놀러 가자던 말도 꺼내지 않았다.

가 보고 싶은 생각도 들었지만 내가 먼저 조를 수는 없는 일이었다.

일곱 명이 전부인 교실은 추수가 끝난 논보다 더 황량했다. 황량한 건 우리뿐만이 아닌 듯했다.

"내일은 3학년 선배들 졸업 사진 찍는 날인 거 알지? 올해는 작년보다 인원이 더 적어서 1학년과 2학년도 함께 찍을 거야."

담임선생님이 아이들을 둘러보며 말했다.

"그럼 우리도 3학년인 것처럼 하고 와요?"

윤지가 배시시 웃으며 물었다.

"재학생으로 선배들과 사진 몇 장 찍는 것뿐이니까 특별하게 굴 건 없어. 혹시 유난스레 머리를 하고 온다든지, 화장 같은 거 하고 나타나면 사진 못 찍게 할 거니까 알아서 해."

담임선생님이 윤지 눈을 똑바로 보며 말했다. 윤지가 서운한 표정으로 마지못해 고개를 끄덕였다.

"내년에는 다 전학 가서 졸업 사진도 못 찍는 거 아냐?"

누군가 웃자고 한마디 툭 내던졌다. 하지만 아무도 웃지 않았다.

"그럴 거 없어. 몇 백 명씩 졸업생을 배출하는 졸업식만 의미 있는 게 아니야. 내년에 너희들이 졸업할 때는 우리 학교만의 방식으로 조출하고 아름다운 졸업식을 치르게 될 테니까 걱정할 거 없어. 우리 고장에서 가장 역사가 깊고 유명한

지역신문사에서 해마다 유독 우리 학교 졸업식만 취재해 가잖아. 한 명씩 인터뷰도 하고. 생각해 봐, 이다음에 너희들이 유명해져서 누군가가 너희 이름을 인터넷에서 검색할 때 솔구중학교의 아름다운 졸업식 사진이 기사와 함께 오롯이 뜨면 얼마나 좋겠니? 다른 학교에서는 꿈도 못 꿀 일이야."

분위기를 감지한 담임선생님은 평소보다 훨씬 들뜬 목소리로 교실 분위기를 북돋웠지만, 듬성듬성 비어 있는 자리는 좀처럼 아이들 마음을 붙잡지 못하고 겉돌게 했다.

"그러니까 더 신경 쓰고 와야지요. 혹시 내일 졸업 사진 찍는 선배들 가운데 앞으로 유명해질 사람이 있을지 어떻게 알아요? 내년은 내년이고 올해는 또 올해잖아요?"

윤지 너스레에 그나마 몇 명이 맞장구를 칠 뿐이었다.

아직 이사가 결정되지 않은 상태라서 나와 재서는 몹시 어정쩡한 입장이었다. 딱히 특별한 이유도 없이 나는 누구에게도 전학 간다는 말을 하지 못했다. 심지어 윤지에게도.

"이번 선배들 졸업식 끝나자마자 인터넷으로 검색해 보면 우리 사진도 나온단 말이지?"

윤지가 곱슬머리를 귀 뒤로 넘기며 말했다.

"아직 졸업식 멀었다. 그 전에 시험도 남았고, 교회 일이랑 겨울방학도 끼어 있어. 다시 말해 검색해서 네 얼굴이 나온 사진을 보려면 시간이 아주 많이 지나야 한단 말이야."

상미는 윤지가 무슨 말만 하면 바람을 빼기로 작정한 모양이었다.

"그럼 이따가 작년 졸업식이라도 검색해 봐야지."

"설마 인터넷 검색창에 솔구중학교 졸업식이라고 치려는 건 아니지?"

상미가 다시 물었다.

"왜 아니야? 선생님이 그렇게 말했잖아?"

"하루에 쏟아지는 기사가 얼마나 많은데, 겨우 솔구중학교 졸업식 기사가 인터넷으로 검색이 되겠냐?"

상미가 가슴을 치며 말했다.

"그럼 선생님이 거짓말한 거야? 인터넷으로 찾아보면 나온다며?"

윤지가 눈을 동그랗게 뜨고 물었다.

"그건 우리 학교에서 유명한 사람이 나온 다음이고……. 지금은 신문사 홈페이지에 들어가도 볼 수 있을지 말지라고. 뭐, 우리 마을 얘기가 시시콜콜 다 나와 있는 데가 그 신문이니까."

신문사 홈페이지라……. 역사와 전통을 자랑하는 지역신문사라니까 혹시 옛날 기사도 검색하면 나오지 않을까?

집에 돌아오자마자 나는 인터넷으로 신문사 홈페이지를 찾아 들어가 옛날 신문을 검색했다. 인터넷 발행이 1991년부터라 그 이전 신문은 검색할 수가 없었다. 할 수 없이 신문사로 전화를 걸었다.

"그 이전 신문은 자료실에 묶어 놓은 신문철이 있으니까 직접 와서 찾는 수밖에 없어."

나는 신문사 위치를 물어보고는 바로 집을 나섰다. 성가대 연습이 있는 날이지만, 내게 중요한 건 무엇보다도 이 문제였다.

"여섯 시에 퇴근인데 그 전에 끝낼 수 있지?"

진짜 찾아올 줄 몰랐는지, 신문사 언니는 전화 받을 때와는 다르게 귀찮은 내색을 감추지 않았다. 신문철이 있는 자료실로 데려가서 복사하려면 어떻게 해야 하는지 가르쳐 주고는 얼른 나갔다.

한 달에 두 번 발행한다지만, 5년 단위로 묶인 묵직한 신문철을 보니 엄두가 나지 않았다. 저 많은 데서 어떻게 기사를 찾지?

나는 성가 경연대회 사진에 적힌 연도의 신문을 찾아내서 읽기 시작했다. 무식하게 첫 글자부터 빠짐없이 읽어 내려갔더니 겨우 두어 장 읽었는데 머리가 지끈거렸다. 그제야 신문 앞면 맨 위에 따로 차례가 있는 게 보였다. 그러니까 사건사고란만 읽으면 되는 거였다. 이그, 바보!

그렇게 몇 장을 더 넘기고 나서야 내가 원하는 제목의 기사를 찾아냈다.

고1 여학생 저수지에서 의문의 자살

생각보다 기사는 간단했다. 여학생이 저수지에서 죽었는데 자살로 추정된다, 그러나 가족들과 주변 친구들은 죽은 사람이 자살할 이유가 없다고 강력하게 주장했다, 교회를 중심으로 친하게 지낸 사람들을 불러서 조사하고 있다는 정도였다.

나는 그 신문 내용을 꼼꼼하게 베껴 적고 그다음 호 신문에 그와 비슷한 기사가 없는지 살펴보았다. 경찰에서 자살로 최종 결론지었다는 짤막한 기사가 끝이었다.

자료실 문이 반쯤 열리더니 아까 그 언니가 아직 멀었느냐며 심통 맞게 물었다. 나는 신문철을 원래 있던 대로 정리하고 신문사를 나왔다.

서너 시간 걸려 알아낸 거라곤 그 사건이 진짜 있었다는 사실과 그 일이 벌어진 날짜뿐이었다.

'이름조차 확인 못 했잖아? 16세의 황모 양? 그런 기사에서는 왜 이름을 밝히지 않는 걸까? 황재영, 황윤지, 황상미……, 황보영, 황보영? 황, 보, 영. 이 이름을 어디서 봤더라?'

나는 고개를 갸웃거리며 버스에서 내렸다. 어둑해진 정류장에서 몇 사람이 의자에 앉아 기다리다가 버스를 보고는 일어났다. 버스가 요란한 소리를 내며 떠나자 바람이 내 머리카락을 흩뜨려 놓았다. 헝클어진 머리를 매만지며 걷는데 캄캄한 집 앞에서 갑자기 오싹한 소리가 들려왔다. 자세히 보니 윤지네 할머니가 웅크리고 앉아 뭔가를 뒤적이며 혼자 중얼거리고 있었다.

"못됐어. 이것도 목숨인데, 살아 있는 것을 이렇게 내다 버리다니……."

할머니 앞에는 쓰레기봉투와 낯익은 화분 두 개가 비스듬히 놓여 있었다. 엄마가 버린 것이 분명했다.

엄마는 아직 집이 나가지도 않았는데 혼자 이사 갈 준비를 하고 있었다. 솔구마을에서 생긴 것들은 전부 버리고 갈 생각인지 저녁마다 쓰레기를 한 짐씩 집 앞에 내놓았다. 아빠가 읍내에서 사 온 화분이랑 자질구레한 살림들은 몇 달 살아 보지도 못하고 내쫓기는 신세가 된 것이다.

"엄마가 잘 못 키워서 살리려고 내놓은 걸 거예요. 화초 좋아하는 사람들이 잘 키우면 좋겠다 싶어서요."

나도 모르게 변명이 나왔다.

"살리려고 내다 버려? 제 자식 같았으면 이랬겠어? 어떻게 해서든지 살리려고 했겠지. 말을 못 하니까 목숨도 없다고 여긴 게야. 모질기는……."

윤지 할머니는 한 팔로 화분 두 개를 끌어안고 나머지 손으로는 엄마가 버린 쓰레기봉투를 들고 자리에서 일어났다.

"그건 뭐하시려고요?"

나는 쓰레기봉투를 가리키며 물었다.

"눈이 어두워서 환한 곳에 가서 쓸 만한 것들 골라내려고 그런다, 왜! 느이 엄마, 버리는 것만 보면 대궐에서 흥청망청 쓰면서 자란 사람이여! 많이 배우면 뭐해? 쓰레기만 봐도 사람 면면이 다 보이는데…….”

할머니는 짐이 무거운지 끙 소리를 내며 돌아섰다. 가로등
불빛에 쓰레기봉투가 달랑거리는 게 보였다.

“할머니! 잠깐만요!”

나는 뛰어가 할머니 손에 든 쓰레기봉투를 잡아챘다.

“얘가 왜 이래? 버린 거 챙겨 가는 것도 아까워?”

“그게 아니라……, 엄마가 저한테 물어보지도 않고 제 물건
을 버린 것 같아서요. 죄송해요.”

나는 가로등 아래에서 `쓰레기봉투를 거꾸로 들고 그 안에
있는 것들을 다 쏟았다.

“이게 뭐하는 짓이여!”

“잠깐이요, 잠깐이면 돼요! 제가 다 다시 담아 놓을게요.”

나는 쓰레기봉투 안에 있던 것들을 뒤적이며 조금 전 내 눈
에 띈 봉투부터 찾았다. 며칠 전 우리 집에 온 문제의 택배 봉
투가 틀림없었다. 그렇다면, 이 안에 들었을 만한 물건도 함께
있을지 모른다.

나는 내 눈에 익지 않은 새로운 것을 찾아 두리번거렸다.
윤지 할머니가 바로 옆에서 야단치는 소리도 내 귀에 들어오
지 않았다.

“찾았다! 찾았어요, 할머니!”

나는 네모반듯한 시디 케이스를 찾고는 좋아서 윤지 할머
니 팔을 흔들어 댔다.

"아, 어지러우니까 고만 좀 흔들어! 이건, 이건 다 어떻게 할 거야?"

"제가 다 도로 담아 놓을게요."

나는 손에 상처가 난 것도 모르고 쏟아 놓은 것들을 쓰레기 봉투에 다시 담았다. 그러고는 할머니 손에 공손히 넘겼다.

"참 나, 실성한 애처럼 날뛰긴……. 집집마다 윤지 같은 물건은 꼭 하나씩 있다니까."

할머니가 혀를 차며 돌아섰다.

"할머니, 고맙습니다. 안녕히 가세요."

나는 시디를 가슴에 안고 할머니가 솔구연립 현관 안으로 들어가 모습이 보이지 않을 때까지 몇 번이나 머리를 조아렸다.

나는 방에 들어와 비닐도 뜯지 않은 새 시디를 살펴보았다. 복잡한 글씨라 간신히 모차르트라는 이름과 피아노, 그리고 알파벳 'E' 자만 알아볼 수 있었다. 그날 엄마는 이것 때문에 놀라 비명을 지르고는 이걸 그대로 버린 것이다. 누가 보냈을까? 혹시…… 황보영? 그제야 나는 그 이름이 왜 자꾸 밟히는지 깨달았다.

나는 뭐에 홀린 사람처럼 일어나서 책상이랑 책장을 뒤지기 시작했다. 분명히 한 통 정도는 반송하지 않고 어디다 잘 두었는데……. 서랍 맨 아래 칸을 열자 솔구교회 30년사 책 사이에 내가 찾는 것이 끼어 있었다. 그동안 우리 집으로 잘

못 온 편지들 대부분이 황보영 앞으로 온 편지였다. 죽은 사람 앞으로 온 편지가 우리 집으로 배달이 되었다? 이건 또 무슨 뜻이지? 이 시디와는 무슨 상관이지?

나는 황보영 앞으로 온 편지 봉투와 시디를 번갈아 보며 잠시 망설였다. 편지를 열어 보고 싶은 생각이 간절했지만 손이 쉽게 움직이지 않았다. 보고 나면 다시는 어쩌지 못할 것 같은 불길한 예감이 나를 말렸다.

이런 때 누군가 내게 단서 하나만 내밀어 준다면 상황이 명쾌하게 풀릴 텐데…….

나는 몰래 거실로 나가 컴퓨터를 켰다. 시디에 있는 글자를 하나하나 따라 쳤더니 '두 대의 피아노를 위한 협주곡 E플랫 장조'가 떴다.

두 대의 피아노를 위한 협주곡……. 이건 지난번 미니홈피에서도 본 건데, 그럼 그 사람도 황보영과 무슨 관계가 있다는 건가?

나는 한동안 잊고 있었던 미니홈피에 들어갔다. 들어오지 않는다고 짜증 내는 신혜의 비밀 글이나 요상한 문구의 광고 글들 틈에서 어렵지 않게 그 글을 찾을 수 있었다. 그리고 그 아래에는 며칠 전에 써 놓은 또 다른 글이 있었다.

요즘은 부쩍 옛날 생각이 떠올라. 아마 너를 찾게 되어서 그런가 봐. 그런 날이면 저녁에 저수지로 올라가곤 해. 우리들이 웃고 떠들던 장소 말이야. 희한한 건, 다녀오고 나서 보면 언제나 목요일 저녁이더라고. 우리가 모여서 연습하던 날이 목요일이라서 그런가? 아무튼 난 요즘 목요일 저녁이면 언덕 위 저수지에서 그 옛날의 우리를 떠올리곤 해…….

나는 컴퓨터를 끈 뒤에도 시커먼 모니터 화면을 한참 동안 바라보았다. 아무리 생각해도 피아노 학원 원장님을 만나야만 이 사건과 엄마가 어떤 연관이 있는지 알 수 있을 것 같았다.

나는 방으로 들어가 윤지한테 전화를 걸었다.

"너, 무슨 일 있니?"

윤지는 전화를 받자마자 큰 목소리로 물었다.

"왜?"

"아니, 할머니가 좀 전에 뭘 한 짐 들고 와서 하도 뭐라고 하기에……."

나는 좀 전에 있었던 일을 간략하게 설명했다.

"그럼 그렇지. 지금 우리 할머니도 야단맞고 계셔."

"누구한테?"

"아, 오빠가 휴가 나왔거든. 천하의 우리 할머니도 꼼짝 못 하게 하는 사람이 우리 오빠잖아. 동네 쓰레기 다 주워 올 거냐고 하도 소리를 질러서 우리 할머니 입이 댓 발은 나왔다."

윤지가 킥킥대며 말했다. 뭐라고 변명하는 할머니 목소리와 오빠 목소리가 섞여서 들려왔다.

나는 윤지한테 전화 건 용건을 말했다.

"진짜? 죽은 사람 앞으로 편지가 왔단 말이야? 근데 그게 왜 너희 집으로 와?"

"나도 모르겠어. 무서워서 열어 볼 수가 있어야지."

나는 아직 확인된 것도 없는데 윤지한테 엄마 얘기까지 하고 싶지는 않았다.

윤지는 내일 학교에 그 편지를 꼭 갖고 오라며 호들갑을 떨었다.

"그래서 말인데……, 우선 그 피아노 학원 원장님한테 가서 얘기를 좀 들어 보면 어떨까? 아무래도 그 사건에 대해 그 원장님만큼 아는 사람은 없을 것 같아서 말이야."

"찬성! 찬성! 원장님 조르는 건 내가 맡을게. 아, 그런데 언제 가자고? 이번 주?"

당장 가자고 설칠 줄 알았는데, 윤지의 입에서 의외의 대답이 나왔다.

"왜? 안 돼?"

"내일 언니랑 엄마 아빠가 다 휴가 내고 올 거거든, 오빠 왔다고. 이번 주는 좀…….."

"이번 주는 세상 없어도 일찍 와야 해. 집도 치우고 할 일이 얼마나 많은 줄 알아? 얼마 만에 식구들이 모이는 자린데, 내 빼기만 해 봐라…….."

수화기 너머로 불쑥 할머니 목소리가 들려왔다. 그러자 또 윤지 오빠가 뭐라고 하는 소리도 들려왔다.

"들었지? 우리 집 지금 난리도 아냐. 할머니랑 오빠가 저녁 내내 저러고 싸워 대는데 내일 언니까지 오면 정신이 남아 있을지 몰라. 이번 주, 이 동네 좀 시끄러울 거다."

윤지는 생일 전날 선물 받을 기대로 부푼 아이처럼 목소리가 들떠 있었다. 시끌벅적한 윤지네 분위기가 머릿속에 그려졌다.

"그래? 그럼 안 되겠구나. 나는 이 사건을 너한테 맡기고 싶었는데 할 수 없지, 뭐. 사건이 벌어져도 탐정이 바쁘다는데 혼자 해결하는 수밖에."

"다음 주에 가면 안 돼?"

윤지가 다급하게 물었다.

"야, 죽은 사람 앞으로 편지가 왔다니까. 넌 무슨 탐정이란 애가 그렇게 근성이 없니? 너희 집 행사 다 치르고 볼일 다 보면서 무슨 사건을 해결하겠다는 거야? 이 일에 관해서 넌 신경 쓰지 마. 내키지는 않지만 혼자 알아볼 테니까."

"그건 그렇지. 그래도……."

윤지는 미적지근한 태도로 말을 흐렸다. 이 정도 했는데도 선뜻 따라나서지 않는단 말이지? 그 순간 내 비상한 머리에 반짝 전구가 켜졌다.

"아, 맞다! 그때 그 빨간 하트 스티커, 이럴 때 써도 되지?"

"스티커?"

"그래, 전학 온 첫날 네가 내 계약서에 붙여 준 거 말이야. 무조건 한 번은 내 소원을 들어주기로 했잖아. 나, 그거 쓴다! 일단 내일은 식구들이랑 지내고 우리, 모레 연습 빠지고 다녀오자. 내가 무지막지하게 밀어붙이진 않지?"

원하는 것을 이루려면 때로는 요령껏 돌아가야 할 때도 있다. 지금처럼.

"그래도…… 괜찮을까? 목요일에 빠지면 연습할 날도 별로 없는데."

"딱 하룬데 뭐. 사건은 항상 기다려 주지 않는다! 네가 한 말이야. 그리고 우리가 머뭇거리고 있는 사이에 사건은 또 터진다. 이건 곧 네가 하게 될 말이고. 아, 몰라. 네가 결정해. 난 모레 갈 거니까 나중에 따로 오든지."

윤지에게는 말하지 않았지만 원장님을 만나고도 별 얘기를 듣지 못하면 나는 따로 저수지에 가 볼 생각이다. 그 이상한 아줌마가 목요일 저녁이면 거기에 간다고 했으니 만날지도 모를 일이다.

나한테는 이 일이 얼마나 중요한지 윤지는 알 턱이 없을 것이다. 나 또한 윤지가 식구들이 함께 모이는 날을 얼마나 기다렸는지 알지 못한다. 하지만 오빠 한 사람 왔을 뿐인데도 활기가 넘치는 윤지네를 생각하니 약간 심사가 뒤틀리는 것도 사실이었다.

윤지는 한참 망설이다가 결국 내 말을 따르기로 했다.

12.

한 뼘만큼만
더 가면

목요일 오후, 우리는 용케 상미 눈을 피해 학교를 빠져나올
수 있었다. 버스 정류장에 도착하자마자 버스가 와서 숨 돌릴
틈도 없이 바로 탔다.

"다른 일도 아니고 성가대 연습을 빠졌다는 게 자꾸 걸려.
이러다가 우리, 하나님한테 벌 받는 거 아닐까?"

윤지가 불안한 듯 내게 물었다.

"물론 착한 일 했다고 상을 주시진 않겠지. 그러나 이것도
성가대 연습 못지않게 중요한 일이다, 너."

"그렇기는 한데……, 같이 잘못을 저질러도 꼭 벌 받는 건
나라는 게 문제지."

"그래? 완전 잘됐다. 너하고 같이 있으면 무슨 잘못을 해도
나는 피해 간다는 거잖아."

내가 키득거리자 윤지가 나를 흘겨보았다.

"시끄러! 웃음이 나와? 정작 중요한 편지는 놓고 온 주제에……."

"그러게, 네가 마음을 빨리 정했으면 그것부터 챙겨 넣었지. 네 맘 바뀔까 봐 계약서 찾고 스티커 챙기다가 이렇게 된 거잖아. 그러니까 이것도 네 잘못이야."

윤지와 킬킬대는 사이에 버스는 읍내까지 왔다. 우리는 읍내 시장 입구에서 내렸다. 학원은 버스 정류장에서 그리 멀지 않은 거리에 있는 아주 오래된 건물 2층이었다.

"원장님, 지금 레슨 중인데……. 한 시간은 지나야 나오실걸. 미리 전화를 하고 오지 그랬어?"

학원에서 일하는 언니가 안됐다는 투로 말했다.

하필 원장님이 레슨 할 시간에 찾아오다니……. 마음만 급해서 설치다가 매번 꼭 챙겨야 할 것들을 한두 개씩 놓치고 만다.

"이럴 줄 알았어. 내가 불안하다고 그랬지? 이게 다 성가대 땡땡이친 대가라니까."

윤지가 낭패라는 듯 말했다.

"조금만 기다려 보자. 혹시 일찍 끝날 수도 있잖아. 한 삼십 분 기다렸다가 안 되면 돌아가는 거지, 뭐."

우리는 원장님 방에서 기다리라는 언니 말을 듣지 않고 복도에서 서성거렸다. 혹시라도 원장님이 잠깐 나왔을 때 우리를 보면 레슨을 빨리 끝낼 수도 있지 않을까 하는 마음에서였다.

어두컴컴한 복도를 따라서 레슨실이 몇 개 있는지, 각 방에서 나오는 피아노 소리가 뒤엉켜 내 귀를 왕왕 울렸다. 음악이 아니라 듣기 괴로운 소음이었다. 왜 원장님 방에서 기다리라고 했는지 알 것 같았다.

"재영아, 삼십 분 됐어. 어떻게…….."

윤지가 시계를 들여다보며 말했다.

"아직 오 분 남았어. 성가대 연습 시간은 벌어 놓고 온 거잖아."

나는 짧게 대답했다. 뒤엉킨 피아노 소리에 신경이 칼끝처럼 날카로워졌다. 윤지가 내 얼굴을 보더니 하고 싶은 말을 삼키는 것 같았다.

"재영아, 성가대도 끝났을 시간이야. 원장님이랑 얘기가 길어질지도 모르잖아? 그럼 너무 늦어."

윤지가 다시 초조하게 보챘다.

"딱 십 분만. 지금껏 기다렸는데 그냥 가면 억울하잖아."

"이렇게 시간만 버리다가 성가대 연습도 빠지고 늦게 온 걸 알면 난 할머니한테 죽어. 나 먼저 갈래."

윤지가 엉거주춤 의자에서 일어나며 말했다. 윤지 없이 나 혼자 원장님을 만날 용기는 없었다. 아쉽지만 하는 수 없었다. 여기서 더 늑장을 부리다간 저수지에 오는 그 아줌마도 놓치고 말 테니까.

학원 문을 열고 막 나서려고 하는데 복도 끝에 있는 방문이 열리더니 원장님이 나왔다.

"누구?"

우리가 어두컴컴한 복도에 서 있어서 안 보이는 모양이었다.

"원장님, 무슨 레슨을 그렇게 오래 하세요? 저희 아까부터 기다렸는데요."

윤지가 배고픈 아기처럼 칭얼거렸다.

"아, 윤지! 올 거면 미리 전화를 했어야지. 아!"

원장님이 윤지를 반기다가 나를 알아보고는 눈에 띄게 얼굴이 굳어졌다. 누구냐고 예의상 묻지도 않는 걸 보니 내가 달갑지 않은 모양이었다.

"원장실에서 기다리지……. 들어가자."

원장님이 천천히 원장실 문을 열어 주자 윤지가 까불거리며 말했다.

"아, 이젠 늦었어요. 원장님 만나려고 성가대 연습도 땡땡이치고 왔는데, 너무 늦어서 집에 가야 한단 말이에요. 얘랑 나랑 다음에 다시 오면 그때……."

"윤지야, 너 먼저 집에 가면 안 돼? 난 원장님이랑 잠깐만 얘기하다가 갈게. 이따가 전화하자."

윤지는 멍한 표정으로 나를 잠깐 바라보고는 알았다며 돌아섰다.

나는 다음을 기약할 수가 없다. 당장 내일이라도 이사 가게 될지 모르는데 느긋하게 다음에 오겠다는 말을 할 수가 없다. 윤지한테는 미안했지만, 무슨 일이 있어도 오늘 이야기를 들어야 했다.

원장님은 나 혼자 남자, 별말 없이 원장실 문을 열어 둔 채 먼저 들어갔다.

원장실은 책상과 책장이 놓인 벽을 제외하고는 갖가지 인물 액자와 포스터로 빼곡하게 장식되어 있었다. 베토벤과 모차르트, 그리고 내가 모르는 음악가 초상화 액자가 몇 개 나란히 걸려 있었고, 그 아래로 공연과 콩쿨 안내 포스터가 붙어 있었다.

원장님은 책장과 나란히 놓인 시디장에서 시디를 한 장 골라 오디오에 넣었다. 잔잔하고 듣기 좋은 피아노 곡이 들려왔다.

"용건이 있으면 빨리 얘기하고 가지. 난 또 조금 있다가 레슨 있어."

원장님 말투는 낮고 차분했지만 윤지가 있을 때와 달리 찬바람이 느껴졌다. 무슨 용기로 혼자 남겠다고 했는지, 무작정 찾아온 것을 잠시 후회했다.

나는 원장님 얼굴을 살피며 힘겹게 입을 열었다.

"저희 엄마 이름이 강소윤 맞아요."

물 끓는 소리가 들리자 원장님이 자리에서 일어났다.

"그런데?"

찻잔 두 개를 탁자에 내려놓으며 원장님이 되물었다. 찬바람에 냉기까지 더해진 아주 매서운 말투였다.

나는 더 묻지도 못하고 손톱을 물어뜯었다. 상큼한 유자차 향내가 잔잔한 음악과 어우러져 원장실 안에 피어올랐지만 나는 차고 단단한 얼음 장벽이 앞을 가로막은 것처럼 막막했다.

"엄마 이름이 강소윤이라는 얘기를 하려고 온 건 아니지?"

원장님이 딱딱하게 굳은 얼굴로 말했다.

"네? 네."

나는 허둥대며 대답을 얼버무렸다.

원장님이 다 마신 찻잔을 내려놓으며 나를 바라보았다. 자신은 먼저 얘기를 시작하지 않겠다는 듯 입을 꼭 다물고 있었다.

"몇 달 전에 이 동네로 이사 왔어요. 그전까지 이 동네에 대해서는 엄마 고향이라는 것밖에 몰랐고요. 얼마 전에 아주 우연히 이 동네에서 일어난 일에 대해 들었고, 엄마가 그 일과 관계있다는 것도 알게 되었어요. 원장님께서는 오래전부터 솔구교회에 다니셨다고 들었어요. 그날 벼룩시장에서 제게 엄마 이름도 물으셨고요. 그 일에 대해 아는 사람을 만나고 싶어서 찾아왔어요."

나는 단숨에 묻고 싶었던 얘기를 다 쏟아 냈다.

"그걸 왜 나한테 찾아와 묻지? 엄마한테 직접 물어보는 게 가장 빠를 텐데?"

원장님이 내 얼굴을 살피며 다시 물었다.

"엄마는…… 이 동네를 싫어하세요. 그냥 동네에 대해 궁금
해서 물어봐도 질색을 하거든요. 더욱이 이사 와서는 예전보
다 훨씬 예민해져서 동네 산책조차 하지 않으세요. 대답을 해
주지 않을 게 뻔해서 물어볼 수가 없었어요."

"엄마도 말하기 싫어하는 얘기를 왜 굳이 알고 싶어 하는
거지?"

"……."

그러게, 나는 왜 이 얘기가 알고 싶은 걸까? 나도 내 마음을
설명할 수가 없어서 입을 다물고 말았다.

"이름이…… 뭐지?"

처음으로 원장님이 엄마가 아닌 나한테 관심을 보이며 물
었다.

"재영이, 민재영이에요."

"윤지랑 상미랑 친구면 열다섯 살?"

"네."

나는 공손하게 대답했다.

"이렇게 일부러 찾아왔는데, 내가 해 줄 수 있는 얘기가 없
어서 미안하네. 내가 재영이라면 그 일에 대해 잊어버리고 그
냥 윤지나 상미처럼 지내겠어. 아주 오래전에 있었던 일이고,
아무도 기억하고 싶어 하지 않는 일이니까."

여전히 무뚝뚝한 말투였지만 좀 전보다 훨씬 누그러진 목소리였다.

학원에 들어서면서부터 줄곧 나를 지탱해 주던 긴장이 한순간에 빠져나가는 게 느껴졌다.

"저는…… 다 지나간 일이 아닌 것 같아요."

나는 원장님한테 황보영 앞으로 온 편지 얘기를 꺼냈다. 원장님은 황보영이란 이름에 잠깐 놀라는 것 같더니 이내 표정을 숨기며 말했다.

"그럼 황보영이 누군지 짐작하면서도 왜 편지를 열어 보지 않았지? 날 찾아오기 전에 그 편지를 먼저 읽는 게 순서가 맞지 않나?"

원장님은 내게서 눈을 떼지 않고 집요하게 물었다.

"처음엔 그 사람이라는 걸 몰랐어요. 알았다면 그 편지들을 다 갖고 있었을 거예요. 제가 갖고 있는 편지 한 통도 나중에 반송하려고 갖고 있었던 거고요. 근데 황보영이란 사람이 누구란 걸 안 다음에는, 안 다음에 열어 보려니까……."

심장이 얼마나 빨리 뛰는지 숨이 가빴다. 내 몸속의 피가 일제히 얼굴로 몰리는 것처럼 열기가 느껴졌다. 원장님은 가만히 내 얼굴을 들여다보며 대답을 기다렸다.

"그냥 무서웠어요. 죽은 사람 앞으로 온 편지라는 것도 그렇고……."

원장님이 갑자기 큰 소리로 웃기 시작했다.

"그래, 그럴 수도 있지. 죽은 사람 앞으로 온 편지, 무서우니까. 아, 웃어서 미안."

나는 원장님이 웃으면서 찻잔을 치우려고 일어나는 것을 보고 물었다.

"혹시 아르테미스가 누군지 아세요?"

원장님 얼굴에서 웃음기가 가셨다.

"내가 짐작하는 것보다 훨씬 많이 알고 있는 것 같은데, 어쩌지? 난 그 얘기를 하고 싶지 않은데?"

"그냥 아르테미스가 누군지, 황……보영이란 사람이 왜 죽었는지만 가르쳐 주세요, 네?"

나는 조바심을 내며 원장님을 졸랐다.

"고집은 엄마 못지않네. 네가 알고 싶어 하는 것을 말해 줄 수 없는 이유는 따로 있어. 짐작했는지 모르겠지만, 난 소윤이를 그리 좋아하지 않아. 보영이가 죽은 건 우리 모두에게 충격이었지. 죽은 이유에 대해서도 내 나름대로 짐작은 하고 있어. 하지만 그건 내 생각일 뿐이야. 그 일과 상관없는 사람, 특히 소윤이의 어린 딸한테 내 짐작을 그대로 얘기하는 건 옳지 않아. 내 말 뜻 알겠어?"

원장님은 아까와는 사뭇 다르게 나한테 이해를 구하고 있었다.

"어떤 얘기도 좋아요. 원장님 짐작이라도 말해 주세요, 네?"

"아니. 아무리 졸라도 소용없어. 그만 돌아가는 게 좋겠다.

지금 수업 들어가야 해."

원장님이 원장실 문을 열어 주며 말했다. 나는 고집스레 앉아 있었다. 원장님은 한숨을 쉬고는 어두운 복도로 사라졌다.

원장님이 올 때까지 기다려야겠다고 마음먹은 건 아니었다. 그냥 아무 생각 없이 그 자리에 앉아 있었을 뿐이었다.

"너, 아직도……."

원장실 안에 음악이 그친 지 한참 지나고 창밖이 어둑해질 즈음 원장님이 문을 열고 들어왔다.

"이래 봐야 아무 소용없어. 그 일에 관해서는 너한테 들려줄 말이 없어."

"그럼 아르테미스가 누군지만이라도 가르쳐 주세요. 학생부 성가대 선생님인가요? 그 선생님이 편지를 보냈을 수도 있잖아요? 황보영한테요."

"그러진 않았을 거야. 그럴 리가 없어."

원장님은 난처한 표정을 지으며 생각에 잠겼다. 나는 끈질기게 기다렸다.

"이렇게 하자. 오늘은 늦었으니까 그냥 돌아가고 대신 내일 다시 와. 내일은 내가 레슨이 없는 날이니까. 나도 내가 해 줄 수 있는 이야기가 어디까지인지 고민해 보고 내일 얘기해 줄 테니까. 어때?"

나는 원장님 말이 진심인지 알 수 없어 얼굴을 빤히 들여다보았다.

"참, 내일 올 때는 보영이 앞으로 왔다는 편지도 가져오면 좋겠어."

나한테는 선택의 여지가 없었다. 그러겠다고 대답하고는 자리에서 일어났다.

"이 음악이 뭔지 아세요?"

나는 어제 쓰레기봉투에서 찾아낸 시디를 꺼내 원장님한테 건넸다.

"모차르트 곡인데, 왜?"

"그 편지를 보낸 사람이 엄마한테 이걸 보낸 것 같아요. 이걸 받은 뒤로 엄마가 이사를 서두르기 시작했거든요."

"두 대의 피아노를 위한 협주곡 E플랫장조. 소윤이와 보영이의 꿈이었지."

원장님은 시디를 매만지며 중얼거렸다.

피아노 학원을 나왔을 때는 이미 주위가 캄캄했다. 10월 밤바람에 목덜미가 선뜩했다. 말끔하게 갠 하늘에는 보름달이 가로등보다 더 밝게 떠 있었다.

버스에서 내리니 벌써 아홉 시가 다 되었다. 대충 핑계를 대 달라고 재서한테 문자를 보내 놓기는 했지만 늦어도 너무 늦었다.

윤지네는 불이 다 꺼져 있었다. 어제 엄마 아빠에 언니 오빠까지 와서 오늘 밤늦도록 시끌벅적할 거라더니 다들 피곤해서 일찍 잠이 든 모양이었다.

194

나는 열쇠로 대문을 열고 들어가 재서한테 현관문 좀 열어
달라고 문자를 보냈다.

"잘한다. 지금이 몇 신 줄 알아?"

재서가 잠옷 바람으로 나와 눈을 흘겼다.

"엄마 아빠한테는 얘기 잘해 준 거지?"

나는 안방을 흘끔거리며 물었다.

"누가 물어봐야 얘기를 잘해 주지. 아무도 안 물어봐서 나
도 가만히 있었어. 나 잔다."

재서가 하품을 하며 제 방으로 들어갔다.

딸이 한밤중이 되도록 들어오지 않는데 걱정도 안 되나? 야
단맞지 않아 다행이긴 한데, 아무도 찾지 않았다고 하니 슬그
머니 섭섭한 생각이 들었다. 이사 오기 전까지만 해도 이 정
도는 아니었다. 엄마가 아무리 나한테 소홀했대도, 들어오고
나가는 시간만큼은 철저하게 관리했다. 도대체 솔구마을의 무
엇이 엄마를 저렇게 만든 거지?

나는 서랍에서 편지를 꺼냈다. 이 속에 그 답이 있는지도
모른다. 엄마가 이 마을에 오기 싫어했던 이유와 이사 온 뒤
우리 주위에서 벌어진 알 수 없는 일들의 정체가. 내일이면
모든 것이 다 밝혀질 것이다.

아침에 눈을 뜨자마자 윤지가 떠올랐다. 어제 그렇게 보낸
것이 영 마음에 걸렸다. 나는 집 앞에서 기다린다는 문자메시

지를 보내고는 일찍 집을 나섰다.

'어제는 미안했어. 늦었는데 괜찮았어? 그래도 네 덕에 뭔가 풀릴 것 같아.'

'천사 같은 윤지, 화난 건 아니지? 있잖아, 원장님이 오늘 오면 다 가르쳐 주시겠대. 그래도 성과는 있었지?'

'용서하옵소서, 윤지마마. 그래도 화가 안 풀리시오면 풀릴 때까지 저를 때려 주시옵소서.'

이런저런 말로 윤지 마음을 풀어 줄 궁리를 하고 있는데, 좀처럼 윤지가 나오지 않았다. 전화를 걸어 보니 휴대폰도 꺼져 있고 집전화도 받지 않았다. 자칫하다가는 지각할 것 같아 무작정 뛰었다. 꽤 일찍 나왔는데, 나보다 더 일찍 학교에 간 건가?

간신히 늦지 않고 도착했는데 교실 어디에도 윤지 모습은 보이지 않았다. 상미한테 물어보고 싶었지만, 어제 성가대 연습에 빠진 일이 켕겨서 가까이 갈 수가 없었다. 평소에도 성격 안 좋아 보이는 얼굴이 오늘따라 더욱 표독스럽게 느껴졌다.

"야, 어제 양윤진지 양서륜지 사고 났다는데, 너 알고 있었어?"

재서가 복도에서 놀다가 들어오면서 내게 말했다.

"뭐? 윤지가? 무슨 사고?"

"너도 몰랐어? 어제저녁 그 덤벙이가 저수지 근처에서 놀다가 사고 났나 보던데? 저수지에 빠졌다는 건지, 그 앞에서 오토바이에 부딪쳤다는 건지……. 어쨌든 다리를 다쳐서 양서류, 지금 병원에 있다는데?"

손끝이 시리더니 곧 온몸이 덜덜 떨려 왔다. 이럴 때 찾을 사람이 상미밖에 없다니……. 젠장!

"윤지가 다쳤다는 게 사실이야?"

상미는 대답 대신 싸늘한 눈으로 나를 올려다보았다.

"알고 있으면 얘기 좀 해 줘. 많이 다친 거야?"

나는 상미 눈길을 무시하며 물었다.

"그 전에 네가 먼저 할 얘기가 있지 않아?"

나는 잠깐 동안 숨을 고르며 생각을 정리했다.

어제 윤지랑 얘기하는 중에 내가 저수지 얘기를 한 적이 있었나? 아닌데. 윤지는 어떻게 알고 저수지에 간 거지? 가뜩이나 저수지라면 식겁하는 애가? 도대체 어떻게 된 일이지?

상미가 심각한 내 표정에 한껏 고무되어 조목조목 따지기 시작했다.

"윤지는 지금껏 성가대 연습 한 번도 빠진 적이 없어. 심지어 성가대 선생님이 나간 뒤에도 그랬어. 그런데 어제 너랑 윤지 둘 다 수업 끝나자마자 쏜살같이 내빼더라. 연습 때는 나타날 줄 알았지. 연습 끝나고 돌아가려는데 윤지 할머니가 윤지를 찾으러 오셨어. 애가 전화를 안 받는다고. 그러고 있는데 윤지가 사고를 당해서 병원에 있다는 연락을 받았으니 얼마나 놀랐겠니? 근데 같이 내뺐던 네가 지금 나한테 윤지 소식을 묻고 있어. 이게 말이 된다고 생각해?"

생각은 나중에 하고 윤지가 얼마나 다쳤는지만 말해 주면 안 되냐고 묻고 싶어 입술이 달싹거렸지만 말이 되어 나오지 않았다.

상미는 내가 어깨를 늘어뜨리고 아무 말도 하지 않자 만족한 표정으로 말을 이었다.

"나도 얼마나 다쳤는지 자세히는 몰라. 발목이 으스러졌는지 어깨뼈가 나갔는지. 그러니까 빨리 나으라고 기도나 열심히 해. 그 수밖에 없으니까."

교회에 열심히 다니는 애한테는 죄를 인정하고 인정하지 않고가 무엇보다 중요한 법이다. 하나님에 대한 사랑 하나로 모든 게 다 용서되는 상미는 저런 무서운 소리도 눈 하나 깜짝 않고 할 수 있구나 싶어 소름이 돋았다. 아, 지금은 뭐라고 해도 다 괜찮다. 이 모든 게 날 골탕 먹이려고 일부러 꾸며 낸 말이라도, 사실만 아니라면 상미를 사랑할 수도 있을 것 같았다.

"이제 네가 설명할 차례야. 윤지가 왜 그 시간에 저수지에 갔는지, 또 같이 간 너는 왜 그 자리에 없었는지……."

나는 아무 말도 할 수 없었다. 다행히 그 순간 선생님이 들어와서 그 어정쩡한 상황도 끝이 났다. 그러나 그렇다고 오만 가지 생각으로 터질 것 같은 내 머릿속이 정리된 건 아니었다. 어쩌자고 시간이 안 된다는 애를 끌고 다녔는지, 윤지가 가자고 할 때 같이 나왔으면 이런 일은 없었을 텐데, 상미 말처럼 다리뼈나 팔이 부러진 거면……. 그러나 이런저런 복잡한 생각 중에도 내 머리는 나를 위해 돌아가고 있었다. 선생님은 수업 마치고 아이들한테 단체로 병문안을 가자고 하는데 아이들 틈에서 윤지 얼굴을 어떻게 볼지, 그 걱정이 앞섰다.

선생님이 전화로 윤지 상태를 묻자 윤지 엄마가 오늘은 진료 받을 게 많아서 안 오는 게 좋겠다고 했다고 한다. 검사 결과도 그리 나쁘지 않아서 잘하면 다음 주에는 퇴원할 수 있겠다는 소식도 함께 전해 주었다. 다리에 깁스는 하겠지만. 어쨌든 단체 병문안은 취소되었다.

나는 수업 시간이 끝나기를 기다렸다가 병원으로 달려갔다.

'서울 의원'

읍내 한가운데 있으면서 이름은 왜 서울일까? 생뚱맞은 이름 덕분에 윤지를 잠깐이나마 잊었다. 아니, 잊고 싶었는지도 모르겠다. 나는 무작정 윤지를 찾아온 이유가 생각날 때까지, 아니 윤지를 볼 용기가 생길 때까지 병원 마당을 걷기로 했다. 한 바퀴, 두 바퀴. 세 바퀴째부터는 달리기 시작했다. 덜덜 떨리던 몸에서 서서히 열기가 느껴졌다.

"애, 너 뭐하니?"

멍하니 달리고 있는 내 앞을 누가 가로막으며 물었다.

"나, 윤지 언닌데 네가 민재영이니?"

나는 헉헉거리며 고개도 끄덕이지 못했다. 윤지만큼 눈이 크지도 순한 표정도 아니어서 순간 긴장했다.

"윤지가 힘 빼지 말고 올라오란다. 3층 3호실이야."

휴대폰 벨이 울리자 윤지 언니는 나를 지나치며 전화를 받았다.

"아, 지금 간다고. 윤지 검사 다 끝났어."

목소리는 윤지랑 똑같았다.

윤지 언니가 건물 모퉁이로 사라진 뒤 나는 천천히 병원 계단을 올랐다. 2층 계단 복도에서 잠시 숨을 고르는데 맞은편 열린 병실에서 낯익은 얼굴이 얼핏 보였다. 저수지 할머니? 환자복을 안 입은 걸로 봐서는 누구 병문안을 온 듯했다.

윤지 언니가 가르쳐준 병실에는 윤지 말고 환자가 네 명 더 있었다.

창문 옆 침대에서 윤지가 링거 줄을 흔들며 나를 반겼다.

"괜찮은 거야?"

"미친 거 아냐? 이러고 떡하니 내 친구라면서 들어올 거였잖아? 더 뒀다간 살짝 돈 친구 둔 죄로 나까지 병원에서 쫓겨날 것 같아서 불렀다."

윤지가 아무렇지도 않게 맞아 주니 더 불편했다.

"다음 주에 퇴원이라니까 걱정할 거 없어. 교회 행사에 참석하는 것도 아무 문제없대. 사실 그것보다 상미 잔소리가 더 걱정이긴 하지만……."

"어떻게 된 거야? 그 저녁에 혼자서 저수지엔 왜 간 거야?"

걱정했던 것보다 윤지 상태가 좋다는 걸 확인하고 나니 종일 궁금했던 질문을 하지 않을 수 없었다.

"너 때문이지 뭐. 혼자 버스 타고 가다가 조는 바람에 내릴 곳을 놓쳤잖아. 아저씨한테 세워 달라고 떼를 썼더니 저수지 근처에서 내려 주더라고. 근데 지난번 벼룩시장에서 네 물건 사 간 아줌마가 길 건너편에서 혼자 걷고 있는 거야. 너, 그 사람이 누군지 궁금해했잖아? 그래서 쫓아가다가 달려오는 오토바이를 못 봐서 이렇게 된 거지."

윤지는 그 큰 사고를 남의 일인 듯 태연하게 떠들어 댔다.

"아, 미안했어, 어제는."

나는 진심으로 미안했다.

"야, 어울리지 않는 짓 그만해. 내가 그랬지? 성가대 연습 빼먹고 벌 받을 것 같다고. 근데 원장님한테 듣고 싶은 얘기는 다 들었어? 여기 누워 있으니까 궁금해서 견딜 수가 있어야지. 죽은 사람 앞으로 온 편지……."

윤지는 편지 얘기에서 목소리를 죽이며 주위를 살폈다.

"나 곧 전학 갈 거야. 엄마가 도로 서울로 가자셔."

나는 고개를 흔들며 전학 얘기를 꺼냈다. 윤지 눈이 휘둥그레졌다.

"뭐? 언제 가는데?"

"아직 몰라. 집이 나가야 하는데 생각보다 쉽지 않은가봐. 사실 그래서 급하게 원장님한테 가자고 했던 거야."

"근데 그동안 그 얘기 왜 안 했는데?"

윤지는 어제 혼자 돌아가라고 했을 때보다 더 서운한 얼굴로 물었다.

나는 윤지 침대 가까이로 의자를 당겨 앉았다. 그러고는 차분하게 처음부터 얘기했다. 이 동네가 엄마 고향인 것, 처음 이사 올 때 엄마가 반대했던 것, 교회에서 윤지가 찾아낸 사진이 엄마였던 것, 그리고 성가 경연대회가 없어진 일과 황보영이 죽은 일까지도 엄마와 관계있는 것 같다는 것, 그래서 아무에게도 그 얘기를 쉽게 털어놓을 수 없었다는 사실까지도.

윤지는 내 얘기를 진지하게 들었다. 중간에 질문 하나 하지 않고.

"그래서……."

"그래서 너한테서 그 냄새가 난 거야. 역시 내 코는……."

윤지가 제 코를 만지작거리며 말했다.

"모르겠어. 원장님이 싫다는데도 난 무작정 졸라 대기만 했어. 결국 오늘 그 편지를 갖고 오라는 얘기를 들은 게 전부였어."

윤지에게 다 얘기하고 나니 속이 후련했다. 한 손으로 턱을 잡고 뭔가 곰곰이 생각하는 윤지 폼이 제법 탐정 같기도 했다.

"어제 저수지에 올라가 볼걸……. 그럼 너희 엄마 친구라는 사람을 만나는 거였잖아."

"그것도 모르는 일이야. 글만 봐서는 그 아줌마도 정상은 아닌 것 같던데. 나와야 나오는 거지, 뭐. 근데 병원엔 어떻게 갔어? 오토바이 아저씨가 데려다 준 거야?"

윤지가 고개를 절레절레 흔들었다.

"그 아저씨도 다쳤는데, 뭐. 난 그 벼룩시장 아줌마가 도와 줄 줄 알았는데 못 본 척 그냥 가는 거 있지? 저수지 할머니가 마침 집에 가다가 우리를 보고는 구급차를 불렀어. 그 할머니 그 와중에도 정신없다고 나를 막 혼내는 거 있지?"

윤지가 킥킥댔다. 할머니가 얼마나 화를 냈을지는 윤지가 설명하지 않아도 알 것 같았다.

"야! 지금이 몇 신데, 여기 있으면 어떻게 해? 빨리 원장님 한테 가서 얘기를 들어야 할 거 아냐!"

윤지가 시계를 보고는 갑자기 목소리를 돋웠다.

"그래도 네가 다쳐서 병원에 있는데……."

"네가 여기 있는다고 무슨 도움이 되는데? 너, 그 사건 내가 맡기로 했고, 넌 도와주기로 한 거 잊었어? 나도 같이 가고 싶 지만 오늘은 꼼짝을 못 하니까 네가 내 몫까지 자세하게 듣고 오란 말이야! 빨리 안 가?"

나는 윤지한테 떠밀려서 병실을 나왔다.

혼자서 원장님을 찾아가려니까 어제와는 다른 두려움이 내 안에 도사리고 있다는 사실을 깨달았다. 이제 곧 진실이 밝혀 진다. 나는 그걸 진짜로 알고 싶은 걸까?

13.

진실의 또 다른 얼굴

"아르테미스는 지선이라는 내 대학 후배였어. 아주 열정적인 아이지. 그 애가 솔구마을에 온 게 보영이와 소윤이가 중학교 1학년 때였을 거야. 당시 나는 피아노 학원을 막 열어서 도저히 교회 반주를 할 수가 없었지. 그때 지선이가 휴학하고 집에 있다는 얘기를 듣고 나 대신 반주를 맡아 달라고 불렀던 거야. 교회에 인사하러 간 날, 지선이는 아주 인상적인 아이를 만났다고 했어. 그 애가 바로 소윤이, 너희 엄마였어."

이마를 덮은 머리카락 아래로 원장님 얼굴에 그늘이 드리워졌다.

어제 왔던 곳인데 오늘은 원장실 분위기가 사뭇 달랐다. 오디오에서 흘러나오는 피아노 곡은 클래식이 아닌 팝송이었고, 커피 향이 훈훈하게 방 안을 채우고 있었다.

"소윤이는 자존심 강하고 피아노를 아주 잘 치는 야무진 아이였어. 아버지가 돌아가시고 집안이 어려워지자 더는 피아노를 칠 수 없게 되었지. 피아니스트가 꿈이었던 소윤이는 아버지가 돌아가신 날보다 더 끔찍했던 날이, 엄마가 피아노를 팔아버린 날이라고 했어. 그래도 피아노를 포기할 수 없었는지, 녀석이 내가 교회 반주자를 그만둔다는 소릴 듣고는 찾아왔더라고. 다짜고짜 자기가 대신 반주를 하면 안 되겠느냐고 물었어. 아무리 잘 친다 해도 중학생한테 반주를 맡기는 교회는 없다고 돌려보냈더니 교회 사무실에 가서 막무가내로 쳐 보게 해 달라고 졸랐다는 거야. 소윤이가 피아노를 제법 잘 치고, 또 연습만 할 수 있게 해 달라고 하니까 교회에서는 새 반주자가 올 때까지만 해 보라고 한 거지. 소윤이가 얼마나 독종이었느냐 하면, 주일 전날에는 밤을 새워서 다음 날 예배 때 반주할 곡을 완벽하게 연습했어. 다들 혀를 내둘렀지. 그런데 2주 만에 지선이가 온 거야. 지선이 말로는, 교회 문을 여는 순간 피아노 치는 그 애의 기운이 예배실 안을 꽉 채워서 숨 쉬기가 힘들 지경이었다는 거야. 자기를 대하는 도전적인 눈빛도 마음에 들었고. 말하자면 한눈에 소윤이한테 반했다고나 할까? 교회에서 돌아온 날 지선이가 그랬어. 반주보다 더 하고 싶은 일이 생겼다고. 그러고는 반주와 별개로 그 애를 직접 가르치겠다고 나선 거지."

"보영이라는 사람은요? 그 사람은 어떻게 함께 하게 됐는데요?"

지금은 엄마에 대한 생소한 얘기보다 보영이라는 사람이 더 궁금했다.

"보영이는 당시 내가 따로 피아노 레슨을 해 주던 학생이었어. 보영이네는 읍내에 살았는데 사는 게 꽤 윤택했지. 당찬 소윤이에 비해 보영이는 말이 없고 무슨 생각을 하는지 도대체 속을 알 수 없는 애였어. 나중에 보영이 엄마가 새엄마라는 사실을 알았는데, 딱히 그것 때문에 보영이가 그렇게 어두웠다고는 생각하지 않았어. 새엄마는 보영이한테 정말 잘했거든. 내가 학원을 열면서 앞으로 집에 가서 하는 레슨은 할 수 없다고 했더니 보영이 엄마는 보영이가 유일하게 좋아하는 게 피아노라며 따로 시간을 내줄 수 없느냐고 했지. 나는 학원을 처음 연 때라서 도저히 따로 시간을 낼 수가 없었어. 그래서 지선이가 나 대신 보영이를 가르치게 된 거야. 결국 내가 그 둘을 지선이한테 따로따로 연결해 준 셈이지."

원장님은 잠시 말을 그치고 탁자 위에 놓인 물을 마셨다.

"우리 엄마가 순순히 그 선생님한테 피아노를 배웠나요?"

"소윤이가 그랬을 리 없지. 하지만 지선이도 만만한 친구는 아냐. 지선이는 교회에서 공식적으로 할 수 있는 일을 찾다가 학생부 성가대를 구상했어. 이것저것 쳐 보게 하면서 연습시킬 심산으로. 그때 보영이가 같이 엮이게 됐어. 자기 생각을 잘 표현하지 않는 보영이가 지선이를 따라 교회에 나간다고 했을 때 나도 많이 놀랐어."

사건의 중심인물이 구체적으로 등장하자 원장님 이마에 깊은 주름이 잡혔다.

"두 사람은…… 사이가 좋았나요?"

"둘 다 자존심이 강한 외골수라 그럴 리 없었지. 처음엔 지선이도 애를 많이 먹었어. 그렇지만 지선이까지 해서, 그 셋을 묶어 주는 피아노가 있었지. 뭐랄까? 소윤이는 자기가 원하는 게 있을 때는 분명하게 표현하는 반면에 보영이는 자기 얘기를 거의 하지 않는 아이였어. 피아노 실력도 소윤이가 전형적인 노력파라면 보영이는 악보 보는 능력이 아주 뛰어났지. 지선이 말로는, 소윤이는 연습한 곡은 완벽하게 소화해 내는데 비해 갑자기 주어지는 곡에 대해서는 무척 당황했대. 보영이는 진도는 늦었지만 처음 접하는 곡은 소윤이보다도 강했다는 거야. 어쨌든 지선이는 그 둘을 만난 일을 행운으로 여겼고, 그건 소윤이와 보영이도 마찬가지였어."

"그……래서요?"

"처음에는 교회에서도 학생부 성가대가 왜 필요하냐며 회의적으로 나왔는데, 지선이가 하도 적극적으로 해 보겠다고 하니까 마지못해 승낙했어. 결과적으로 학생부 성가대가 생겨서 교회 이름을 외부에 알리는 기회가 되었지. 소윤이와 보영이가 성가대 지휘와 반주를 맡게 되면서 이 지역 성가 경연대회를 휩쓸었거든. 지선이는 내가 봐도 혹독할 정도로 연습을 시켰지. 웬만한 애들 같으면 견뎌 내지 못할 정도로."

사고 얘기가 나올 때가 되자 내 심장이 갑자기 빨리 뛰기 시작했다.

"그 사고 얘기 좀 해 주세요. 원장님이 아시는 대로요."

원장님은 내 눈을 물끄러미 바라보았다. 나는 그 눈길을 피하려고 원장님 뒤에 붙어 있는 포스터를 바라보았다. 하지만 포스터 글씨가 하나도 눈에 들어오지 않았다.

"소윤이와 보영이가 학생부 성가대를 맡았던 3년이 솔구 교회의 전성기였다고 해도 과언이 아닐 거야. 지선이는 그 둘에게 지휘와 반주를 번갈아 맡게 했지. 소윤이가 지휘를 하면 보영이가 반주를 하고 보영이가 지휘를 하면 소윤이가 반주를 하는 식으로. 그렇게 해도 대회에서 일 등을 놓친 적은 한 번도 없었어. 그건 그 둘의 능력도 뛰어났지만 무엇보다 팀워크가 좋았지. 사실 그 셋은 불안할 정도로 붙어 다녔어. 학교 갈 때와 잘 때 빼고는 거의 함께 다녔거든. 그런데 시간이 지나면서 지선이랑 교회 사이가 조금씩 벌어지기 시작했어. 지선이는 성가 경연대회뿐 아니라 남는 시간에 두 아이들에게 피아노 콩쿠르 준비도 시켰거든. 반주자가 학생부 성가대에 지나치게 집착하고 특정 아이들만 예뻐한다는 소문이 도니까 교회에서는 달갑지 않았던 거지. 하지만 그 셋은 다른 사람들의 말 따위에는 전혀 영향을 받지 않았어. 문제는 그렇게 단단해 보이던 그 셋 사이에 균열이 생긴 거야. 그러자 상황이 걷잡을 수 없어졌지. 보영이 사고가 있기 전날이었을 거야. 나도 그 자리에 있었는데, 성가 경연대회에서 돌연 보영이가 반주를 하다 중간에 손을 놔 버린 거야. 나는 보영이가 실수했나 보다 했는데 그게 아니었어. 보영이는 당황한 기색도 없이 무표정하게 아이들을 보고 있다가 가만히 일어나서 대회장을 나가 버렸지. 대회는 당연히 엉망이 되었고 교회에서는 난리가 났지만 아무도 그 이유를 알 수가 없었어. 아니, 그럴 틈이 없었지. 다음 날 바로 일이 터졌으니까."

원장님 말이 끝나자 무거운 적막이 우리 사이를 파고들었다. 나를 비롯한 모든 것들이 정물화의 그림처럼 정지된 느낌이었다. 움직이는 거라곤 오직 내 머릿속에서 또렷하게 그려지는 엄마의 옛날 일뿐. 그러나 여전히 나는 몽롱한 기분이었다. 분위기는 생생한데 실체는 도무지 잡히지 않는.

원장님이 탁자 위에 놓인 귤을 말없이 건넸다. 나도 모르는 새 손톱을 물어뜯고 있었다. 거스러미가 뜯긴 자리에 피가 맺혔고 입안엔 찝찌름한 맛이 남았다.

"그럼 보영이란 사람이 죽은 이유는 아무도 모르는 건가요?"

나는 원장님이 내민 귤을 받아들었다.

"글쎄, 당사자는 죽고 나머지 둘은 입을 다물었으니까. 그둘도 안다는 보장은 없고. 어쨌든 그 일은 마을 전체에 큰 충격이었지. 지선이나 소윤이한테는 두말할 나위도 없었을 테지만. 소윤이는 심지어 보영이 장례식장에도 나타나지 않았어. 지선이는 보영이네 식구들한테 머리채까지 잡히면서도 변명 한마디 하지 않았고. 장례식을 마치고 지선이는 살던 집에 짐을 그냥 두고 홀쩍 떠나 버렸어. 아니, 마을에서 내쫓긴 거나 다름없었지. 지선이는 이곳 사람이 아니었으니까. 난 그 애가 얼마나 힘들어했는지 잘 알아. 보영이 일도 그랬지만, 소윤이한테도 몇 번이나 찾아갔는데 소윤이는 지선이를 만나 주지 않았어. 그러더니 경찰 수사가 끝나자마자 소윤이와 그 엄마는 한밤중에 도망치듯 마을을 떠나 버렸더라고. 결국 지선이가 모든 책임을 다 져야 했어."

"엄마는 왜 그렇게까지……."

"나도 모르지. 보영이 죽음은 소윤이와 관계없을 수도 있어. 하지만 그 사건에 대해 책임 있게 얘기할 수 있는 사람은 소윤이밖에 없었어."

원장님은 내가 엄마라도 되는 듯 쏘아보며 말했다.

"왜요? 그 선생님도 있잖아요?"

"소윤이가 뭔가 알고 있을 거라고 짐작하는 데는 두 가지 이유가 있어. 하나는 그 당시 소윤이를 눈여겨본 교회 관계자 한 분이 미국으로 데려가 공부를 시키고 싶다고 했거든. 그해 피아노 콩쿠르에서 좋은 성적으로 입상한다는 조건으로. 그 때문에 소윤이가 얼마나 열심히 준비를 했는지 몰라. 보영이 일? 그 정도로 유학을 포기할 소윤이가 아니지. 소윤이한테는 다시 오지 않을 기회였거든. 그리고 또 하나, 그 일이 일어나기 바로 전날 내가 목격한 게 있어. 지선이네 집 앞이었던 것으로 기억하는데, 지선이가 처음으로 소윤이한테 화를 내는 모습을 봤어. 본의 아니게 한두 마디 엿들은 얘기도 찜찜했고."

"무슨 말을 했는데요?"

원장님은 말없이 내 눈을 바라보았다. 마치 그 얘기를 진짜 듣고 싶냐고 묻는 듯이. 나는 가만히 고개를 끄덕였다.

"지선이가 소윤이한테 네가 그랬느냐고 닦달하는 것 같았어. 왜 그랬느냐고 원망도 하는 것 같았고. 소윤이는 한마디도 하지 않고 지선이 얼굴만 바라보고 있었어. 그리고 그 사고가 터진 거야."

눈앞이 뱅글뱅글 도는 것 같았다. 엄마가 보영이란 사람을 죽게 했다……. 엄마가 정말로…….

"그 뒤로 그 선생님한테 그날 얘기 물어보신 적 있어요?"

"몇 번이나 물었지. 하지만 지선이는 그 일에 대해서는 언제나 할 말이 없다고만 했어. 보영이네 식구들한테 그렇게 당하면서도 소윤이 이름조차 들먹이지 않았지. 내가 아는 건 여기까지야. 참, 그 편지 가져왔니?"

마을로 돌아오는 차 안에서 나는 억지로 눈을 붙였지만 머리가 너무 무거웠다. 너무 많은 얘기가 정리되지 않은 채 머

릿속에서 둥둥 떠다녔다. 마치 터질 시간만 기다리는 시한폭
탄이 내 가슴속에서 째깍거리고 있는 것 같았다.

"다시 말하지만 이건 전적으로 내 짐작이라는 거 잊지 마.
아직 어린 너한테 이런 말 하는 건 뭣하지만 모든 것이 다 밝
혀진다고 꼭 좋은 것만은 아냐. 그냥 묻어 두는 게 좋을 때도
있어. 만약 너희가 서울로 돌아간다는 말을 안 했으면 너한테
이런 얘기 결코 하지 않았을 거야. 너한테도 소윤이한테도 그
게 나으니까."

나는 과연 이걸 묻어 두고 예전처럼 엄마를 대할 수 있을
까? 엄마는 서울로 돌아가면 다시 아무렇지 않게 지낼 수 있
을까? 그 일은 여기서만 엄마를 힘들게 하는 걸까?

"그 선생님이 지금 어디 계신지 아세요?"

내가 원장실을 나오기 전에 마지막으로 물었던 말이다.

원장님은 말없이 사진 한 장을 내밀었다. 한 여자가 겨울
바다를 배경으로 손을 흔들고 있었다. 뒤에는 짧은 글이 적혀
있었다.

별일 없지? 걱정할 것 같아서……. 나 잘 지내고 있어.

사진에서나 안부 글에서나 그 선생님이 그리 잘 지내고 있
지 않다는 걸 알 수 있었다.

"얘가 지선이야. 아이들은 아르테미스라고 불렀지. 사냥과

212

달의 여신이 연상된다면서. 한동안 연락이 없다가 몇 년 전부터 연말이면 연하장 정도는 보내더라고. 주소가 없으니 답장을 보낼 수가 있어야지."

원장님은 해사하게 웃고 있는 사진 속 아르테미스를 손끝으로 매만지며 말했다.

"하!"

갑갑한 마음에 나는 큰 숨을 몰아쉬었다. 보름달 위로 옅은 구름이 흘러갔다.

엄마의 옛날 모습은 예전보다 훨씬 더 또렷해졌지만 그래서 그게 또 문제였다. 그 사람은 왜 죽었을까? 아무리 생각해도 제 목숨까지 내던질 정도로 받은 상처가 무엇인지 나는 이해할 수 없을 것 같았다. 그러나 내가 이해하고 못 하고 간에 그 사람은 죽었고 대답해 줄 사람은 없다.

"하!"

나는 다시 한번 탄식하듯 숨을 내쉬었다.

이제 거의 다 온 것도 같은데, 정작 나는 그 진실이라는 걸 알고 싶은지도 자신할 수가 없다.

"솔구마을이야. 안 내려?"

기사 아저씨 말에 허둥대며 버스에서 내렸다.

14.

우리들의
진실　게임

"백지였다고?"

윤지가 짐을 싸다 말고 내게 물었다. 나는 고개를 끄덕였다.

윤지 퇴원이 일정보다 앞당겨졌다. 지난번 성가대를 맡았던 남자 선생님이 창립기념일에 올 거라는 말을 전해 들은 뒤부터 윤지는 제정신이 아니었다. 오토바이에 부딪친 다리는 아직 뼈가 붙지 않았다는데도, 병원에 있는 게 갑갑해서 없는 병도 생길 지경이라고 난리를 부려서 겨우 나가게 된 것이다.

"누군가 장난 한번 고약하게 친 거지, 뭐. 괜히 벌벌 떨었던 걸 생각하면……."

"아냐. 뭔가 이상해."

윤지가 가방에 짐을 넣다 말고 중얼거렸다.

"뭐가?"

"너라면, 장난치려고 백지를 넣어 보내겠니? '이거 보는 사람 바보'라든지, 하다못해 '메롱!'이란 말이라도 적혀 있어야 말이 되지. 게다가 죽은 사람 앞으로 보낸 편지잖아. 장난으로 보낸 것치고는 앞뒤가 안 맞아."

윤지가 고개를 갸웃거리며 말했다.

"아님 뭔데? 그냥 백지였다니까!"

내 말을 들은 척도 않고 윤지가 말했다.

"혹시 백지 그 자체가 무슨 신호 아닐까? 항복이라든지, 아님 무슨 표시 같은 거 말이야."

"말도 안 되는 소리 하는 거 보니까 낫긴 다 나은 모양이다. 옷 갈아입고 빨랑 나오기나 해."

나는 윤지 가방을 들고 병실을 먼저 나섰다.

"안녕하세요? 저 오늘 퇴원해요."

계단을 돌아 현관으로 나오는데 따라오던 윤지가 누군가에게 인사하는 소리가 들렸다. 흘끗 돌아보니 저수지 할머니가 친절하지 않은 얼굴로 윤지를 바라보고 있었다.

"여기서 자원봉사 하신대. 꽤 오래 하셨나 봐. 안 어울리지?"

윤지가 내 표정을 보더니 히죽 웃으며 대답했다.

병원 앞에는 상미 아빠가 윤지 퇴원을 도와주려고 할머니와 함께 기다리고 있었다.

"아저씨, 재영이랑 저는 교회 앞에 좀 내려 주시면 안 돼요?"

윤지가 차에 타자마자 상미 아빠한테 물었다.

"아니, 이놈의 지지배가 병원만 나오면 다 나은 줄 알아? 그 다리로 어딜 가겠다는 거여?"

윤지 할머니는 조수석에 앉은 내 귀가 먹먹할 정도로 큰 소리로 화를 냈다.

"곧 발표회 날인데, 나만 연습을 못 해서 그래. 이미 옷도 맞췄잖아? 그러고 안 나가면 나만 손해라고. 안 그래?"

윤지는 할머니 입을 막는 방법을 잘 알고 있었다. 윤지 할머니에게 '손해'라는 말은 수치스럽다는 말과 거의 같은 의미였다.

"그건 그런데……. 그래도 병원에서 나오자마자 다리에 탈나믄……."

할머니가 잠깐 생각에 잠기는 듯하자 윤지가 몰래 내 옆구리를 쿡 찔렀다.

"무리한다 싶으면 할머니한테 바로 전화할게요. 아, 맞다! 윤지 자전거도 교회에 있으니까 제가 안전하게 데리고 갈 수 있어요."

윤지 할머니는 미심쩍은 듯 우리 둘을 바라보았으나, 이럴 때 우린 연습 없이도 아주 잘 맞는 친구였다. 할머니는 할 수 없다는 듯 고개를 끄덕였다.

교회에 들어서자 아이들은 난리법석을 떨며 윤지를 맞았다.

216

윤지는 겸연쩍게 웃으며 자기 자리로 가서 섰다.

"너 보려고 우리까지 왔잖아."

며칠 전에 전학 간 진혜가 유빈이의 손을 잡고 흔들며 말했다.

"이건 뭐 내 생일날보다 더한 환대인걸. 왜들 이러서. 한 번 더 다치고 싶게."

윤지가 너스레를 떨자 기다렸다는 듯이 상미 목소리가 본당 안을 울렸다.

"그래, 어디 한 번만 더 그래 봐! 어떻게 되나 보자!"

"아, 진짜 농담이야. 며칠 못 봤더니 상미가 얼마나 무서운지 잠시 잊었다. 사고로 내 머리가 어떻게 됐나 보다."

상미의 매운 말에 윤지는 바로 꼬리를 내렸다.

몰랐는데 윤지의 존재감은 대단했다. 연습하는 내내 선생님이 아이들에게 주의를 주었지만 아이들은 틈만 나면 윤지와 시시덕거렸다. 성가대 선생님은 총연습 때도 이렇게 하면 순서에서 빼 버리겠다고 엄포를 놓고는 예배실을 나갔다.

"너희들은 교육실 들렀다 가!"

상미가 윤지와 나를 불러 세웠다. 시간이 이렇게 지났으면 익숙해질 만도 한데, 상미의 명령조 말투는 여전히 거슬렸다.

윤지를 부축하고 교육실 문을 열자 갑자기 박수 소리가 들렸다. 상미를 비롯해서 진혜와 유빈이가 과자 몇 가지와 음료수를 책상 위에 벌여 놓고 우리를 맞았다.

"이게 웬 감동 이벤트람?"

윤지는 정말로 감격했는지 목소리까지 떨렸다.

"어제 상미가 너 온다는 거 확인하고 바로 우리한테 전화했 잖아. 안 오면 알아서 하라고 우리를 어찌나 달달 볶던지. 한 시간이나 먼저 와서 아이들 몰래 준비한 거야. 우리끼리 축하 하자고."

무표정하게 앉아 있는 상미를 가리키며 유빈이가 말했다. 상미한테 저런 면도 있었나 싶어 다시 보게 됐다.

그러나 그게 다였다. 이미 감동의 시간은 끝났고 그동안 밀 린 얘기도 다 하고 나니, 서로 말 붙이기도 어색해 우리는 멀 뚱멀뚱 과자만 집어먹었다.

"암말 않고 먹기만 하려니 너무 밍밍하잖아. 우리, 게임이 라도 하는 게 어때?"

진혜가 말했다.

"좋은 생각이다. 뭐 할까?"

윤지가 박수를 치며 반겼다. 윤지가 좋아하니 게임이라면 질색하는 상미도 어쩔 수 없는 듯했다.

"진실 게임 하자. 내가 금세 준비할게."

유빈이가 신이 나서 말했다.

"그거 말고 다른 거 하자. 직접 들이대고 하는 질문, 진짜 괴롭던데?"

나는 다른 아이들 눈치를 보며 조심스레 말했다. 그러자 상미는 바로 말을 바꿔 그냥 하자고 성화를 부렸다.

"네가 아는 게임이랑 방식이 다른 거니까 괜찮을 거야."

유빈이는 까만색 바둑알 다섯 개를 가져와 각각 한 면에만 동그라미 스티커를 붙이고는 하나씩 건넸다.

"재영이는 이 게임 모른다고 했지? 자, 잘 기억해 둬. 스티커가 만져지는 면이 '그렇다'고 매끈매끈한 면이 '아니다'야. 헷갈리지 말고, 바둑알을 되도록 멀리 놓아야 누구 건지 모른다는 거 잊지 말고. 헌금 바구니를 엎어 놓을 거니까 바둑알 쥔 손을 그 밑에 넣어 봐. 연습 한번 하자."

우리는 유빈이가 시키는 대로 헌금 바구니 밑으로 손을 넣었다.

"음, 윤지가 퇴원해서 정말 좋다. '하나, 둘, 셋!' 하면 자기가 결정한 쪽으로 바둑알을 놓고 손을 빼는 거야. 하나, 둘, 셋!"

유빈이는 우리가 손을 빼자 천천히 헌금 바구니를 치웠다. '그렇다' 한 개와 '아니다' 네 개.

"뭐야, 혹시 헷갈려서 잘못 낸 거 아냐? 너희들 진심이 이거였어? 오늘 날 감동시킨 이 모든 게 다 거짓이었단 말이지?"

윤지는 책상을 두드리며 억울해했고, 나는 공격적이지 않은 게임 방법이 마음에 들었다. 적어도 대 놓고 들이대는 건 없으니까.

"우리한테 뭘 기대했는데? 자, 연습 게임은 끝났고 바로 실

전에 들어갑니다."

유빈이가 거꾸로 놓인 헌금 바구니를 들썩이며 말했다.

"누가 먼저 하지?"

진혜가 먼저 하겠다고 나섰다.

"사실 내 외모가 여기 모인 다섯 중에서 가장 낫다고 생각한다. 하나, 둘, 셋!"

유빈이가 손을 빼면서 키득댔다. 헌금 바구니를 치우자 다섯 개 모두 '그렇다'가 나왔다.

"질문부터 장난스러우니까 결과도 이렇잖아."

상미가 눈썹을 치켜세우며 말했다.

"장난 아닌데……. 인정해. 너도 그렇다고 했잖아."

나는 상미를 보고 계속 낄낄거렸다.

"이번에는 내가 할게. 남자한테 고백을 받아 본 적이 있다. 진실 게임을 하려면 이 정도는 되어야지. 하나, 둘, 셋!"

유빈이가 헛기침을 하며 나섰다. 아이들이 야유 비슷한 비명을 지르는 동안 바구니가 치워졌다. '그렇다' 두 개.

"진실 게임에서는 거짓말하면 안 되지."

유빈이가 느닷없이 윤지를 보며 말했다.

"어떻게 알았어?"

윤지가 가까이 놓인 바둑알을 들고 앞뒤를 살피며 물었다.

"알긴 뭘 알아? 한번 짚어 본 건데 네가 말려든 거지. 다음은 재영이가 해."

유빈이가 바구니를 다시 놓으며 말했다.

"나는 가끔 하나님이 진짜 있는지 의심스러울 때가 있다."

내 말이 끝나기도 전에 상미 표정이 살기등등해졌다.

'아니다' 두 개. 누군지 확인할 수 없어서인지 아이들은 점점 더 솔직해지고 대담해지는 것 같았다. 뭐, 나도 마찬가지지만. 어쨌든 진실 게임이라는 거, 생각보다 재미있다.

"이번에는 내가 할 거야."

상미가 말했다.

"난 누군가 날 친구라고 여기는 것이 부담스럽다."

"그게 무슨 말이야? 진실 게임 질문 치고 너무 어려운 거 아냐?"

유빈이가 불평하자 윤지와 진혜도 그렇다고 고개를 저었다.

"한국말인데, 뭐가 어려워? 그러니까 누군가 나를 친구로 생각하는 건 알아. 근데 그 사람을 겉으로는 친구인 척 받아주지만 속으로는 그렇게 생각 안 한다는 거지."

상미가 답답하다는 듯 설명을 붙였다.

"아, 이제야 알겠다. 그러니까 겉 다르고 속 다르게 친구를 대한다는 거지?"

진혜가 되묻자 상미가 고개를 끄덕이며 말했다.

"이건 진실 게임이야. 꼭 솔직하게 말해야 해. 자, 하나, 둘, 셋!"

'그렇다'가 딱 하나 나왔다.

"뭔지 모르게 으스스한데? 이거 누가 썼는지 꼭 알아내고 싶잖아?"

유빈이가 키득거렸다.

"그게 진실 게임의 묘미지."

상미가 묘한 웃음을 지으며 나를 바라보았다. 무슨 뜻으로 그렇게 말한 건지는 잘 모르겠지만 그 눈길이 좀 전처럼 편하게 느껴지지 않았다.

그때 윤지가 진동 소리 요란한 제 휴대폰을 들어 보이며 말했다.

"할머니가 빨리 오라고 자꾸 신호를 보내는데?"

"그래, 우리도 늦었어. 빨리 치우고 가자."

진혜가 일어나며 말했다.

"참, 너희들! 우리 아빠한테 내가 물어봤는데 너희가 아는 거랑 사실이랑 많이 다르댔어."

상미가 책상을 치우다 말고 밑도 끝도 없이 목소리를 높였다.

"뭐가?"

유빈이가 물었다.

"그때 학교에서 얘기했던 것 있잖아? 성가대 지휘잔가 반주자, 죽었다는 사람 말이야. 원래 그 두 사람, 성격부터 엄청 고약하고 이상했대."

갑자기 엄마 얘기가 나오자 몸이 뻣뻣해지는 것 같았다.

"그래도 자살한 건 사실일 거 아냐? 성가대 하다가."

진혜가 말했다.

"그건 맞는데, 죽은 건 교회랑 관계가 없다고. 성가대에 있긴 했지만 다른 사람과 얘기하는 법도 없었고 자기들끼리 몰려다니다가 사이가 벌어지면서 그런 일이 일어난 거래. 예배시간에 늘 붙어 앉아서 예배는 안 보고 수첩에 이상한 거 적기도 하고 비밀 편지 같은 거나 주고받고."

"비밀 편지?"

유빈이가 물었다.

"왜, 남들 못 보게 쓰는 편지 있잖아? 암호문으로 쓰거나 아니면 촛농이나 과일즙으로 써서 보내는 거 말이야. 아무튼 우리 아빠가 너희들 어디 가서 그런 소문 내고 다니면 가만 안 있겠다고 했어."

상미 말이 끝나자마자 진혜와 유빈이가 입을 비죽였다. 나와 윤지 역시 서로 눈짓을 주고받다가 상미한테 바로 걸렸다.

"뭐야, 너희들! 내 말이 말 같지 않다는 거야?"

상미가 목소리를 높였다.

"아니야. 상미 네 말이 다 옳다고. 근데 너희 아빠는 어떻게 그렇게 잘 알아? 그 사람들이랑 같이 교회 다녔던 거야?"

윤지가 물었다.

"교회만 같이 다녔지, 얘기도 거의 안 해 봤다고 했어. 말을 붙여도 대답도 안 하는 이상한 애들이었대. 근데 아빠 말로,

그 둘 중 한 사람의 엄마가 무당이었다고 했는데……."

상미가 확실치 않다는 듯 말을 흘렸다.

"누가? 보영……."

윤지가 가만 있으라고 눈짓을 하는 바람에 나는 끝까지 물어보지 못했다.

"근데 말도 안 해 봤다면서 비밀 편지 주고받는 건 또 어떻게 아셨대?"

유빈이가 빈정거리며 물었다.

"어쩌다 놓고 갔나 보지! 어쨌든 내가 경고했다. 그 둘 얘기, 우리 교회랑은 관계없는 거야! 너흰 마냥 여기 있을 거야?"

상미가 쓰레기봉투를 들어 보이며 물었다. 얼결에 나와 진혜가 하나씩 받아들자 상미가 교육실 불을 껐다.

상미가 한 말 때문에 자전거를 타고 오는 내내 속이 부대꼈다.

원장 선생님 말로는 보영이란 사람은 집이 부자라고 했다. 계모이긴 했지만 보영이란 사람한테 끔찍하게 잘했고 굉장히 교양 있고 품위 있는 분이라는 얘길 몇 번이나 강조했다. 그럼 우리 외할머니가 무당이었다는 소린데……. 엄마한테 무슨 얘길 물어볼 수 있어야 긴지 아닌지 알지.

"전말이 밝혀지기 전까지는 어떤 것도 단서 그 이상은 아니다. 심지어 그 단서도 사실인지 아닌지 모르는 거니까. 내 말

맞지?"

나는 페달을 힘껏 밟으며 윤지에게 소리쳤다.

"……."

문득 윤지가 지나치게 조용하다는 생각이 들었다.

"내 말 듣고 있어?"

"듣고 있어."

윤지 목소리가 바람에 묻혀 반쪽밖에 들리지 않았다.

"이따가 편지 갖고 너희 집으로 간다."

"우리 집?"

윤지가 물었다.

"그럼 그 편지의 비밀을 밝혀낼 건데, 우리 집에서 하자고? 그러다가 엄마라도 들어오면 어쩌라고?"

"아, 그렇지."

윤지가 대수롭지 않은 듯 말을 흘렸다.

"야, 너 왜 그래? 우리 엄마처럼 가을 타냐? 나 혼자 해?"

내가 짜증을 부리자 윤지는 자전거에서 내리면서 말했다.

"아냐. 편지 갖고 바로 와."

나는 곧장 내 방으로 들어갔다. 엄마와 부딪치지 않고 몰래 나갈 작정이었다. 편지를 찾느라 방이 어수선해졌지만 치울 시간이 없었다. 나는 거실에 아무도 없는 것을 확인하고 얼른 현관을 나섰다. 언뜻 누군가 거실 창문 커튼을 들추는 것 같앉으나 뒤돌아보지 않고 대문을 닫았다.

"이거, 이거, 흥분되는걸."

좀 전과 다르게 윤지가 편지지를 들고 불빛에 비춰 보면서 호들갑을 떨었다.

"아무것도 안 나올 수도 있으니까 너무 기운 빼지 마."

들뜬 윤지를 보니 갑자기 겁이 났다. 나한테 기대의 크기는 언제나 실망의 크기와 비례했다.

"내가 재영이 너한테 포기가 빠른 게 단점이라고 얘기한 적 있었나? 장담하는데, 분명히 뭐가 있어. 여기다 물감 좀 풀어 봐."

윤지가 책상 위의 팔레트를 가리키며 말했다.

"무슨 색으로?"

"장난해? 미술 숙제 하냐고! 아무 색이나 풀어."

윤지가 꽤나 잘난 척을 하며 나를 보챘다. 나는 팔레트에 초록색 물감을 옅게 풀었다. 윤지가 붓에 물감을 묻혀서 편지지 위에 굵게 선을 그었다.

"이건 아니란 말이지? 재영, 크레파스 아무거나 하나만 줘."

윤지는 코앞에 크레파스가 있는데도 나를 불렀다. 내가 빨간색 크레파스를 건네자 윤지는 물감이 번지지 않은 곳에 색을 칠하기 시작했다. 여전히 편지지에는 아무것도 나타나지 않았다.

226

"그래, 그렇다 이거지? 그럼 또 생각이 있지. 저기 다리미 전원 좀 넣어 봐."

성가셨지만 나는 꾹 참고 윤지가 시키는 대로 했다. 일단 두고 보다가 성과가 없으면 한꺼번에 갚아 줄 작정이었다.

다리미가 뜨거워지자 윤지는 편지지 위에 신문지를 올려놓고 다리미로 눌렀다. 크레파스 녹는 냄새가 코를 찔렀다.

"또 뭐 남았냐. 시킬 일 있으면 빨리 시키지."

나는 윤지가 내려놓은 다리미 전원을 끄며 빈정거렸다.

"잠깐만! 이거 봐. 뭐가 나왔어."

크레파스가 녹아내린 편지지를 윤지가 내 앞에 내밀었다. 지저분한 종이 위에 누런 글씨가 희미하게 보였다.

"이게 뭐라고 쓴 거야?"

내가 무슨 글씬지 채 알아보기도 전에 윤지가 편지지를 채 갔다.

"11월 28일!"

편지지에는 뜬금없이 11월 28일이라는 날짜만 적혀 있었다.

"무슨 날이지? 11월 28일이면 며칠 남지도 않았잖아?"

내가 고개를 갸웃거리자 윤지가 조심스럽게 말했다.

"분명한 건, 그 죽은 사람과 너희 엄마한테 무슨 의미가 있는 날짜라는 거지."

"아, 난 진짜 모르겠다. 옛날에 죽은 사람 앞으로 온 편지도 그렇고, 그걸 갖고 이렇게 심각해하는 나도 바보 같아. 도대체

11월 28일이 뭐냐고! 이런 편지 주고받을 정도로 죽고 못 사는 사이였다면서, 그랬던 친구가 죽었는데 왜 도망쳐서 이런 일을 만드는 거냐고! 우리 엄마지만 난 정말 이해할 수가 없어. 너라면 그럴 수 있겠어?"

내 말이 끝나기도 전에 윤지가 나를 똑바로 보며 말했다.

"정말로 좋아했다면 그럴 수도 있을 것 같아. 무서웠을 거야, 너희 엄마는. 가족보다 더 친하게 지냈던 친구잖아. 그래서 더 무서워서 하루라도 빨리 여길 떠나고 싶었을 거야. 내가 모르겠는 건, 이제 와서 누가 이런 짓을 왜 하는가야. 둘도 없이 친한 친구 중 하나는 죽었고, 다른 하나는 그 사실을 떠올리기도 싫은 거잖아. 그런데 누가 왜 자꾸 일깨우려고 하는 거냐고. 이건 복수나 응징을 할 때 어울리는 짓이거든."

"남들 보기에만 친했던 걸 거야. 난 우리 엄마한테 죽고 못 살 정도로 친한 친구가 있었다는 걸 믿을 수 없어. 그러니까 도망간 거고, 혼자 다 뒤집어쓴 아르테미스가 엄마가 돌아온 걸 알고……."

"그럼 너희 엄마는 아닌데, 보영이란 사람 혼자서 너희 엄마를 좋아했다는 거야?"

갑자기 윤지가 정색을 하며 물었다.

"그거야 모르지만, 우리 엄마란 사람한테는 유전적으로 친구에 대한 감정이……."

윤지 눈빛이 갑작스레 흔들리는 게 느껴졌다. 늘 한 박자씩 늦는 나는 그제야 윤지가 단순히 우리 엄마와 보영이란 사람의 얘기를 하는 게 아니라는 것을 알아차렸다. 그리고 교회에서 오는 내내 왜 그렇게 이상하게 굴었는지도 이제야 알 것 같았다.

"이거 네 휴대폰 소리 아냐?"

윤지가 내 호주머니를 가리키며 말했다. 재서 전화였다.

"너, 빨리 집에 와. 지금 엄마 난리도 아냐."

"무슨 일인데?"

"내가 묻고 싶다. 좀 전에 네 방에서 나와서는 너 찾아오라고 소리 지르잖아. 아무튼 빨리 날아와!"

나는 어떻게 해야 좋을지 몰라 윤지 얼굴만 빤히 보았다.

"일단 넌 집에 가. 그동안 나는 원장님한테 전화해서 11월 28일이 무슨 날인지 알아볼 테니까."

윤지 표정을 보니 그냥 집에 가면 안 될 것 같았다. 상미의 악의적인 장난에 말려든 윤지한테, '그렇다'를 낸 건 내가 아니라고 분명히 얘기해야 할 것 같았다. 하지만 내가 아니라고 말한들, 윤지가 그 말을 믿을지는 모를 일이다.

그 단순하고 재미있던 게임이 한 사람을 얼마나 억울하게 만들 수 있는지 한순간에 깨달았다.

6학년 가을에 갔던 수련회가 떠올랐다. 친한 아이들끼리 같은 방을 정하고 법석을 떨며 놀다가 한밤중에 진실 게임을 하게 되었다. 나는 특별한 자리에서 주고받는 진실이라는 걸 그다지 신뢰하지 않기 때문에 그 게임을 좋아하지 않았다.

좋아하는 남자가 누구냐, 화이트데이 때 누구한테 사탕을 받았느냐, 만약 좋아하는 남자애가 다른 애를 좋아한다면 어떻게 하겠느냐……. 그날은 주로 그런 질문에 초점이 맞춰져 있었다. 아이들은 상기된 얼굴로 진지하게 대답했고 가끔 의외의 진실에 뒤로 나자빠질 정도로 놀라며 즐거워하기도 했다.

차례가 다가올수록 나는 대충 감 잡은 질문 수준에 맞춰 나름 적절한 대답을 준비하고 있었다. 그러나 나한테 돌아온 질문은 쌍둥이로 태어나지 않았다면 좋았겠다고 생각한 적이 있느냐는 거였다. 나는 확 달라진 질문 수준에 당황했지만 솔직하게 그렇다고 대답했다. 그러자 또 다른 누군가 재서가 없었으면 좋겠다는 생각을 한 적이 있느냐고 구체적으로 물었고 나는 생각해 본 적 없다고 대답했다.

생각해 본 적 없다? 나는 그때 진실 게임의 위력을 깨달았다. 남들에게는 알리지 않은 진실이 내 안에는 고스란히 남아 있었다. 쌍둥이로 태어나지 않았다면, 재서가 없었다면, 혹 재서한테 무슨 사고라도 난다면……. 내가 깨닫지 못한 진실들이 그 게임 이후로 새록새록 살아나 내 마음속에 가책으로 남았다.

그럼 지금 나는 윤지를 진정한 친구로 여기는 걸까? 누군가 낸 '그렇다', 무의식중에 내가 낸 건 아닐까? 아, 이건 정말 아닌데…….

"여, 너희 엄마가 너 찾는데?"

윤지 할머니가 방문을 열고 말했다.

"가려던 중이었어요."

윤지가 얼른 가라고 눈짓을 했다.

"윤지야!"

나는 방문 앞에서 머뭇거리다 윤지를 불렀다.

"왜?"

"아까 그거, 난 아냐."

"뭐가 아니란 거야?"

윤지는 다 알아들은 표정을 감추지 못하고 내게 되물었다.

"상미 질문 말이야. '그렇다'를 낸 사람, 나 아니라고."

"알아. 그리고 네가 그랬다 해도 상관없어. 게임이잖아."

윤지가 아무렇지 않다는 듯 내뱉었다.

"진짜 아니라고!"

나는 윤지 어깨를 잡고 소리쳤다. 깁스한 다리를 버둥거리며 윤지가 아프다고 소리쳤지만 나는 놓아 주지 않았다.

"악! 알았어. 알았다고! 그거 너 아냐! 됐어?"

나는 윤지가 속을 정도로 만족한 표정을 지으며 자리에서 일어났다.

"야만인 같으니라고. 아직 낫지 않은 환자를……."

윤지가 뒤에서 구시렁댔다.

가끔은 그 진실이라는 거, 눈빛이 아닌, 자기 식으로 증명해야 할 때도 있는 법이다. 어쩐지 윤지보다 내가 더 말끔해지고 홀가분해진 기분이었다.

15.

도려내고 싶은
11월

윤지네 집을 나와서부터는 발병이라도 난 사람처럼 걷는
게 불편해졌다. 엎어지면 코 닿을 곳에 집이 있다는 게 문제
였다. 대략 몇 분 후에 벌어질 일을 상상하기에도 시간이 부
족하고, 혹시 벌어질 수도 있는 엄마와의 결전을 위한 마음의
준비를 하기에도 시간이 모자랐다. 솔직하게 말하면 그것도
다 핑계고 거짓말이다. 내 머릿속에는 두려움 말고 아무것도
없었다. 엄마에게 할 말, 엄마로부터 들을 얘기, 그 모든 것이
다 두려웠다.

대문은 열려 있었다. 첫 번째 지옥문을 지나 현관으로 들어
가자 엄마가 내게 등을 보인 채 소파에 앉아 있었다.

"엄마, 재영이 왔어."

재서가 내게 눈짓을 하며 우물거렸다.

"따라 들어와!"

엄마는 돌아보지도 않고 곧장 내 방으로 들어갔다.

"나도 같이 들어가 줄까?"

재서가 작은 소리로 내게 물었다.

"재서 넌 정신 사납게 하지 말고 네 방에 가 있어."

어떻게 들었는지, 방 안에서 엄마 목소리가 쨍쨍하게 들려왔다. 재서는 어쩔 수 없다는 듯, 어깨를 으쓱하고는 제 방으로 들어가 버렸다.

"문 닫아."

뭔가 꾹꾹 눌러 참고 있다는 것을 감추지 않고 엄마가 내게 말했다. 바닥에는 책상 서랍과 그 안에 있던 물건들이 내가 나갈 때보다 더 어지럽게 널려 있었다.

"너, 요즘 무슨 짓을 하고 다니는 거야!"

엄마가 포문을 열었다.

그동안 수도 없이 야단맞았지만, 엄마가 한 말을 그 자리에서 곱씹긴 처음인 것 같았다. 무슨 짓을 하고 다니냐니? 이게 다 누구 때문인데.

"웃어?"

엄마가 들고 있던 사진을 내 얼굴을 향해 던졌다. 사진이 내 어깨에 빗맞고는 너울너울 춤추며 바닥으로 떨어졌다. 교회에서 가져온 엄마 사진이었다.

"말해! 그게 왜 네 서랍 속에서 나왔는지 설명하라고!"

234

엄마 목에 힘줄이 불거져 나온 게 보였다. 그런데도 나는 신기할 정도로 담담했다.

"솔구교회에 갔다가 우연히 얻었어."

'얻었다'와 '몰래 가져왔다'의 차이 말고는 다 사실이니까.

"네가 왜 거기에 갔는데! 지난번에 교회 가지 말란 말, 못 들었어?"

"내가 교회에 간 건 훨씬 전 일이야. 윤지 따라 우연히 갔는데 교회에서 무슨 책자 준비한다고 옛날 사진을 정리하다가……."

"말이 되니? 사진이 한두 장도 아니고, 이게 어떻게 네 눈에 딱 띄었냐고!"

"나야 모르지. 윤지가 사진을 정리하다가 나랑 비슷한 사람 사진이라며 줬으니까."

나는 영악하게 엄마를 골리고 있었다. 엄마가 원하는 말을, 내 입으로 순순히 불진 않을 작정이었다.

"근데 왜 그때 말 안 했어?"

"말했으면? 지금처럼 화부터 냈을 거잖아."

엄마는 뭔가 더 퍼부으려다 말고 내게 물었다.

"그 자리에서 그 사진 알아보는 사람은 없었어?"

엄마는 전전긍긍하며 초조한 기색을 감추지 못했다. 내가 어디까지 알고 있는지 궁금한 모양이었다.

"알아보는 사람이 있으면 안 돼?"

"묻는 말에만 대답해. 있었냐고!"

엄마가 조바심을 치며 나를 닦아세웠다. 이제는 내 차례였다.

"없었어. 근데 엄마는 왜 나한테 거짓말했어? 반주자, 엄마 맞잖아."

"아주 옛날 얘기야, 너랑 상관없는. 그때 잠깐 피아노를 친 것뿐이라고."

엄마는 어떻게 해서든지 이 얘기를 서둘러 마무리 짓고 싶어 했고 나는 점점 대담해졌다.

"잠깐 피아노를 친 사람이 성가대 반주를 해? 대회에 나가 상도 타고?"

엄마가 낭패라는 듯 창밖으로 눈을 돌렸다.

저녁 안개가 소나무 언덕 아래로 깔리며 마을을 통째로 감싸고 있었다. 이 동네에 와서 수를 셀 수 없을 정도로 자주 본 풍경이지만, 단 하루도 안개 낀 마을이 똑같아 보였던 적이 없었다. 어차피 안개가 걷히면 초겨울의 빈 풍경만이 남을 터였다. 지금의 엄마 표정처럼. 그럼에도 불구하고 나는 안개가 자욱할 때처럼 헛꿈을 꾸고 있었다. 엄마가 솔직하게 털어놓을 거라는.

"너랑 상관없는 얘기로 정신 사납게 만들지 마! 그리고 윤진가, 그 정신없는 애한테 똑똑히 말해. 한 번만 더 교회에 데려가려고 하면 개랑 다신 어울리지 못하게 할 거야. 또, 또, 또

236

손톱!"

엄마가 손톱에 대해서 뭐라고 하면 내 손은 늘 자동적으로 움직였다. 하지만 머릿속은 늘 그 반대였다. 엄마가 생각을 닫으라고 하면 열렸고, 알 것 없다고 하면 더 궁금해졌고, 입을 다물라고 하면 더 떠들고 싶었다.

"지휘하던 사람은 지금 뭐 해? 지휘자랑 반주자면 꽤 친했을 거 아냐?"

엄마는 바르르 떨며 바닥에 떨어진 사진을 내려다보았다. 충분히 예상했던 반응이었다.

"방부터 치워! 그리고 이제부터 집에 들어오면 다시 나갈 생각, 하지 마!"

"……."

"대답 안 해?"

"싫어, 나도 싫은 게 있단 말이야!"

나는 악을 쓰며 소리쳤다.

"네가 뭐가 싫은데? 어디 말해 봐."

"엄마는 엄마가 하고 싶은 대로 하잖아! 이사도 엄마 마음대로 가려고 하고 대답도 하기 싫으면 안 하고, 심지어 내가 그렇게 빌었는데도 합창부 선생님한테……."

내 속에 꾹꾹 눌러 놓았던 말이 얼마나 많이 고여 있었는지 나도 알아채지 못했다. 내 입은 그저 통로에 불과했고 먼저 튀어나오려는 말들이 서로 뒤섞여 엉망진창이 되고 말았다.

마음은 엄마의 상처를 건드려서 항복이란 걸 받아 내고 싶었는데, 정돈되지 않은 내 말은 비웃음만 사고 말았다. 젠장, 말보다 늘 한두 걸음 먼저 움직이는 내 눈물이 원망스러웠다.

"겨우 그거였어?"

벼랑 끝까지 몰렸던 엄마 얼굴에 야릇한 미소가 어렸다. 엄마는 내 책상으로 다가가 티슈를 뽑아 건넸다. 내가 할 수 있는 거라곤, 그걸 뿌리치는 것뿐이었다.

"그러니까 나는 내 마음대로 하고 너는 네 마음대로 못 해서? 허! 그게 유별나게 앓는 사춘기 한때의 감정이라는 거니?"

엄마와의 비켜 갈 수 없는 결전을 내 경솔함으로 망쳐 버린 와중에도 나는 나한테 묻고 있었다. 지금까지 그래 왔던 것처럼 이렇게 묻어 버리고 싶은 게 내 진심인지.

"그게 아니라는 거 엄마가 더 잘 알잖아. 성가대 반주까지 할 정도였으면서 교회는 왜 그렇게 싫어해? 여기, 엄마 고향 아냐? 근데 밖에도 안 나가고, 고향에 친구도 없고, 뭔가 켕기는 게 있는 사람처럼 이 동네에 관해서는 묻지도 못하게 하잖아!"

"너, 그 입 못 다물어?"

궁지에 몰린다고 느꼈는지 엄마가 빈틈을 보이기 시작했다. 목청을 아무리 돋워도 불안한 기색까지 어쩌지는 못했다.

"아니, 아직 할 말 남았어. 그 옛날 엄마가 여기서 무슨 일이 있었는지 모르지만, 나한테 아무 말도 하지 않는 이상 엄마 말대로 나랑 상관없는 일이야. 그러니까 엄마도 나한테 교회나 친구 문제로 이래라저래라 하지 마. 이사 가기 전까지 내가 하고 싶은 거 다 해 볼 거니까. 교회도 다닐 거고 성가대도 할 거야."

비로소 그동안 엄마한테 하고 싶었던 말이, 고작 일부지만 대열을 갖추고 제법 말다운 말이 되어 나오는 것 같아 만족스러웠다.

"나가!"

내 기분에 취해서 처음에는 엄마가 한 말을 듣지 못했다.

"네 멋대로 할 거면 나가라고! 나가서 너 하고 싶은 대로 하고 살아!"

엄마는 혼자만 상처 받은 사람처럼 소리쳤다.

나가려고 방문을 열자, 문밖에서 엿듣고 있던 재서가 중심을 잃고 비틀거리며 방 안으로 밀려 들어왔다. 나는 재서를 밀치고 방을 나갔다.

"너, 엄마한테 왜 그래? 다 늦었는데 어딜 나간다는 거야!"

재서가 현관까지 쫓아 나오며 나를 말렸다. 하지만 방에서 엄마의 흐느끼는 소리가 새 나오자 더는 쫓아오지 못하고 발만 동동 굴렀다.

대문 앞에서 웬 꾸러미가 발에 걸려 냅다 차 주고는 골목을 벗어났다. 윤지가 기다리겠지만 지금은 엄마가 찾을 수 없는 곳으로 가고 싶었다. 나는 휴대폰 전원을 끄고 무작정 걸었다.

큰길을 건너고 교회 앞을 지나쳤다. 추운 것도 몰랐고 어두
워도 상관없었다. 저수지로 가는 오르막길에 이르러서야 더
가야 할지, 돌아가야 할지 갈피를 잡지 못하고 서성거렸다.

여기까지 무슨 생각으로 왔을까? 엄마도 기함하게 하고 나
와서는 고작 저수지 근처에서 한 발짝도 못 뗄 거면서.

바스락 소리에도 소스라치게 놀라서 두리번거렸다. 내 눈에
보이는 것은 보여서 무서웠고, 안 보이는 것은 무엇이 있을지
몰라서 겁이 났다. 내 발로 왔지만, 세상에 혼자 남겨진 것 같
아 끔찍했다. 나도 모르게 잠깐 흐느끼다가 내 입에서 나오는
울음소리마저 무서워져 더 울지도 못했다. 하는 수 없이 휴대
폰을 켜려는 순간, 언덕 위에서 개 짖는 소리가 들렸다. 계피
가 분명했다. 이 끔찍한 장소에 나 혼자 있는 게 아니라는 사
실이 더없이 반가웠다.

계피가 저수지 쪽에서 나를 알아보고 꼬리를 흔들며 달려
왔다.

"암튼 요상할 때 요상한 장소에 나타나는 물건은 꼭 정해져
있다니까. 이 근처에 얼씬거리지 말라고 했지?"

뒤늦게 등장한 저수지 할머니가, '또 너냐?'는 얼굴로 말했
다. 나는 진심으로 할머니 잔소리가 반가워서 그 자리에 주저
앉아 큰 소리로 울고 말았다.

"참나, 내가 뭐라고 했다고 울어? 꼭 울고 싶은데 뺨 맞은

사람 같네."

할머니가 당황하며 중얼거렸다.

"집에 데려다 주랴?"

할머니가 다정하게 물었다. 나는 고개를 저었다.

"여기 이러고 있음 감기 걸릴 텐데, 그럼 우리 집에라도 갈 려?"

나는 순순히 자리에서 일어났다. 할머니는 굵은 나뭇가지 하나를 지팡이 삼아 앞장섰다.

저수지를 지나치는데 바람이 내 쪽으로 불어왔다. 사사삭 하며 나뭇잎 스치는 소리에 머리카락이 쭈뼛 서는 것 같았다. 나는 되도록 할머니 옆에 바짝 붙어서 걸음을 옮겼다.

내 꼴이 가여웠는지 할머니는 저녁 먹는 내내 험한 소리를 한마디도 하지 않았다. 무슨 일로 다 저녁에 헤매고 다니는지, 언제 돌아갈 건지도 묻지 않았다. 하긴 할머니를 만날 때마다 설명하기 곤란한 상황이었으니 대답하기도 쉽진 않을 터였다.

"그러니까 네가 교회 옆 대추나무 집 손녀라는 말이지?"

저녁상을 치우자마자 할머니는 배도 꺼지지 않았는데 고구마가 담긴 그릇을 또 내밀었다. 나는 고개를 가로저었다.

"엄마가 어디 살았는지 가르쳐 주지 않아서 어디가 저희 외 갓집인지도 몰라요."

"보자, 처음 봤을 때 누구랑 많이 닮았다 싶었지. 그렇게 야 단맞고도 이 저녁에 또 찾아온 걸 보니 모녀가 생긴 것만 닮은 게 아니구먼."

할머니가 밥풀이 붙은 고구마 껍질을 대충 벗기며 말했다.

"저희 엄마를 기억하세요?"

나는 엄마를 좋아하지 않는다고 한 원장님을 떠올리며 조심스레 물었다.

"내 기억력이 그리 신통치 않은데도 첫눈에 떠올린 걸 보면, 네 엄마가 잊을 수 없게 만든 모양이지."

할머니가 나한테서 눈길을 거두며 말했다.

"그럼 그때 저수지에서 일어난 일도 기억하시겠네요. 보영이란 사람……."

내 입으로 들먹여도 되는 이름인지 몰라 나는 말을 흐렸다.

"삼십 년 넘게 살면서 하도 시끄러워 여길 뜰까 고민했던 유일한 때였으니까."

나도 모르게 자세를 고쳐 앉았다.

"할머니는 그 사람이 왜 죽었는지 아세요?"

"그건 당사자한테 물어봐야지. 다른 사람이 어떻게 알아?"

할머니는 뚝뚝한 대답을 던지고는 바닥에 떨어진 부스러기를 손가락으로 꾹꾹 눌러 치웠다.

"할머니가 아는 대로만 그냥 얘기해 주세요."

할머니가 가만히 내 눈을 들여다보았다. 그렇게 할머니와 나는 서로 눈을 마주한 채 인형처럼 앉아 있었다. 내게는 천년 같은 시간이 흘렀고, 할머니가 입을 떼기 전에는 만 년이라도 그렇게 있어야 한다는 걸 알고 있었다.

"아직은 어려서 모르겠지만, 누구나 그런 순간이 있어. 온 세상이 꼭 제 손에 쥐어질 것처럼 만만해 보이는 때가. 심지어 세상이 나한테 호의적이지 않다는 걸 아는데도 그때는 뭐든 할 수 있을 것만 같지. 보영인가 하는 그 학생이 그런 짓을 저지르기 전까지 너희 엄마 얼굴이 그랬어. 아주 자신만만하고 행복해 보였지. 나머지 둘도 마찬가지였고. 저수지에서 재잘거리는 소리가 들리면 영락없이 그 셋이 앉아 떠들고 있었어. 할 얘기가 얼마나 많은지, 누가 와도 모르고 캄캄해지도록 그렇게 앉아서 떠드는 거야. 내가 병원에 다닐 때였는데 퇴근하면서 몇 번이나 쫓아냈는지 몰라. 그래도 녀석들이 그렇게 왔다 간 날이면 삭막한 저수지 주변이 다 훈훈해졌지."

할머니의 이야기 속 한 사람이 우리 엄마라는 사실이 별로 믿어지지 않았다. 할머니는 내 생각은 아랑곳없이 말을 이었다.

"그만큼 좋았으니까 그 사건이 더 큰 상처가 되었을 거고, 그 시간을 지우는 것도 많이 힘들었을 거야. 아무리 고향이라도 다시 돌아와서 떠올리는 건 더더욱 싫었을 테고."

할머니 말을 듣다 보니, 이상하게도 내가 본 적 없는 외할머니와 함께 있는 것 같은 기분이 들었다.

"저희 외할머니도 잘 아셨어요?"

"너희 외할머니? 사람 좋았지. 한번 믿으면 그것밖에 모르는 게 문제였지만. 특히 교회 일! 너희 외할아버지가 돌아가신 뒤부터, 교회에 일만 있으면 만사를 제쳐 놓고 달려갔지. 네 엄마가 끔찍하게 싫어하는데도 그랬어. 그것 때문에 둘이 숱하게 싸웠어."

"엄마도 성가대 일을 했잖아요?"

"요란할 정도로 열심히 했지. 하지만 네 엄마가 빠져 있었던 건, 하나님이 아니라 피아노였어. 너희 외할머니는 그게 죄라고 여겼고. 그 선생을 찾아가서 난리를 부리기도 했어. 옳다 싶으면 좀 지나칠 정도로 믿는 사람이 너희 외할머니였어. 아마도 어려운 살림에 남보다 고집 센 딸을 잘 키우고 싶은 욕심이었겠지. 근데 너도 알다시피 너희 엄마도 만만치 않잖아? 보영이랑 그 선생한테 더 정을 붙인 것도 그 때문이었을 거야."

문득 음악 공부를 권하던 합창부 선생님 전화를 매정하게 끊던 엄마가 떠올랐다. 나랑 엄마랑 닮았다던 재서 말도. 나역시 싫어하면서도 엄마처럼 되는 걸까?

"보영이란 사람은요? 그분 엄마가 새엄마라고 하던데……."

할머니가 괴로운 듯 한숨을 길게 내뱉었다.

"거긴 읍내에 살아서 너희 엄마만치는 잘 몰라. 내가 다니던 병원에서 가끔 마주친 게 다야. 어쨌건 그 아이한테는 더할 나위 없이 좋은 엄마였지. 개도 잘 따랐고. 근데 자라면서 녀석이 제 친엄마를 자꾸 찾았던 모양이야. 친엄마가 음악을 하던 사람이었는데 공부하고 싶어서 이혼하고 외국에 갔다던데. 보영이는 자기랑 엄마를 이어 주는 유일한 끈이 피아노라고 생각했는지, 다른 어떤 것보다 열심히 했지. 아빠가 질색을 하는데도."

방바닥이 어느새 따뜻해졌다. 얼굴에 열이 올라 자리를 옮겨 앉다가 책장에 꽂힌 성경책을 발견했다.

"할머니도 교회에 다니세요?"

"안 다닌 지 한참 됐어. 다 먹었으면 치워야겠다."

할머니는 그 얘기는 하고 싶지 않다는 듯 자리에서 일어났다. 내가 설거지라도 돕겠다고 나섰으나 할머니는 갈 준비나 하라며 한마디로 거절했다.

빈방에 혼자 앉아 있기도 뭐해서 책장에 꽂힌 책들을 구경했다. 간호사를 그만둔 뒤로 병원에서 자원봉사를 오래 했다고 하더니 '호스피스'니 '환자와의 대화' 같은 생소한 낱말들이 꽤 눈에 띄었다. 우리 할머니 집에는 재서 책밖에 없는데.

책등이 삐져나온 책을 바로 넣으려는데 책갈피 사이에서 엽서와 사진 몇 장이 바닥에 툭 떨어졌다. 제자리에 넣으려고 주웠는데 낯익은 얼굴이 눈에 들어왔다. 아르테미스의 사진이었다.

지난번에 보내 주신 된장이랑 마늘 잘 먹고 있어요. 그걸 들고 우체국까지 나오셨을 생각을 하니 먹을 때마다 밥이 안 넘어가요. 찾아뵙지도 못하는데 받아먹기만 해서 죄송해요, 어머니. 부디 건강 조심하세요. 요즘 운동 열심히 해서 이젠 잘 걸으니 걱정도 마시고요. 곧 다른 곳에 가게 될 것 같아요. 바로 연락 드릴게요. 꼭 건강하셔야 해요. - 지선 올림

아르테미스가 어머니라고 부르는 사람이 할머니라니.

내가 넋을 놓고 있는데 할머니가 방문을 열었다. 내 손에 든 엽서를 보고도 별말 없이 내 옷을 챙겨 주었다.

"이상하게 생각할 거 없어. 여기를 떠난 뒤에 가끔 안부 엽서를 보내는 것뿐이니까. 나한테 징글징글하게 욕먹었던 게 정으로 남았는지 떠나고 나서는 나를 어머니라고 불러."

"원장 선생님은 주소를 모른다고 하던데……."

"나도 그랬어. 한 번인가, 등기가 온 적이 있어서 주소를 알아 놨지. 어디 있는지 정도는 서로 알아야 나한테 무슨 일이 있어도 연락을 할 거 아니냐고 편지를 보냈더니 그 뒤부터 주소는 적어서 보내네."

할머니는 넋 놓고 있는 내게 옷을 걸쳐 주며 말했다.

"근데 이 엽서에, 이젠 잘 걷는다는 게 무슨 말이에요? 아르테미스가 아팠어요?"

"원래 몸이 많이 약했어. 여길 떠나고부터는 더 안 좋아져서 병원이랑 요양원을 전전하다가, 걷기 시작한 지는 몇 년 안 돼."

"그럼 결혼도······."

"제 몸도 못 가누는데 결혼은 무슨. 예전부터도 독신주의자라고 떠들고 다녀서 나한테 욕 꽤나 먹었지. 모든 병은 세 치 혀에서 나오는 건데 말이야."

나는 말없이 엽서를 내려다보았다. 아르테미스가 몸도 추스르지 못할 정도로 힘들었다는 걸 과연 엄마는 상상이나 할까?

"어여 신발 신어. 데려다 줄 테니까."

할머니는 작은 손전등 하나를 들고 집을 나섰다. 계피가 종종거리며 우리 뒤를 따랐다.

묻고 싶은 게 많아 입술이 달싹거렸지만 저수지를 지날 때까지 할머니는 한 번도 입을 열지 않았다.

"그래, 알고 싶은 건 다 물은 거야? 또 뭐가 남았어?"

경사진 언덕을 다 내려와서야 할머니가 물었다.

"보영이 아줌마가 왜 그랬는지······. 그 일이 우리 엄마랑 관계가 있는 건가요?"

나도 모르게 보영이 아줌마라는 말이 튀어나왔다.

"그 이유는 그 아이만 알겠지. 별의별 소문이 다 돌았지만, 그 일에 대해 온전하게 아는 사람은 없어. 사람의 입이란 그런 거야. 돈 안 든다고 주워 담을 수도 없는 말을 떠들어 대는 거지. 근거를 대라고 하면 입 딱 다물어 버리고."

"어떻게 그래요? 그래도 진실은 있는 거잖아요?"

할머니 말이 끝나기 무섭게 내가 물었다.

"자기가 알고 있는 사실을 거짓이라고 믿는 사람도 있나? 자꾸 덧붙이고 자기 식으로 고치면서도 그런 줄 모르는 거지. 원래 진실이라는 건 들여다보면 그 자체는 볼품없고 별거 없어. 그래서 사람들이 원하는 진실이, 그걸 말하는 입이, 나는 가장 무섭더라고."

"그래도 알고 싶어요. 할머니가 아는 진실이라도 말해 주세요."

우리는 교회 앞을 지나고 있었다. 할머니는 행사로 바쁜 교회 쪽을 바라보며 중얼거렸다.

"이맘때 그 아이가 갔어. 그때도 지금처럼 교회 행사로 바빴을 거야. 네 엄마와 그 아이는 교회 일로도 바빴지만 또 다른 일로 굉장히 들떠 있었지. 자기들 꿈을 이룰 수 있는 콩쿠르 준비를 해야 했거든. 거기서 좋은 성적으로 입상을 하면 교회 관계자가 유학을 보내 주기로 되어 있었어. 둘 다 최선을 다해 준비를 했지. 근데 그즈음 교회에 이상한 소문이 떠돌기 시작했어. 그 소문 때문에 교회에서는 보영이를 콩쿠르에 못 나가게 했어. 내가 아는 얘기는 거기까지야."

"보영이 아줌마네는 잘 산다면서요? 콩쿠르가 아니라도 유학 정도는 갈 수 있지 않아요?"

"보영이는 친엄마를 만나러 가고 싶었던 거야. 아빠는 결코 허락하지 않을 테니 제 실력으로 가려고 했던 거지. 그런데……."

248

할머니가 주저하며 말을 잇지 못했다.

"혹시 그 소문이 보영이 아줌마의 엄마가 무당, 아니 신 내렸다는 얘긴가요?"

할머니가 걷던 걸음을 멈추고 제자리에 서 버렸다. 캄캄해서 보이지는 않지만 많이 놀란 모양이었다.

"그건 또 어디서 들었어?"

"할머니를 만나기 전까지는 그 소문의 주인공이 우리 외할머닌 줄 알았어요. 근데 할머니 얘기를 들어 보니 보영이 아줌마의 친엄마 얘길 수 있겠다 싶어서요. 제 짐작이 맞죠?"

"아주 오래된 얘기라……. 그리고 사실인지 아닌지도 몰라. 문제는, 보영이가 그 얘기를 듣고 큰 충격을 받았다는 거야."

"혹시 그 소문을 퍼뜨린 사람이 엄만가요? 콩쿠르에 입상해야만 유학 갈 수 있을 테니까."

나는 점점 더 죄여 오는 사실에 온몸이 덜덜 떨려 왔다. 엄마라면 그럴 수 있을 거라는 짐작이 나를 더 괴롭혔다.

"이 얘긴 그 당시에 일어났던 사실의 나열일 뿐이야. 분명한 건, 교회에서 보영이를 따로 불러서 그 얘기를 했다는 것, 그리고 며칠 후에 그 사건이 일어났다는 것뿐이야. 소식도 모르는 친모가 무당인 게 그 애랑 무슨 상관이라고 그랬는지 모르겠지만, 사실 그이가 정말 무당인지, 사람들 말처럼 네 엄마가 그 소문을 퍼뜨린 건지, 정말 그래서 보영이가 그랬는지는 분명하지 않아."

"상황이 딱 들어맞잖아요."

할머니가 내 손을 가만히 쥐며 말했다. 어느새 큰길이었다.

"보영이를 마지막으로 본 사람은 나야. 저수지 앞에 넋 놓고 앉았기에 어두워지기 전에 빨리 가라고 했더니 금세 갈 거라면서 인사를 하더라고. 나는 네 엄마나 선생을 기다리나 보다 생각하고 자리를 떴지. 그 뒤에 마을 분위기가 안 좋을 때에는 내가 보영이가 죽는 걸 지켜보고 있었다는 소문도 돌았어."

"아!"

나는 무슨 말을 해야 좋을지 몰라 허둥댔다.

"근거 없는 믿음은 사람을 죽이기도 하고 살리기도 하는 거야. 다 듣고도 그렇게 받아들인다면, 오늘 내 얘기는 아무 의미도 없는 거고. 넌 네가 믿는 걸 확인하려고만 했지, 마음을 열어 보려고 하지 않잖아. 자, 여기서부터는 혼자 갈 수 있지? 오늘은 아무 생각 말고 그냥 자. 그리고 머리가 가벼워지면 맛있는 것도 먹고 열심히 뛰어놀아. 어차피 자기식으로 생각하게 만들어진 게 사람이라면, 몸도 마음도 건강해야 건강한 생각을 할 수 있는 거니까. 또 하나, 너희 엄마는 엄마고, 너는 너야. 자기 엄마라고 무조건 감싸는 것도 문제지만, 잘 안다고 너처럼 무턱대고 단죄하려 드는 것도 문제야. 너희 엄마, 그렇게 모진 사람 아냐."

할머니에게 고맙다는 인사를 하고 길을 건너는데 누가 내 이름을 불렀다. 할머니가 윤지한테 전화해 둔 덕에 아빠가 큰 길에서 기다리고 있었다.

"저녁은?"

먹었다고 하니까 아빠는 긴 한숨을 내쉬었다.

"내 생각이 짧았어. 지금쯤이면 엄마도 여길 좀 편하게 생각할 줄 알았는데, 아직 무리였어. 너희한테도 부담을 준 것 같다."

그렇지 않다는 말을 하고 싶었는데, 좀처럼 입이 떨어지지 않았다.

"그렇지만 오늘 일은 너도 잘했다는 얘긴 못 하겠다. 근데, 재영아…… 아까 그 할머니랑 무슨 얘기했어?"

집에 돌아와서 할머니 말대로 아무 생각도 하지 않으려고 애를 썼지만 그런다고 사실이 달라지는 건 아니었다.

휴대폰을 켜니 윤지 문자가 몇 개나 들어와 있었다.

'대박! 11월 28일이 무슨 날인지 알았어.'

남은 문자를 열어 보지 않아도 그 뒤의 얘기는 알 것 같았다.

11월 28일, 보영이 아줌마가 죽은 날이었다.

16.

기억의 무게와
진실의 무게

이사 날짜가 결정되었다. 11월 30일. 이사에 관한 엄마의 집념은 알아줄 만하다. 손해를 무릅쓰고 험난한 과정을 견디면서 강행한 결과였다. 내 서랍에서 나온 사진이 그 결정을 서두르는 데 한몫한 것도 사실이었다.

그 일 이후 엄마는 내게 한마디도 건네지 않았다. 꼭 해야할 말은 문자메시지로 대신하고 얼굴을 마주 대하는 것도 꺼렸다.

'저녁 좀 차려. 찌개만 데우면 돼.'

'집에 올 때 초인종 누르지 말고 열쇠로 열고 들어와. 수화기 내려놓을 거니까 할 얘기 있으면 문자로 남기고.'

나 역시 저수지 할머니를 만나고 온 뒤부터 엄마랑 마주치는 게 불편했다. 엄마와 나, 둘 다 위태롭게 그 시간을 견디고 있었다.

"그래도 누가 왜 그런 편지를 보냈는지를 알아야 진정으로
이 사건을 매듭짓는 거라고."

윤지가 열을 내며 말했다.

"나는 매듭지었다니까. 누구든 엄마가 싫었나 보지. 이제
그 얘기는 듣기도 싫어. 디엔드라고."

솔직히 할머니를 만나고 온 뒤부터 보영이 아줌마 사건에
대한 열의가 더는 생기지 않았다.

엄마가 틀림없어. 유학 가고 싶은 욕심 때문에 엄마가 일을
벌여 그렇게 된 거라고. 그 일로 엄마가 피아노를 포기하면서
힘든 시간을 보냈다고 해도, 죽은 보영이 아줌마가 살아오는
것도 아니고 아르테미스가 건강해지는 것도 아니잖아.

어쩌면 내가 보고 싶은 건 진실이 아니라 그저 엄마의 시인
과 절절하게 반성하는 모습이었는지도 모른다. 그러나 우리
엄마한테 기대할 수 없는 유일한 모습이 바로 그것인걸.

"여기까지 왔는데 그냥 두는 건 반칙이야. 잘 생각해 봐."

윤지는 뭉툭한 손톱을 깨물며 말했다.

"끝났다고 했다. 이제 이 동네에서 지낼 날이 일주일밖에
안 남았어. 엄마 때문에 그 시간을 낭비할 순 없다고."

"가만 보면 너 진짜 너희 엄마랑 똑같다. 알아듣게 얘기해
도 도무지 들어 먹질 않잖아."

"야!"

그 말을 내가 얼마나 듣기 싫어하는 줄 알면서도 윤지는 나를 똑바로 보면서 말을 이었다.

"이제 다 끝났다고? 네가 덮으면 다 끝난 거니? 뭐든 자기 마음대로 한다는 너희 엄마랑 넌 또 뭐가 다른데? 너도 여기 떠나면 그뿐인 거잖아? 아, 알았고, 남은 일주일 잘 지내다 가라."

윤지가 뒤도 돌아보지 않고 제 집으로 들어갔다.

떠나면 그뿐인 거라고? 갑자기 엄마를 두고 내가 했던 말들이 떠올랐다. 엄마는 도망치듯 여길 떠났고 나 또한 솔직히 이 상황에서 도망치고 싶었다. 엄마가 그렇게 떠난 걸 알았을 때 아르테미스는 어떤 기분이었을까? 내가 떠나고 나면 윤지는 다시 예전처럼 지낼 수 있을까? 저수지나 교회를 보면서 내 생각을 떠올리지 않을까? 방금 전의 윤지는 그날 진실 게임에서 내 속의 '그렇다'를 다시금 확인한 듯한 표정이었다. 정리되지 않은 머릿속이 혼란스럽기만 했다.

"야, 양서류한테 상자 얘기 못 들었어? 너랑 연락이 안 된다면서 깁스한 다리로 우리 집에 왔다가 대문 앞에 놓인 상자를 보고는 낑낑대며 갖고 가더라고. 뭐냐고 물었더니 내 도움이 필요할지도 모른다며 너랑 상의해서 알려 준다고 하던데? 그게 뭐야?"

뭔가 궁금한 게 많은 얼굴로 재서가 물었다.

남은 일주일 동안 내가 해야 할 일이 뭔지 뒤늦게 깨달았다. 다른 건 몰라도 우리 둘 사이의 진실은 게임 따위로 확인할 수 있는 게 아니다. 나는 윤지네 집으로 뛰어갔다.

다음날 재서와 상미까지 포함해서 우리 넷은 윤지네 집에 모였다. 나는 그 구성원이 마음에 쏙 들지 않았지만 윤지는 나를 보며 만족스러운 웃음을 보였다.

"그러니까 그 사건의 중심에 너희 엄마가 있었단 말이지?"

상미가 그동안 미심쩍었던 내 행동이 이제 이해가 간다는 투로 말했다. 여전히 거슬리는 말투로.

"자, 자, 설명은 어젯밤에 다 끝냈으니까 다시 부연 설명하게 하기 없기다. 우리에겐 시간이 별로 없고, 지금부터는 그 옛날 일을 누가 자꾸 끄집어내려고 하는지 알아내야 해. 왜 이런 짓을 하는지 말이야."

윤지 탐정이 책상 밑에서 커다란 꾸러미를 꺼냈다. 지난번 시디가 왔을 때처럼 주소는 없고 엄마 이름만 적혀 있었다. 재서가 심호흡을 하고는 꾸러미를 열었다.

"어! 이건……."

낯익은 책을 보니 당혹스러웠다.

"기억나지? 네가 나한테 팔아도 좋다고 한 책. 왜 이게 여기 있는지 한참 생각했잖아. 너, 이거 엄마 거 갖고 왔던 거지?"

내가 그렇다고 대답하는 사이에, 상미와 재서가 나머지 물건들도 꺼냈다. 엄마 앨범 상자에서 보았던 것과 똑같은 십자가 목걸이도 들어 있었다.

"이 사진들 좀 봐. 놀라지 말고."

윤지가 우리에게 사진 몇 장을 건네며 말했다.

눈에 익은 아르테미스와 보영이 아줌마, 그리고 나와 꼭 닮은 엄마까지 셋이 찍은 사진인데, 교회가 아닌 방에서 찍은 사진들이었다. 엄마 얼굴에는 빨간색 사인펜으로 동그라미가 그려져 있었다. 그 동그라미가 뭘 의미하는지는 모르겠지만 보는 것만으로도 으스스했다.

"편지 같은 것도 있어?"

윤지가 고개를 끄덕이며 호주머니에서 편지지를 꺼내 주었다. 누런 색 글자가 아무렇게나 휘갈겨져 있었다.

땅에 흘린 피는 그 피를 흘린 사람의 피가 아니고서는 그 원한을 풀어 줄 길이 없다.

"뭔 뜻이래?"

내가 묻자 윤지도 고개를 갸웃거리며 대답했다.

"나도 모르겠어. 그렇지만 느낌에, 이쪽도 뭔가 서두르는 것 같아. 선물이나 편지 내용이 거의 선전포고 수준이잖아."

"성경에 나오는 글귀 같은데?"

상미가 나한테서 편지를 건네받아 읽고 말했다. 윤지가 불안한 얼굴로 나를 바라보았다.

"이것 좀 봐. 이 사진 말이야."

재서가 한참 동안 들여다보던 사진을 바닥에 놓으며 말을 이었다.

"사건의 인물들이 다 나온 건데, 그럼 이걸 찍어 준 사람이 따로 있다는 거 아냐? 내 생각에, 이 사진을 찍은 사람이 원장님이란 분이 아니라면……."

"이걸 보낸 사람이라는 말이구나!"

윤지가 손뼉을 치며 소리쳤다.

"이 사진을 찍고 갖고 있을 정도로 친한 사람이었다는 말도 되지."

재서가 예의 잘난 척하는 얼굴을 하고 고개를 끄덕였다.

"그렇게 척척 잘 맞는데, 둘이 나서서 매듭지으면 되겠네."

유치하다 싶었지만 이미 내 입으로 내뱉은 뒤였다.

"일을 어떻게 분담할까? 각자 할 수 있는 일을 말해 봐."

상미가 연습장에 각자 이름을 적으며 말했다.

"우선 재서가 미니홈피에 글 남긴 사람이 누구인지 알아보면 좋겠어."

"미니홈피 주인은 이은영이란 사람이야. 대한민국에서 가장 흔한 이름 중 하나지."

내가 빈정거리자 윤지는 못 들은 척하며 재서에게 말했다.

"그럼 아이피 추적 같은 걸 해 보면 어디에 사는지 나오지 않겠어?"

윤지 말에 재서가 문제없다는 듯 휘파람을 불었다.

"상미, 너는 이 사진을 갖고 원장님을 한번 만나 봐. 이 사진을 찍을 만한 사람이 누군지. 그러니까 그 옛날 두 사람과 아르테미스 주변에 또 다른 누가 있었는지에 대해서. 그리고 보영이란 사람 무덤이 어디에 있는지도."

"그럼 너희 둘은 뭘 할 건데?"

상미가 깐깐하게 윤지와 나를 쏘아보며 물었다.

"미니홈피의 이은영이란 사람과 사진을 찍은 사람이 동일 인물이라는 게 확인이 되면 일을 벌여야지. 일단 11월 28일이 무슨 날인지 알았잖아? 이 사람을 우리가 있는 데로 나오게 해야지. 그래서 말인데, 재영이 네가 미끼를 던지면 어떨까 싶어."

"미끼?"

내가 되묻자 윤지가 고개를 끄덕이며 말했다.

"네가 너희 엄마인 척하고 미니홈피에 그 사람 보라고 글을 남기는 거야. 보영이란 사람이 죽은 날, 저수지나 그 사람 무덤 앞에 갈 것처럼 말이야. 어설프게 쓰면 들통 날 테니까 만나자는 말 같은 거 하지 말고 네가 갈 거라는 암시만 해. 아, 곧 다시 이사 갈 거라는 말도 쓰면 되겠다. 그럼 그쪽은 마음이 급해져서 어떻게든 너희 엄마랑 만나려고 하지 않겠어?"

좀 전까지 단순하기 짝이 없던 내 친구 윤지가 갑자기 진짜 탐정이라도 된 것처럼 대단해 보였다. 상미와 재서도 나처럼 느낀 모양이었다. 다들 말없이 윤지를 바라보기만 했다.

윤지가 어울리지 않게 부끄럼을 타며 말했다.

"왜 이래? 간지럽게. 근데 그날 재영이가 나서면 너희 엄마, 눈치채지 않을까?"

"그건 내가 맡을게."

재서가 나서며 말했다.

"나, 병원 가는 날이야."

상미는 어렵지 않게 보영이 아줌마가 묻힌 곳을 알아내서 내게 가르쳐 주었다. 무덤이 아니라 읍내에서 버스로 30분가량 떨어진 곳에 있는 납골당이라고 했다. 상미와 재서가 힘을 보태자 일이 불안할 정도로 매끄럽게 진행되었다. 윤지는 자신의 인덕 덕분이라고 우겼지만, 내 예감은 나쁜 쪽으로는 별로 틀리는 법이 없다. '불안할 정도'의 정체는 11월 28일 아침에 드러났다.

아침부터 엄마가 보이지 않았다. 밥 먹고 잠자는 건 잊어도 재서 병원 가는 날만큼은 기억하는 엄마였다. 그 일 아니면 집 밖에 나가는 일도 없는 사람이라 더욱 이상했다.

"야! 잠깐 이리 와 봐. 너, 이거 마지막으로 확인한 게 언제야?"

재서가 미니홈피를 열어 놓고 나를 불렀다.

"어젯밤."

오늘 납골당에 가 봐야겠다고 쓴 미끼 글에 혹시 댓글이라도 달렸나 싶어서 어젯밤에 최종적으로 확인한 터였다.

"엄마가 이걸 본 거야. 오늘 새벽에 누가 들어왔다 갔어."

재서가 침울하게 말했다. 이걸 봤다고? 갑자기 가슴이 쿵쾅거리면서 머릿속이 아득해졌다. 뭐부터 해야 좋을지 몰라 허둥대다 윤지 전화를 받았다. 나는 아침부터 엄마가 보이지 않는데, 아무래도 미니홈피 글을 본 것 같다는 말을 전했다.

"근데 그러고 있으면 어떻게 해! 그 둘이 만나 무슨 일이라도 생기면 어쩌려고?"

윤지가 큰 소리로 나를 닦달했다.

"무슨 일?"

윤지 말이 무슨 뜻인지 불안해서 확인하지 않을 수 없었다.

"그 사람, 제정신이 아니야. 빨리 나와! 납골당에 가 보게."

버스를 타고 가는 내내 불길한 생각이 머리에서 떠나지 않았다. 장난으로 시작한 일인데, 그 끝에서 진짜 무슨 일이 생기면 난 어떻게 해야 하지?

"경찰을 불러야 할까?"

나는 말없이 앉아 있는 윤지와 재서를 번갈아 보며 물었다.

"일단 가서 상황을 보고."

재서가 짧게 대답했다.

"괜찮겠지?"

"그러길 바라야지."

260

상황이 좋지 않아서인지 윤지조차 긴장하고 있는 게 느껴졌다. 아무리 잊어버리려고 도리질을 해도 문제의 편지글이 눈앞에서 자꾸 아른거렸다.

'땅에 흘린 피는 그 피를 흘린 사람의 피가 아니고서는……'

어젯밤에 상미가 전화로 해 준 말도 영 찜찜했다.

"원장님 말로는, 보영이란 사람 집에 고종사촌 동생이 어릴 때부터 함께 살았대. 동갑이라 보영이랑 쌍둥이처럼 붙어 다녔는데, 너희 엄마랑 그 선생이 나타나고는 찬밥 신세가 된 거지. 그래서 그 둘을 몹시 싫어했다나 봐. 보영이란 사람이 죽고 나서 그 아버지는 일도 하지 않고 거의 폐인이 되어서 식구들과 함께 살던 곳을 떠났는데, 작년이랑 올해 원장님이 그 사촌이라는 사람을 읍내에서 몇 번 봤대. 근데……, 뭔가 쫓기는 사람처럼 눈빛이 몹시 불안해 보였다는 거야."

그 사촌이라는 사람은 이 모든 게 엄마 때문이라고 오랫동안 이를 갈며 살았을지도 모른다. 그래서 오늘이 더욱 중요한 날일 테고.

납골당에 가까워졌는지 바깥 풍경이 눈에 띄게 달라져 갔다. 황량하다는 단어가 머릿속에서 떠나지 않았다. 11월은 사람이 죽기에 너무 외롭고 스산했다.

우리는 내리자마자 납골당이라는 것도 잊은 채 뛰었다. 주차장에서부터 건물까지 뛰는 동안 누구 하나 입을 열지 않았다. 회백색 벽돌 건물 입구에 있는 사무실에 들어가자마자 우리는 보영이 아줌마 이름을 확인하고 방을 찾았다. 생각보다 어둡지도 않았고 걱정한 것보다 우중충하지도 않았다. 큰 창문으로 보이는 공원도 아늑했고 건물 전체에 조용한 음악이 흐르고 있었다. 하지만 이곳이 납골당이라는 데 생각이 미치자, 이런 곳이 처음인 우리는 서로 앞장서라고 부추기며 주춤거렸다.

"아무도 없어. 이리로 온 게 아닌가 봐."

보영이 아줌마의 방 번호를 확인한 재서가 입구에 서서 말했다.

입구만 빼 놓고 모든 벽에 유리로 된 장이 들어서 있고 빽빽한 칸마다 사진 혹은 작은 화환이 걸려 있었다. 간혹 유리에 편지가 붙어 있거나 장식 인형이 놓인 칸도 보였다. 죽은 사람들이 쉬는 곳, 딴생각으로 서두르느라 우리 셋 다 마음의 준비가 되어 있지 않았다.

"아냐, 여기에 있다가 간 게 틀림없어. 이거 봐."

윤지가 보영이 아줌마 사진 옆에 붙은 꽃 한 송이를 가리키며 말했다. 시들고 말라비틀어진 다른 꽃과 달리 사진 옆 국화꽃은 방금 꺾어 온 것처럼 싱싱했다. 우리 셋은 보영이 아줌마 사진 앞에서 잠시 눈을 감고 고개를 숙였다.

"이제 어쩌지? 둘이 만나서 벌써 헤어지진 않았을 테고."

재서가 난감한 얼굴로 우리에게 물었다.

262

나는 활짝 웃고 있는 보영이 아줌마 사진을 처음으로 찬찬히 들여다보았다. 열일곱 살의 엄마 친구는 지금 우리와 조금도 달라 보이지 않았다. 만약 아줌마가 살아 있다면 모습이 어떻게 달라졌을까? 엄마보다는 좀 더 뚱뚱하고 성격도 깐깐하지 않아서, 엄마 때문에 서운한 일이 있어서 달려가면 내 얘기도 들어주고 엄마 흉도 함께 보며 친하게 지내지 않았을까?

나는 속으로 가만히 불러 보았다. 보영이 이모…….

"그러게. 우리가 올 줄 안 걸까? 둘이서 사이좋게 커피 마시러 갔을 리도 없고……."

이모는 알고 있죠? 두 사람이 어디로 갔는지…….

"저수지! 보영이 아줌마가 죽은 저수지로 간 거야. 거기가 틀림없어!"

나는 윤지 말을 막으며 소리쳤다.

우리는 사무실 아저씨한테 우리가 오기 직전에 여자 둘이 나갔다는 사실을 확인하고 납골당을 떠났다.

택시에서 내려 저수지 언덕길을 오르는 동안 나는 앞으로 벌어질 일에 대한 두려움으로 온몸이 덜덜 떨렸다. 윤지가 내 손을 힘주어 잡았다.

"이제 이틀만 지나면 진짜 떠나는구나. 오늘의 이런 짓도 나중엔 다 추억이 되겠지?"

나는 윤지 말에 괜히 머쓱해져서 슬그머니 손을 놓으며 말했다.

"여기에도 없는 거 아닐까? 우리가 헛다리짚은 걸 수도 있잖아? 그 사람은 나오지도 않았고, 엄마가 납골당에서 만난 사람도 그냥 우연히 아는 사람이었으면?"

"아니, 여기에 있을 거야. 그 사람한테는 오늘이 마지막 기회니까, 무슨 수를 써서라도 나타날 거야. 그동안 한 짓을 보면 이 기회를 놓칠 리 없어."

윤지가 틀림없다는 듯 힘주어 말했다.

오르막길을 끝까지 오르자 둑 아래서 앙칼진 목소리와 함께 누군지 알 것 같은 울음소리가 들렸다.

"두고두고 후회했어. 그날 너한테 찾아가 아무도 모르는 보영이 친엄마 얘기까지 하며 애원했던 거. 너희 둘이 나타나고 우리 집은 엉망진창이 되었어. 외삼촌은 콩쿠르에 나가지 말라고 보영이한테 처음으로 손찌검까지 했지. 외숙모는 말리다 대신 맞기도 했고. 지옥이 따로 없었어. 그래서 너한테 가서 매달린 거야. 제발 보영이 곁에서 떨어져 달라고. 근데 넌 그렇게 애원하는 나한테 보영이의 선택이 더 중요하다며 돌아섰지? 그것도 모자라 그 엄청난 얘기를 떠들고 다니면서……."

"난 누구에게도 그 얘기를 한 적 없어. 보영이가 교회에서 그 얘기를 듣고 나를 찾아왔을 때도 아니라고 했어. 그때까지도 어떻게 된 일인지 난 정말 몰랐거든. 엄마가 여기를 떠나자고 했을 때 비로소 알았어. 그날 네 얘기를 우연히 엿듣고 교회에 전한 사람이 바로 우리 엄마라는 사실을. 아무것도 가진 게 없었던 우리 엄마가 나를 공부시킬 방법은 내가 콩쿠르에 나가서 입상하는 것밖에 없었으니까."

"네 엄마가 엿듣고 전했다고? 넌 끝까지 거짓말만 하는구나! 그럼 그때 왜 한마디도 하지 않고 도망쳤는데? 그 얘기를 왜 바로 하지 못했는데?"

"무서웠어. 보영이가 죽었다는 사실이, 나와 관계가 있다는 사실이 무서웠다고. 어떻게 해서든지 벗어나고 싶어서 엄마가 동네를 떠나자고 했을 때 두말없이 따라나섰어. 그래, 네 말이 맞아, 결국 보영인 내가 죽인 거야. 그래서 지금까지도 나는 보영이 그림자에 갇혀 벌 받으며 지내고 있어. 피아노? 건반만 봐도 끔찍했지."

그 뒤 엄마의 목소리는 울먹임에 가려 정확하게 들리지 않았다. 나는 살그머니 고개를 내밀어 물가를 내려다보았다. 엄마의 익숙한 뒷모습과 그런 엄마를 노려보는 쑥색 바바리코트를 입은 여자가 보였다. 어쩐지 그 얼굴이 낯설지 않았다. 어디서 봤더라?

"저 사람이야. 벼룩시장에 와서 네 엄마 책을 사 간 사람."

윤지가 내게 속삭였다.

"아, 알겠다! 전학 온 첫날 복도에서 마주쳤던 아줌마!"

그날 내게 착각했다며 사과하고 바로 사라진 그 아줌마였다.

"변명 같은 건 듣고 싶지 않아! 보영이가 죽고 없는데도 넌 뻔뻔하게 잘 살았잖아! 우리 외삼촌이랑 외숙모가 그 뒤로 어떻게 살았는지 알아? 또 나는 그 세월을 어떻게 견뎠는지 상상이나 하냐고! 너희들만 만나지 않았다면 지금쯤 보영인 너처럼 아이들을 키우며 행복하게 살았을 거야. 강소윤, 내가 널 얼마나 찾아다녔는지 알아? 네가 산산조각 낸 게 뭔지 넌 알아야 한다고! 세상에는 잊어도 되는 것과 그래선 안 되는 것이 있어."

격앙되었던 아줌마 목소리가 점차 차분하게 돌아왔다. 반대로 나는 뭘 알아야겠다는 생각 이전에 소름이 끼쳤다. 아줌마가 믿는 게 진실인지, 아니면 자기 생각인지 구분이 되지 않았다.

"꼭 그런 것만은 아냐."

갑자기 우리 뒤에서 또 다른 목소리가 들려왔다. 바싹 마른 몸매에 병색이 짙은 아줌마가 목발을 짚으며 저수지 아래쪽으로 천천히 내려갔다. 큰 키에 등을 곧게 세우고 내려가는 모습이 아르테미스라는 것을 직감으로 알 수 있었다. 물가에 앉아 있던 두 사람은 그 아줌마를 보고는 놀라서 비척거리며 자리에서 일어났다.

"아르테미스?"

누군가의 입에서 분명 그런 이름이 흘러나왔다.

저 사람은 어떻게 여기에 온 거지? 그때 누군가 내 어깨를

266

가만히 안았다. 아빠였다. 그 너머로 저수지 할머니가 걱정스런 얼굴로 둑 아래를 내려다보고 있었다.

갑자기 병적인 웃음소리가 기분 나쁘게 저수지 위를 훑었다.

"드디어 다 모였네. 황보영 죽음과 밀접한 연관이 있는 사람들! 이게 얼마만이야? 보영이가 죽고 처음인가? 난 늘 이렇게 한자리에 모이기를 고대했어. 죽은 사람을 놓고 또 무슨 거짓말을 하는지 보려고 말이야."

아줌마가 엄마와 아르테미스를 보며 말했다.

"누구 한 명 때문에 보영이가 그렇게 된 게 아니라는 건 은영이 네가 더 잘 알잖아? 네가 친하지도 않은 소윤이에게 굳이 그 얘기를 털어놓은 이유를 말해 볼까? 넌 그 얘기로 둘 사이가 틀어지길 바란 거야."

"그렇지 않아! 난 너희 둘한테 휘둘리는 보영이가 바보 같아서 몇 번이나 충고했어. 그래도 그 바보는 내 말을 듣지 않았어. 그래서 애한테 간 거야. 그중 좀 똑똑한 애가 내 말을 알아들을 줄 알고. 그런데……."

아줌마가 말을 잇지 못하자 아르테미스가 천천히 입을 열었다.

"은영이 네가 모르는 게 또 있어. 보영이 친엄마 얘기, 네 외숙모가 얘기해 줘서 난 처음부터 알고 있었어. 보영이한테 상처가 될까 봐 입 다물고 있었는데 보영이가 죽고 난 뒤에 보니 결과적으로 내가 그 사고를 키운 셈이더라고. 차라리 먼저 얘기했으면 그 상황에서 그렇게 충격 받지는 않았을 테니까. 하지만 그게 다일까? 아무것도 모르는 애를 불러서 잔인하게 그 얘기를 한 교회 사람들은 어때? 단지 보영이를 콩쿠르에 나가지 못하게 하려는 생각만으로 그 얘기를 한 것 같니? 그 사람들은 보영이를 통해서 나한테 부담을 주려고 그런 거야. 보영이와 소윤이한테서 손 떼고 온전히 성가대 일만 하라는 걸 내가 싫다고 했거든. 그럼 그것 말고 확인도 안 된 소문을 무책임하게 퍼뜨리고 다닌 사람들은 어떻고? 또 모두에게 가책만 안기고 유서 한 장 안 남기고 죽은 보영이는 온전한 피해자라고만 할 수 있니? 그 시절 솔구마을에 있었던 사람들 중에 보영이 죽음과 관련해서 완전하게 책임을 회피할 수 있는 사람이 과연 한 명이라도 있을까? 그리고…… 이제 와서 그 진실을 안다고 해서 뭐가 달라지지?"

언제 나타났는지 계피가 꼬리를 흔들며 물가를 뛰어다녔다.

"함부로 말하지 마! 그렇다고 해서 보영이 죽음에 당신들 책임이 없어지는 건 아니니까. 어쨌거나 당신들은 이렇게 살아 있고 보영이는 없잖아!"

아줌마 목소리가 좀 전과는 다르게 힘이 빠진 것처럼 느껴졌다.

"살아서, 살아 있어서 넌 좋았니? 난 안 그랬어. 한동안은 보영이가 죽은 게 꿈같이 느껴졌고, 지금은 그전에 우리가 여

기서 보낸 시간이 꿈 같아. 거의 하루도 빠짐없이 보영이와
함께 있는 꿈을 꾸지. 그러다 깨면 보영이가 없는 현실이라는
게 끔찍했어. 그건 나만 견디면 되는 게 아니더라고. 나와 꼭
닮은 딸을 보는 것도 지옥이었고, 나 때문에 우리 식구 모두
불행하다는 걸 인정해야 했어. 맞아, 이게 보영이의 복수라면
멋지게 성공한 거지……."

엄마는 손에 잡히는 것들을 저수지에 던졌다. 물 위로 서서
히 동그라미가 퍼졌다. 그리고 그 끝에서 안개가 일었다.

17.

진실의 모양은
수없이 많다

　우리가 서울 집으로 다시 돌아가는 날에도 솔구마을에는 안개가 잔뜩 끼어 있었다. 예약한 날 병원에 가지 못한 재서와 엄마는 아침에 먼저 서울로 가고 나는 아빠와 남아 뒷정리를 했다. 이사 뒷정리야말로 태어날 때부터 존재 자체가 평면인 나한테 딱 어울리는 일이었다. 다행히 윤지가 와서 도와주었다.

　"이거 봐, 시간 없다고 내빼면서도 내가 빠트릴까 봐 제 것만 저렇게 싸 놓고 갔잖아! 진짜 나쁜 놈이라니까."

　나는 재서가 싸 놓은 짐을 발로 차며 빈정거렸다.

　"안 그랬으면 이것도 네 일이잖아! 속 깊다고 생각해. 재서, 겪어 볼수록 괜찮더라."

　"그럼 데려가서 계속 겪어 보든가."

"암튼, 제대로 꼬였다니까. 그래서 네가 재서 동생인 거야."

"누가 꼬여? 야, 이런 상황에도 내가 이 정도로 빠지지 않는 인격을 갖춘 건, 거의 기적에 가까운 일이라고."

윤지 입에서 피식하고 바람 빠지는 소리가 들렸다.

사실, 다른 때 같으면 저런 것도 나더러 싸라고 했을 터였다. 뭐가 달라지긴 한 건가? 아, 아무래도 친절한 재서는 나한테 익숙하지 않다. 우리 남매 사이에 흐르는 달달함이라니, 생각만 해도 속이 메슥거렸다.

"상미가 도와주지 못해 미안하대. 교회 일 때문에……."

"누가 언제 도와달랬나? 다들 왜 이래? 나만 못된 인간 만들려고 작정했대?"

다 아는데도 내 입에서는 편하게 말이 나오지 않았다. 고맙다는 생각을 하면서도 자꾸 뾰족해지는 이유는 어쩌면 관성이나 습관 같은 건지도 모르겠다.

"근데 양 탐정, 아직도 나한테서 냄새가 나니?"

윤지가 내 앞뒤로 코를 킁킁대며 냄새를 맡았다.

"어. 또 다른 냄새가 포착되었어. 너란 애는 참……."

"이번에는 또 무슨 냄샌데?"

"불길한 건 사라졌는데 어째 전투적인 냄새가 나는걸?"

"그건 또 무슨 사건인데?"

내가 묻자 윤지가 대답했다.

"내가 언제 먼저 알아챈 적 있어? 뭔가 터지면 그제야 알게 되겠지. 분명한 건, 모든 사건은 하나의 원인으로만 일어나는 건 아니다. 그 복잡한 원인에 말려들지 않으려면……."

"말려들지 않으려면, 어떻게 해야 하는데?"

"착하게 살아야지. 그러니까 이제부터 잘해. 특히 나한테. 그럼 되는 거야."

늘 이런 식으로 결론을 내리니 윤지는 유명한 탐정은 결코 될 수 없을 거라고 나는 장담한다. 윤지야 죽을 때까지 인정하지 않겠지만.

그날 그 자리는 그 옛날 보영이 아줌마 일에 연관된 사람들 뿐 아니라 우리에게도 엄청난 사건이었다. 시간이 흐르면 기억은 희미해지기 마련인데, 그 상처를 안고 사는 사람들은 그 옛날 일을 바로 어제 일처럼 떠올리며 괴로워했다.

엄마는 엄마대로 목숨 같던 피아노와 엄마의 미래를 포기해야 했고, 아르테미스는 자책하며 병을 키웠고, 쌍둥이 자매 같았던 보영이를 잃은 아줌마는 그 사건 이후 병자처럼 모두를 원망하며 지냈다. 교회는 그 일로 교인들로부터 외면당했고, 사람들은 모르는 일인 척하면서도 저수지에 가는 걸 꺼렸다. 그리고 그 기억이 있던 자리에 또 우리가 있었다.

나중에 알았지만, 내가 저수지 할머니 집에 다녀온 뒤에 아빠가 할머니한테 따로 연락해서 만났다고 한다. 엄마 스스로 이겨 내길 기다리기만 했던 아빠는 더이상 보고만 있을 수 없어서 할머니와 의논하고 직접 아르테미스를 데려온 것이다. 이 일로 엄마에 대한 아빠의 17년 동안 계속된 사랑은 지켜보는 데서 그치지 않았다는 게 증명된 셈이다.

보영이 아줌마가 죽은 그 자리에서 목이 메어 말을 잇지 못하는 엄마를 보며 나는 꿈이라도 꾸는 듯한 기분이 들었다. 늘 상상해 왔던 일이었다. 엄마가 뉘우치는 장면, 나한테 정식으로 사과하는 장면, 따뜻하게 안아 주는 장면……. 하지만 현실에서 그 일은 느닷없이 당혹스럽게 다가왔다. 그 어색한 장면이야말로 차라리 없는 것만도 못했다.

윤지가 손톱을 물어뜯고 있는 내 손을 가만히 잡았다. 그 순간 내 귀에 그 곡이 흘렀다. 두 대의 피아노를 위한 협주곡 E플랫장조.

윤지 할머니가 창문으로 쓸쓸하게 손을 흔들었다. 나는 겨울방학에 꼭 다시 오겠다는 약속을 하고 아빠와 함께 차에 탔다. 엉엉 울어 대는 윤지 때문에 정말 어울리지 않게 코끝이 시큰거려 출발하고도 한참 동안 얼굴을 찌푸리고 있어야 했다.

솔구마을이 거의 안 보일 즈음, 나는 콧노래를 흥얼거리는 아빠한테 물었다.

"아빠는 진실이 뭔지 알아?"

"진실? 거짓이 없는 참된 것이지. 아주 좋은 거야."

"그럼 진실이랑 사실은 뭐가 달라?"

"진실과 사실의 차이라……. 그건 좀 어려운데? 음, 사실은 객관적인 것이고, 그러니까 누가 봐도 하나밖에 없는 답이지. 그에 비해 진실은 자기가 믿는 신념에 따라 모양이 다르게 보이는 거 아닐까? 각자 서 있는 자리에서 보이는 답……."

내 귀에는, 진실은 각자 자리에서 모양이 다르게 보일 수 있다는 말만 확실하게 들어왔다. 사람마다 믿는 진실의 모양이 다를 수 있다…….

떠나기 전날, 저수지 할머니는 인사하러 온 내게 말했다. 언젠가 나한테도 찾아 올 햇빛 넘치는 날들을 건강하게 맞으라고.

솔구마을에서 지낸 시간은 나나 엄마에게 아주 특별한 의미가 되었다. 이로써 엄마와 나는 또 하나의 공통점을 갖게 된 것이다.

엄마의 오래 묵은 문제가 해결되었으니 우리 집에도 평화와 행복이 왔을 거라고 누군가 지레 짐작한다면, 그 점에 대해서 나는 별로 말하고 싶지 않다. 엄마는 외갓집이 있던 곳을 끝내 가르쳐주지 않았다. 나와 엄마 사이에 존재했던 15년 동안의 문제는 아르테미스나 보영이 아줌마 그리고 엄마 사이에 있었던 문제만큼이나 그리 만만한 게 아니다. 굳이 긍정적인 대답을 기대한다면 이 정도가 다이다. 엄마는 3라운드, 나는 겨우 2라운드에 접어들었을 뿐이라고.

오늘도 여전히 우리 집 천체는 재서를 중심으로 돌아가고 있다. 나 역시 틈만 나면 새로운 궤도 이탈을 꿈꾸고 있다. 전투적인 냄새를 풍기면서. 그러는 사이에도 솔구마을엔 또 다른 진실을 묻으러 안개가 피어오르고 있을 것이다.

나는 결정 장애가 있다. 어떤 문제를 결정하고 후회하는 일을
몇 번 겪고 나서 생긴 병이다. 나이가 들수록 결정해야 할 일은
늘어나는데 생각만 많아지고 마지막에 가서는 결국 이러지도
저러지도 못하는 경우가 반복된다.

그런 나를 두고 어떤 사람은 신중해서 그런 거라고 하고, 어떤
사람은 마음이 약해서 그런 거라고 했다. 신중한 것과 마음이 약
한 건 내 결정에 대한 믿음이 없다는 데서 비롯된 것일 뿐 나의
본질은 누구보다 내가 잘 안다. 한동안 나는 누군가 이게 옳은
것이고 저건 틀린 것이라고 대신 결정해 주면 좋겠다고 생각한
적도 있다.

자신의 선택과 결정을 믿는 사람들이 부러웠다. 그건 배워

서 되는 것도 아니고 흉내를 낼 수도 없는 일이었다. 그들이 목
소리를 높여 자신의 생각을 얘기하면 그들의 결정을 나도 믿고
싶었다.

그러나 언제부터인가 그들의 믿음이 부러우면서도 불안해 보
였다. 살다 보니 내 뜻과는 전혀 다른 방향으로 흘러가는 일도
많았고, 많은 사람들의 확신 때문에 일을 그르치는 경우도 있다
는 걸 알았다.

국어사전에서 '진실'이라는 단어를 찾아보면 '거짓이 없는 사
실'이라는 뜻과 '마음에 거짓이 없이 순수하고 바름'이라는 뜻이
나온다. 거짓이 없다는 건 나와 대상 중 누구한테 해당되는 말일
까? 내 마음에 거짓이 없다면 그건 모두 진실이 되는 걸까?

'진실 게임'이라는 것이 어떻게 하는 놀이인지 알고부터 나는
한 번도 이 놀이를 좋아한 적이 없다. 진실만을 얘기해야 한다는
규칙이 꽤나 강압적으로 느껴졌기 때문이다. 내가 말한 것이 진
실인지 아닌지에 대해 놀이가 끝나고 나서도 계속 신경이 쓰였
다. 내가 알고 싶은 건 믿음과 관계없는 사실이지, 진실이 아니
었다.

'장님 코끼리 만지기'는 오래도록 기억에 남아 있는 이야기 중
하나다. 코끼리 모습을 알지 못하는 장님에게는 자기 손에 만져

지고 머리에 그려지는 모습이 진실일 수밖에 없을 것이다.

어쩌면 진실은, 장님 앞에 놓인 온전한 코끼리의 모습 같은 것인지도 모르겠다는 생각이 든다. 나는 코끼리 다리를 만지고 있고 누군가는 코끼리 코를 만지면서 서로가 알고 있는 것이 진실이라고 우기고 있는 것인지도 모르겠다고.

내가 알고 있는 모습만 고집한다면 끝내 온전한 코끼리의 모습은 알 수 없을 것이다. 이미 수많은 코끼리의 진짜 모습을 놓치고 살았는지도 모른다. 진정으로 코끼리의 모습을 알고 싶다면 내가 알고 있는 게 전부가 아닐 수 있다는 생각부터 해야 한다. 그리고 그 모습을 제대로 알기 위해 방법을 찾아야 하고 생각을 확장시켜야 한다.

이렇게 떠들어 대고도 나는 가끔 코끼리 같은 진실보다 자신의 결정을 믿는 사람이 부럽다. 아무리 불안해 보여도 한번쯤 그렇게 살아 보고 싶다. 하지만 평생 그렇게 부러워만 하며 지내지 않을까 싶다. 그게 결정 장애가 있는 사람의 한계다.

2012년 11월

최나미

278

진실 게임

2012년 12월 20일 1판 1쇄
2020년 5월 15일 1판 5쇄

지은이 최나미

편집 김태희, 김태형, 이혜재 | **디자인** 권지연 | **제작** 박홍기
마케팅 이병규, 양현범, 이장열 | **홍보** 조민희, 강효원

출력 블루엔 | **인쇄** 천일문화사 | **제책** 정문바인텍

펴낸이 강맑실
펴낸곳 (주)사계절출판사 | **등록** 제406-2003-034호
주소 (우)10881 경기도 파주시 회동길 252
전화 031)955-8588, 8558 | **전송** 마케팅부 031)955-8595 편집부 031)955-8596
홈페이지 www.sakyejul.net | **전자우편** literature@sakyejul.com | **블로그** skjmail.blog.me
페이스북 facebook.com/sakyejul1318 | **인스타그램** instagram.com/sakyejul1318

ⓒ 최나미 2012

ISBN 978-89-5828-655-4 44810
ISBN 978-89-5828-473-4 (세트)

이 도서의 국립중앙도서관 출판시도서목록(CIP)은 e-CIP 홈페이지(http://www.nl.go.kr/cip.php)에서
이용하실 수 있습니다.(CIP제어번호: CIP2012005707)